# ÉTRANGERS DANS LA NUIT

DU MÊME AUTEUR

L'IMPROMPTU DE MADRID, Flammarion, 1988.

LA NUIT DES MASQUES, Flammarion, 1990.

CARNET DE BAL, Gallimard, 1992.

L'ŒIL DU SILENCE, Flammarion, 1993.

1941, Grasset, 1997.

MARC LAMBRON

# ÉTRANGERS DANS LA NUIT

*roman*

BERNARD GRASSET
PARIS

« A mesure que je m'en éloigne,
ma vie passée se dessine comme une île. »

PAUL CLAUDEL.

« Let's do some living after we die. »

JAGGER-RICHARDS.

On ne sait jamais ce qui peut arriver quand on couche avec une Américaine. Au cours du printemps 1978, j'eus une brève aventure avec une étudiante new-yorkaise qui passait une année sabbatique en France. Comme elle n'avait que dix-neuf ans, Flora me paraissait un peu jeune pour se reposer des fatigues de la vie. J'avais vingt et un ans, une licence d'anglais en poche et pas un rond. Ce qui nous avait rapprochés ? Une soirée à la Main Bleue, mon anglophonie, un goût partagé pour les noms propres (j'aimais les archives, elle adorait le *name-dropping*), et aussi ce que Flora appelait le côté *kinky* de la vie, disons ses aspects épicés, un peu de traviole. C'était assez innocent, mais il suffisait à Flora d'un passage dans une baraque de strip-tease de Barbès, d'un hôtel glauque du côté de la place des Abbesses, de bas résille avec porte-jarretelles pour se croire chez Henry Miller. Cela nous valut de bons moments.

Un lundi après-midi, Flora me téléphona. Elle proposait de dîner le soir même avec des amis de ses parents qui séjournaient à Paris. Un couple franco-américain, dit-elle. L'expression me parut bizarre. Elle aurait pu s'appliquer temporairement à Flora et à moi.

— Qui sont ces gens ? lui demandai-je.

— Il s'appelle Jacques Carrère et elle Kate Mc Auliffe.

— *La* Kate Mc Auliffe ?

— Oui, répondit Flora, un peu désarçonnée par ma question.

Dans le monde de Flora, chaque nom, chaque marque correspondait à une essence. Le tabac virginien était de Virginie et Kate Mc Auliffe était Kate Mc Auliffe.

— La journaliste ? insistai-je. Celle du Vietnam ?

— Oui, me confirma une Flora agacée. Kate Mc Auliffe. Vingt-deux heures au Palace.

En 1978, voici ce que je savais de Kate Mc Auliffe, essentiellement grâce à la lecture de la presse américaine. Mc Auliffe était une journaliste du *New York Times* qui avait couvert comme envoyé spécial la guerre du Vietnam pendant les années 1967 et 1968. Réputés pour leur probité et leur implacable respect des faits, ses articles avaient eu une influence notable sur l'opinion de son pays. En 1976, elle avait publié *Purple Haze & Raging Boys*, le livre de son expérience vietnamienne. Mc Auliffe écrivait à hauteur de bunker. Elle racontait la vie avec les Marines, les patrouilles meurtrières, les batailles de Dak To et Khe Sanh, le climat hallucinant qui régnait dans la province de Quang Tri au début de 1968. Le livre créa une véritable commotion aux Etats-Unis. C'était un grand texte sur la guerre en même temps qu'un témoignage de compassion. La guerre du Vietnam s'était achevée l'année précédente et *Purple Haze & Raging Boys* résonnait comme un requiem pour une nouvelle génération perdue. A l'époque où paraissait l'ouvrage, Kate Mc Auliffe s'était engagée dans la campagne qui fut couronnée par l'élection de Jimmy Carter en novembre de cette année-là. J'avais vu des photos du *Washington Post* la montrant aux côtés de Norman Mailer et Bella Abzug. Pour autant qu'on en puisse juger, Kate Mc Auliffe n'avait pas oublié d'être belle.

J'arrivai au Palace après l'heure dite. C'était le moment où l'on dînait autour des tables installées au premier balcon. Vers minuit, la piste serait envahie de danseurs se trémoussant sur « I love America » ou « Punky Reggae Party », mais à cet instant la sono jouait encore doucement. Des filtres jetaient une lueur rougeoyante sur les tables éclairées aux chandelles. Je repérai Flora, robe verte à manches courtes, au milieu de quatre autres convives. Elle me présenta à eux. D'abord un couple de quadragénaires américains, lui correspondant à Paris du *New Yorker* et elle décoratrice d'intérieurs. Ensuite les amis de ses parents, Kate Mc Auliffe et son mari, Jacques Carrère.

Je fus immédiatement frappé par Mc Auliffe et Carrère. Lui était un homme de quarante-cinq ans passés qui évoquait invinciblement, malgré ses rides, l'époque où l'idéal garçon français ressemblait à Gérard Blain ou Alain Delon. Pull léger en V-neck sur chemise blanche, Ray-Ban glissées dans le col, le geste viril et amical, Jacques Carrère avait dû faire des ravages : tout à fait la dégaine de ce que les Américains appellent un *easy rider*. On le sentait heureux. La nuit avançait, nous étions à Paris, le vin de Bordeaux habillait les verres de sa belle robe chaude.

En même temps que Flora me présentait comme son « ami français » et que la conversation reprenait, je découvrais à la lueur des chandelles le visage de Kate Mc Auliffe. Elle devait approcher les quarante ans et restait d'une beauté rare. Très brune, mince, Mc Auliffe gardait ce jeté particulier qu'avaient cultivé quinze ans auparavant certaines idoles de Londres, une Marianne Faithfull, une Julie Christie. Elle était américaine mais paraissait avoir hanté l'Europe anglo-saxonne des années 60. A vrai dire, ses traits me rappelaient quelqu'un, je n'aurais su dire qui. Les grands cils, le dessin des pommettes, la mèche balayante avaient quelque chose de fatal. Difficile de l'imaginer dix ans plus tôt dans une casemate vietnamienne au milieu de GI's maculés de boue... En même temps, il émanait d'elle l'étrange douceur de l'intelligence. Kate Mc Auliffe devait savoir mordre, et même tant que l'on voudrait, mais la civilisation réfrénait en elle ce que le visage des femmes trop belles porte de vengeance. La simplicité de ses vêtements – un T-shirt et un *jean* noir –, le timbre un peu voilé de la voix, une façon qu'elle avait de regarder avec amusement le spectacle de la nuit, tout respirait l'expérience transformée en désir de vivre et de comprendre. Kate Mc Auliffe avait dû traverser plusieurs fois le miroir. J'étais fasciné.

Flora s'en aperçut et me jetait des regards sombres.

De quoi parla-t-on ce soir-là ? Je me souviens d'une conversation autour de Tom Hayden et Jane Fonda. Le journaliste du *New Yorker* trouvait l'actrice peu sympathique. Kate Mc Auliffe paraissait connaître et apprécier Hayden. Ils évoquèrent l'époque où Jane Fonda tournait *Barbarella*. « Vadim est un puissant agent décolorant, remarqua Jacques Carrère. Toutes ses épouses deviennent blondes. » En les écoutant, je compris la raison de la présence de Jacques Carrère en France. Il préparait pour la NBC une série documentaire sur l'épopée des GI's américains à travers l'Europe de 1944-1945. Le mari de Kate Mc Auliffe était donc journaliste de télévision.

La sono montait. La conversation devenait difficile. Cinq minutes plus tard, nous descendîmes sur la piste.

Les quadragénaires n'étaient pas en reste. Kate Mc Auliffe dansait avec une grâce souple, à la fois détachée et dans le *groove*. Son mari paraissait prendre du bon temps. En les regardant, je me disais que l'on ne peut parvenir à une telle familiarité avec cette musique, et la danser si bien, sans avoir hanté d'autres clubs, connu d'autres nuits. A un moment, Kate Mc Auliffe adressa un petit geste à Flora. Cela paraissait signifier : vas-y, il faut prendre le rythme quand il est là, tu danses avec ce garçon de Paris et moi aussi je vis avec un Français. Ce n'était qu'un geste accompagné d'un sourire, mais il éclatait d'encouragement et d'indulgence vraie. Flora lui répondit de la main. Elle avait encore du chemin à faire.

A cette époque, j'étais assez maniaque des ouvrages un peu latéraux sur le cinéma ; les essais de Lotte Eisner, le *Hollywood Babylon* de Kenneth Anger, les répertoires d'acteurs de série B. J'adorais aussi déceler des ressemblances entre les personnages que le temps ou l'espace éloignent. Nicolas Poussin a peint un autoportrait qui, sous un certain angle, évoque le général de Gaulle. Il existe une photo de Régis Debray prise en Bolivie où il retrouve une attitude du jeune Marcel Proust. Tel cliché de Jean Harlow coïncide avec une Marie-Madeleine de Bellini.

Kate Mc Auliffe avait réveillé en moi une réminiscence, un soupçon de coïncidence. Je ne fus pas long à exhumer ce que je cherchais. Il s'agissait d'un article de Noël Simsolo intitulé « Quelques profils perdus de Cinecitta ». L'auteur recensait des comédiens qui avaient vécu leur minute de gloire dans des films improbables. Connaît-on encore Ed Fury, Hélène Chanel, Red Park, Moira Orfei ? Simsolo, lui, les connaissait. Je tournai les pages pour retrouver la photographie dont je me souvenais. Probablement tiré d'une copie Cinémascope aux couleurs chargées, le cliché représentait une jeune femme vêtue d'une minitoge à l'antique, peignes dans les cheveux, lèvres très rouges. Il y avait une ressemblance nette entre Kate Mc Auliffe et cette starlette. Même si l'actrice était blonde, le dessin des pommettes et un certain air fatal auraient pu correspondre. La notice de Simsolo indiquait que Tina White avait été un mannequin très mêlé à la vie romaine. En 1960, elle apparaissait dans un film de Bragaglia, *Les fils de Mithra*, considéré comme une œuvre-culte par les aficionados du bizarre. La notice citait une opinion de l'acteur Rory Calhoun sur le jeune femme : « She was pretty wild. »

La ressemblance était amusante. Elle ne dépassait d'ailleurs pas les limites du plausible. Sean Flynn, le fils du grand Errol Flynn, avait bien tourné à Cinecitta dans *Le signe de Zorro* et *Sandock, le Maciste de la jungle* avant de devenir l'un des plus intrépides correspondants de guerre au Vietnam, mystérieusement disparu en 1970 sur une piste cambodgienne. Mais enfin, imaginer la Kate Mc Auliffe que j'avais vue dans la peau d'une actrice de péplum, cela ne cadrait pas. J'oubliais Tina White et le temps passa.

Je ne revis Kate Mc Auliffe qu'en juin 1990. L'époque de Flora était loin. Mais la brillante journaliste quadragénaire que j'avais croisée une nuit de 1978 à Paris avait pris de la stature. Certains la comparaient à Susan Sontag ou à d'autres essayistes prestigieux. Mc Auliffe avait publié en 1984 un ouvrage intitulé *Why ?*, essai ambitieux sur l'esprit de l'après-guerre. Lorsque le livre parut en France (Flammarion, 1986), il fut remarqué. Kate Mc Auliffe partait d'une distinction entre les époques « existentielles », celles où la conscience adhère aux actes, et les époques « ironiques », celles où la conscience se regarde agir. Selon sa thèse, le XXe siècle avait été existentiel jusqu'en 1975 environ. Puis, après la fin de la guerre du Vietnam et la parution de *L'archipel du Goulag*, on avait commencé l'inventaire. Tout serait désormais réexaminé, trié, recyclé, ironisé – la mode, la littérature, la politique, l'amour. Une robe dessinée par Madame Grès en 1930 était existentielle. Une robe rétro conçue par Yves Saint Laurent en 1975 était ironique. Le talent pouvait être égal, il n'empêche que l'on répétait consciemment des formes en étant orphelin de l'innocence qui les avait engendrées. On passait du lyrisme au *revival* et de l'acte à son reflet. La montée en puissance de la télévision fournissait l'archive et l'illusion.

*Why ?* avait frappé les commentateurs pour trois raisons au moins. Le livre proposait un substrat à la notion de « postmodernité » alors en vogue. Il annonçait les débats futurs sur la fin de l'Histoire. L'ouvrage émanait de surcroît d'une femme non universitaire, dont les intuitions devaient beaucoup à une pratique affûtée du journalisme.

Un hebdomadaire français me proposa au printemps 1990 d'aller interviewer Kate Mc Auliffe à New York. Je ne me fis pas prier. L'occasion était fournie par la parution en France de *Mirrors* (*Miroirs*, Flammarion, 1990), le dernier essai en date de Kate Mc Auliffe. Il s'agissait d'une réflexion sur la manière dont les individus se racontent à eux-mêmes : le journal intime, l'autobiographie, les mémoires. Un petit livre à facettes, très ingénieux, non dénué de mélancolie.

Une chaleur de printemps enveloppait Manhattan. Tous les journaux faisaient leurs titres sur l'arrivée aux

Etats-Unis de Nelson Mandela qui devait prendre la parole à Washington devant le Congrès. Je me rendis à l'heure convenue du côté de Walker Street, là où résidait Kate Mc Auliffe. L'adresse correspondait à un vieil entrepôt 1920 rénové en loft. Les échelles d'incendie et les potences à poulie étaient toujours fixées sur la façade.

Je sonnai. Une voix de femme répondit. Quelques secondes plus tard, la porte s'ouvrit. Je reconnus Kate Mc Auliffe. Il y avait des fils d'argent dans sa chevelure noire, des ridelettes autour des yeux, mais c'était encore ce visage d'icône des années 60. Elle avait cinquante-deux ans et elle en jetait toujours, comme une ancienne actrice d'Hollywood ou de Cinecitta.

Kate Mc Auliffe me fit entrer dans une vaste pièce qui avait dû correspondre à un rez-de-chaussée d'entrepôt. Des fauteuils entouraient une table basse couverte de magazines et de *coffee-table books*. Deux vases remplis de lys étaient posés sur une ancienne cheminée industrielle aux tons métallisés. En profondeur, on découvrait une grande table entourée de chaises Mallet-Stevens. Des CD s'empilaient près d'une chaîne stéréo, un Powerbook débranché traînait dans un coin. Tableaux et photos sur les murs.

L'entretien dura une heure. J'avais d'abord demandé à Kate Mc Auliffe si elle se souvenait par hasard d'un dîner à Paris en 1978. Comme je lui en précisais les circonstances, elle m'identifia avec un sourire comme « le garçon qui accompagnait Flora ». Savais-je ce qu'elle était devenue ? Non, lui dis-je.

— Flora fait une belle carrière chez Digital Equipment, m'apprit Kate Mc Auliffe.

Il me sembla qu'elle y mettait un ton d'ironie.

J'actionnai la touche « Record » de mon magnétophone. Etait-ce le souvenir d'une soirée à Paris, était-ce le rayonnement particulier que tous les portraits récemment parus dans la presse américaine reconnaissaient à Kate Mc Auliffe, désormais habituée des *talk-shows* (« Je suis une personne qui donne son avis », me dit-elle en riant) ? Elle fut brillante. Kate Mc Auliffe développa d'abord son idée du journal intime comme un reflet privé d'origine : puisque le diariste redouble par le texte ce qu'il vient de vivre, il éprouve deux fois l'événement. L'action originelle s'évapore, le reflet manuscrit reste. Même chose avec l'autobiographie, ajoutait-elle. Il faut détruire du présent pour que le passé s'inscrive sur la page. Dissiper les mirages de l'immédiat pour sauver des reflets pérennes.

Je l'interrogeai ensuite sur le chapitre de *Mirrors* consacré à la nouvelle mémoire. Elle revint sur ce thème qui lui était cher : que se passe-t-il pour une génération qui a appris à décrire le monde avec des mots et finit par le voir en images sur des écrans ? Mc Auliffe décrivait ce qu'elle appelait la « mémoire cristallisée ». Lorsque l'écran d'une chaîne câblée se fige à la suite d'une panne technique, on obtient une image fixe, marbrée en puzzle. Une figure se dessine pourtant si l'on scrute l'écran, une image dans le tapis électronique. Ainsi nos mémoires, ajoutait-elle, fonctionnent de moins en moins comme un rappel de continuum et de plus en plus comme un flash de fragments éclatés. Picasso savait cela : il faut trois nez pour faire un profil.

Je regardais Kate Mc Auliffe. Elle portait un ensemble blanc, tunique et pantalons, d'un bel effet de flou. La vie ne l'avait pas cristallisée. Certains la considéraient aux Etats-Unis comme un oracle, et elle parlait très simplement avec un petit Français de deux ou trois choses qu'elle avait cru comprendre. Il y avait une grâce dans sa façon d'être vivante. La mèche, les pommettes, la voix. Je ne savais pas qu'une femme de dix-neuf ans mon aînée pouvait être aussi désirable.

Comme l'entretien se déroulait bien, elle m'entraîna sur le sujet de son prochain livre. Le titre provisoire en était *Orphans of the Wall*, les orphelins du Mur. Regardez ce qui se passe depuis le début de cette année, me dit-elle. Gorbatchev accepte le multipartisme en URSS. Kohl obtient la réunification des deux Allemagnes. Il y a des élections libres en Hongrie et en Tchécoslovaquie. Nelson Mandela a été libéré et l'ANC légalisée. L'armée américaine *renverse* le dictateur Noriega au Panama. Pinochet vient de perdre les élections. Et les Européens font sauter leurs frontières avec ces accords de Schengen. Tout cela en six mois. L'espace mental où j'ai vécu depuis quarante ans explose. Si l'espace bouge, notre perception du temps va bouger aussi. Mes premiers souvenirs remontent à Roosevelt – j'ai entendu ses discours à la radio – et j'essaie maintenant de comprendre les mondes virtuels.

Elle avait envie de parler et j'étais à court de questions. Pris d'une inspiration soudaine, je lui demandai si elle acceptait de commenter, à titre d'illustration de ses propos, quelques objets concrets.

— Vous voulez dire dans cette pièce, par exemple ? demanda-t-elle.

— Oui.

Kate Mc Auliffe fit un petit geste amusé.

— Pourquoi pas. Il y a des tableaux, des photographies, quelques disques. Regardez-les si ça peut vous aider. Vous voulez un thé ?

— Volontiers, dis-je.

Elle se leva et disparut hors de la pièce.

Je m'approchai de la pile de CD et notai mentalement quelques titres. Le « Highway 61 Revisited » de

Bob Dylan. Ella Fitzgerald dans Cole Porter. Le « Paris 1919 » de John Cale. Alicia de Larrocha joue Granados. La bande sonore de *Huit et demi*. « Station to Station » de David Bowie. Le quatuor Busch dans Beethoven. « Closer » de Joy Division. Le « Church of Anthrax » de John Cale. « Band of Gypsys » de Jimi Hendrix. Des tangos par Carlos Gardel. Deux disques de Laurie Anderson.

Je levai les yeux. Sur le mur, un Mickey aux membres tordus en spires rouges, signé Kenny Scharf, était accroché à côté d'un croquis d'escarpin au lavis sur fond en feuille d'argent. Une main avait écrit sous le talon : *From Andy to Tina. 1966*.

Kate Mc Auliffe revenait dans la pièce. Elle posa le plateau sur la table basse.

— C'est un Warhol ? demandai-je.

— Oui, répondit-elle. Un lavis de 1956, mais il l'a signé dix ans plus tard. Je l'ai placé à côté du Scharf, parce qu'on voit la parenté. Ce sont deux coloristes, et ça c'est vraiment une chose de New York.

Je fis quelques pas vers une série de photos encadrées de baguettes noires. Un homme jeune, belle gueule, souriait au milieu d'un halo un peu brouillé. Je reconnus Jacques Carrère.

— C'est votre mari, n'est-ce pas ?

— Non, corrigea Kate Mc Auliffe. C'est une photo de mon père prise en 1936. Ils ont quelque chose en commun, ne trouvez-vous pas ? Non, voyez, les photos de Jacques sont un peu plus loin.

Elle se déplaça légèrement.

Un premier tirage montrait Jacques Carrère, très jeune homme, cheveux courts, assis sur les marches d'une église. Un noir et blanc de vieux film italien. Sur la photographie suivante, en couleurs, il portait un treillis ; cigarette au bec et main sur la hanche, il se détachait sur fond d'arbres tropicaux. D'autres clichés s'enchaînaient jusqu'au plus récent. Là, les cheveux avaient blanchi, les traits s'étaient creusés.

— Le thé va refroidir, dit Kate Mc Auliffe. Allons nous asseoir.

Nous reprîmes place sur les fauteuils. J'arrivais de Paris pour rencontrer Kate Mc Auliffe, elle avait la courtoisie de me donner du temps. Il me revint une question que j'avais omis de lui poser. Kate Mc Auliffe était invitée à donner l'automne suivant une série de conférences à la prestigieuse université John Hopkins. Je lui demandai quel serait son sujet.

— Oh, dit-elle comme si on avait décerné un honneur indu, c'est assez spécial. Les étudiants veulent de plus en plus des shows, des *performances*. Alors, je vais tenter quelque chose dans le prolongement de *Mirrors*. Je n'en ai pas encore fini avec ces affaires de mémoires, ou d'antimémoires, comme disait votre Malraux... Il se trouve que Jacques vient d'écrire un récit de souvenirs dans lequel j'apparais. Avec son accord, un polycopié en sera distribué aux étudiants et nous l'étudierons ensemble. Je serai donc à la fois l'un des personnages du texte et son commentateur. Je pense que toute autobiographie est une fiction. Mais je vais m'employer à démontrer que le commentateur est lui-même un être imaginaire engendré par cette fiction.

— Est-ce que je pourrais en avoir un exemplaire? demandai-je tout à trac.

Kate Mc Auliffe parut hésiter.

— Pourquoi pas, dit-elle. Mais alors je vais vous donner la version initiale rédigée en français. Si vous voulez bien attendre deux minutes...

Elle se leva de nouveau. Je l'entendis monter à l'étage. Le soleil de juin filtrait à travers les stores, nimbant les objets d'un halo diffus. Je me dis soudain que quelque chose clochait. Je ne savais pas quoi.

Kate Mc Auliffe redescendait les marches. Elle apparut dans la pièce.

— Tenez, dit-elle en posant un bloc de feuilles polycopiées sur la table basse. Lisez-le avec indulgence. J'ai moi-même rajouté deux chapitres au manuscrit. Jacques a longtemps eu des rapports assez fantaisistes avec sa propre vie... C'est dommage que vous ne puissiez le voir aujourd'hui, mais il est à Washington. Il prépare un documentaire sur la présidence Kennedy et filme tous les vieux barons, Sorensen, McNamara, Schlesinger... Vous verrez, il y a parfois chez lui une transfiguration par la truculence légère. C'était un jeune homme de la vieille Europe. Mais fondamentalement, Jacques reste un réaliste.

— Qu'entendez-vous par réaliste ?

Elle eut un petit sourire.

— Le mot est mal choisi. Jacques n'aime pas trop la psychologie et raconte ce qu'il a vu, voilà tout... En fait, je crains d'avoir du mal avec les étudiants de John Hopkins, parce qu'à bien des égards il s'agit d'un monde englouti...

Comme elle prononçait ces mots, je compris ce qui me troublait depuis quelques minutes. Le dessin de Warhol accroché sur le mur. *From Andy to Tina*. Warhol n'avait pas écrit Kate, mais *Tina*. Je repensai soudain à l'article de Simsolo sur les profils perdus de Cinecitta. L'actrice sexy en mini-toge, les couleurs chargées du Cinémascope.

— Vous êtes fatigué ? demanda Kate Mc Auliffe.

Elle avait dû remarquer mon moment d'absence.

— Non, pas du tout, articulai-je. Je voulais vous poser une dernière question. Vous allez trouver ça absurde, mais je collectionne les photos de vieux films et j'en ai une, chez moi, où vous... où apparaît une actrice qui vous ressemble beaucoup.

— Ah oui ? dit-elle sans sourire. Comment s'appelle-t-elle ?

— Tina White.

Je la vis pâlir.

— Comment connaissez-vous ce nom ? reprit-elle d'une voix altérée.

— Je vous l'ai dit, les collections de photos, de magazines. Vous connaissez aussi ce nom, apparemment ?

— Oui, dit-elle laconiquement.

Elle jeta un coup d'œil vers le polycopié posé devant elle, puis me dévisagea comme si j'avais été doté d'un extravagant pouvoir de divination. Je ne savais s'il fallait oser.

— Vous... Tina White, c'était vous, n'est-ce pas ?

Je crus voir le regard de Kate Mc Auliffe se brouiller. Elle ne répondit pas et tourna la tête vers le mur.

Dans la soirée, une fois revenu à mon hôtel, je commençai à feuilleter le polycopié que m'avait confié Kate Mc Auliffe. En tête de première partie apparaissait un titre, *La douceur de vivre*. Etaient-ce des mémoires, un dossier, une confession ? Je ne savais rien de Jacques Carrère. Mais dès les premières pages, il me sembla qu'il avait voulu raconter une bien étrange histoire.

# La douceur de vivre

En 1960, Walter Beltrami était un homme à femmes, si le mot veut dire quelque chose. Dans sa trente-cinquième année, le photographe romain, avec sa carrure poids coq, ses traits d'acteur français – il ressemblait un peu à Louis Jourdan –, son sourire enfantin, gourmand, plein de tendresse rieuse, laissait derrière lui un sillage de cœurs pris au vol. Le cheveu taillé court, la chaussure à bout allongé, il arborait des complets à épaules tombantes et des pantalons tuyau de poêle. La chemise était généralement blanche et la cravate noire.

Dix ans plus tôt, il était arrivé de Ferrare sans une lire en poche. Walter avait connu la faim, l'attente humiliante dans le hall des rédactions, le sourire des femmes mûres guignant sa beauté de chien efflanqué. Le Rolleicord, le flash Braun, l'accumulateur à piles qu'il portait toujours en bandoulière avaient été ses sésames. Des clichés surpris, quelques portraits posés d'Alberto Sordi ou Carla Del Poggio attirèrent l'attention : il savait, en noir et blanc, fixer une attitude et camper un caractère. Des images de députés sortant de Montecitorio, des *snapshots* d'actrices dans des suites d'hôtels, des scènes de la vie romaine témoignaient d'un sens picaresque de l'anecdote. Profitant du mouvement qui avait transformé Rome en capitale du spectacle international, il travaillait aussi bien pour *Oggi* que pour *L'Europeo*. Du portrait de plateau, il était passé à la photographie de studio, fournissant les journaux, les agences, les maisons de production avec sa galerie des vedettes du jour, pour lesquelles il organisait des séances de pose appréciées.

Toute une population de grooms et d'ouvre-portières lui servait sur un plateau les derniers mouvements de stars, les arrivées prévues, les idylles en cours. Il connaissait la porte dérobée de l'Excelsior par laquelle Deborah Kerr s'éclipsait discrètement ; il pouvait déduire du trafic de certain type de voitures sur la route de Marino qu'il y aurait réception tel soir dans la villa de Carlo Ponti. Maria Felix est en ville ? Curd Jürgens arrive de Munich ? Tout lui revenait à l'oreille. Depuis qu'il avait ouvert son studio, Walter Beltrami affectait de ne plus courir derrière le scoop : il appartenait désormais à l'aristocratie des photographes demandés. On disait que le succès qu'il rencontrait depuis quelques années devait beaucoup à ses souvenirs de la rue. De ses poursuites nocturnes en Vespa, il gardait des réflexes de prédateur.

— Pour faire une bonne photo, me disait-il, il faut être deux. L'un déclenche le flash, l'autre photographie la réaction de la proie. L'un réveille le lion, l'autre le fait entrer dans la boîte. Ensuite, on partage les bénéfices.

A vrai dire, le spectacle de la Rome nocturne gardait sa préférence. Il circulait dans la ville comme un roi du trottoir et des palais, ayant ses entrées partout, reçu dans des maisons où on ne l'aurait pas imaginé. Walter était l'un de ces personnages que les métropoles inventent et que Rome adopte, un Mercure utile qui savait tout et ne trahissait personne. *Ciao bello*, lui disaient les filles de la via Appia. *Hello Darling*, lui lançaient les Américaines qu'il désennuyait dans les jardins Borghese. Son charme naturel, un peu corsaire, aurait pu suffire à sa fortune. Mais depuis qu'un portrait signé de lui aidait à prendre place dans la galerie des importants du jour, les mannequins et les jeunes actrices recherchaient son objectif. Les starlettes qu'il poursuivait cinq ans auparavant sur les trottoirs du quartier Ludovisi lui adressaient désormais de petits signes, se glissaient à sa table, se pendaient à son bras. Un portrait signé de Walter pouvait, comme elles le disaient, « leur donner de la catégorie ». Mais la bande de débutantes italiennes qu'il traînait derrière lui servait surtout ses desseins auprès des étrangères. Lorsqu'elles venaient tourner à Cinecitta, des actrices plus averties repéraient en Walter l'Italien à femmes, le rossignol des clairs de lune, l'*egregio maestro* de la caresse latine. C'était un guide vivant pour la Rome de minuit, Walter, *The Forum by night*, *Cruisin' the Trastevere*... Il n'était pas rare qu'une société de production lui demande de chaperonner une nouvelle arrivante, d'accompagner au club Rugantino la dernière bombinette de Beverly Boulevard. Walter m'avait exposé un soir sa théorie sur les amours de cinéma :

— Au générique d'un film, il y a d'abord le nom des deux ou trois stars, puis le titre du film, et ensuite le nom des autres acteurs.

Il avait dessiné sur la nappe :

LUX FILMS<br>présente<br>STEVE REEVES SYLVA KOSCINA<br>dans<br>LA COLÈRE DE MACISTE<br>avec<br>Primo Carnero<br>Sylvia Lopez<br>etc.

La règle d'or, poursuivait Walter, c'est qu'il ne faut jamais taper au-dessus du titre, là où est inscrit le nom de la diva. La diva n'est pas forcément inatteignable, mais elle est toujours insupportable. Elle te ruine, elle fait des crises de nerfs, elle rêve de son partenaire qui aime tout sauf les femmes, elle te jette dans des embrouilles sans fin, elle te plaque du jour au lendemain. Alors qu'en dessous du titre, c'est du plaisir. La fille n'est pas sûre d'elle, mais encore assez fraîche pour faire des folies. Elle a des espoirs, ça la transporte, elle bat des mains, en un mot elle t'aime. N'oublie pas ça, Jacques. Il ne faut jamais taper au-dessus du titre, mais toujours en dessous.

J'étais arrivé à Rome en janvier 1960, propulsé là comme correspondant de l'AFP. Je devais cette promotion à une enquête réussie autant qu'au souci qu'avaient eu mes patrons de me protéger contre ses conséquences. Pendant les années 1957 et 1958, j'avais travaillé sur les coups tordus dont les deux camps, en pleine guerre d'Algérie, n'étaient pas avares. Les supplétifs kabyles de la force K... Les intrigues de Trinquier... Les folies d'Amirouche... En 1959, un informateur me lança sur la piste des réseaux allemands du FLN. L'affaire est aujourd'hui connue : des marchands d'armes ouest-allemands faisaient de l'or en vendant des armes au FLN. Mais de mystérieuses explosions venaient généralement y mettre bon ordre. Depuis Hambourg, l'ancien SS Springer acheminait des armes via la Syrie. Après avoir échappé à un attentat, il se retira du trafic. Une bombe explosa également chez le Dr Wilhelm Beisner, ancien chef de la Wehrmacht en Yougoslavie. Simultanément se développait l'affaire Puchert. Cet Allemand de Tanger traitait directement avec Boussouf en lui fournissant des carabines Mauser

7,92 mm de la dernière guerre, arme particulièrement prisée par le FLN.

En 1958, l'expert en explosifs de Puchert, un Suisse du nom de Marcel Leopold, fut retrouvé mort dans un hôtel de Genève, une fléchette au curare plantée dans le cou ; une sarbacane avait été laissée en évidence près du corps. Quelques mois plus tard, à Francfort, une bombe à ventouse explosa sous le siège de la Mercedes de Puchert. Le corps criblé de petites billes de métal, il ne survécut pas à ses blessures.

Il serait trop long de raconter les péripéties de cette enquête. Un voyage à Hambourg, une rencontre près de Marly, les plis déposés à la poste restante par un anonyme qui signait invariablement « Votre ami Hacène » y eurent leur part. Au dernier trimestre de 1959, je tenais l'information : toutes les pistes remontaient vers le bureau 24 du SDECE et à l'un des chefs connu sous le nom de « colonel Lamy ». En clair, les services français avaient taillé dans le vif. L'AFP ne publia pas l'information. Mais elle filtra par d'autres voies et sortit dans la presse américaine. D'une certaine façon, cela mécontenta tout le monde et ne désavantagea personne. Les Algériens pouvaient dénoncer les barbouzeries françaises. Les Allemands étaient trop contents d'apparaître comme les victimes des Français et de leurs attentats irrespectueux du droit. Quant aux Français, ils laissaient volontiers dire que le FLN se fournissait chez d'anciens nazis. Mais la direction de l'AFP reçut des pressions. Un concours de circonstances opportun libérait un poste à Rome. On me le proposa avec empressement. Je l'acceptai en pensant que j'aurais à suivre les négociations secrètes qui, semblait-il, s'y déroulaient. Il me fut expliqué que cela n'était en rien inclus dans la définition de ma mission.

La vérité est qu'à Rome, en 1960, on s'occupait surtout de cinéma.

Ce soir-là, j'avais rejoint Walter à la terrasse du café Doney. Il partageait sa table avec une Américaine qui arrivait de Palm Springs, munie d'un contrat pour Cinecitta. La fille s'appelait Pamela Hall. Un corps de nageuse pris dans une robe-fourreau verte, les cheveux blonds tirés en queue de cheval, elle ressemblait un peu à Kim Novak. Ses yeux étaient déjà brillants d'alcool. Je savais que Walter goûtait par-dessus tout les *supertettone* et les *spacadivanetti*, les vixens et les casse-divans. Pam Hall appartenait manifestement aux deux catégories. Elle parlait un étonnant sabir italo-américain.

Une brise d'avril soufflait sur la via Veneto. Dans la nuit tiède, des voix joyeuses se hélaient d'une table à l'autre. Les lampadaires de fer forgé éclairaient les calandres des Lancia et des Fiat 500, les Vespa agiles et les voiturettes à pédales des marchands de glaces, au milieu d'un tumulte d'avertisseurs, de musique de piano-bar, de conversations courant sous les auvents du Café de Paris. Des garçons en veste blanche circulaient, le plateau acrobatiquement posé sur le plat de la main, entre des tables où des Italiens à lunettes noires, des producteurs de Cinecitta agitaient les mains devant de belles Romaines en jupe plissée.

C'était comme si chaque trottoir, de part et d'autre de la rue, avait été une plage balnéaire posée au bord d'un fleuve automobile. Les façades cuivrées des grands hôtels, les caryatides de l'Excelsior éclairées au néon donnaient à la nuit une teinte étrange, éblouissante et dorée. On aurait pu se croire au cœur d'un studio à ciel ouvert.

Lorsque j'étais arrivé, Pam Hall m'avait regardé comme une femme regarde parfois un homme, évaluant la carrure, laissant tomber ses yeux sur la fente de la veste. Walter faisait boire la starlette. C'était déloyal et d'ailleurs superflu. Le sourire languide de l'Américaine voulait dire : on verra plus tard, mais pas trop tard. Elle aurait fait la même chose avec n'importe quel type brun s'asseyant à sa table.

Je fis un signe de tête à Walter. Il regarda sa montre puis approuva d'un clin d'œil. Il y avait fête ce soir-là au palais Biondani.

Walter prit Pam Hall par le bras. Elle se leva en riant très fort. Des têtes se tournèrent vers nous. On regardait cette Walkyrie pompette zigzaguer entre les tables. Nous remontâmes la rue jusqu'à l'endroit où Walter avait garé son spider Giulietta. A peine avions-nous démarré, Walter et Pam à l'avant, moi serré derrière, que l'actrice se mit à crier dans nos oreilles.

— Come on, Walter and Jack ! I like Rome ! Pasta, minestrone, chianti ! Let's go to the land of spaghetti !

Walter se retourna et me fit un autre clin d'œil. Les réverbères à boules de la via Veneto brillaient au-dessus de nos têtes. Comme nous débouchions sur la place Barberini, une Lamborghini se porta à notre hauteur. Il y avait deux filles à l'avant.

— Ciao, bello, lança l'une des filles à Walter.

Il fit un signe de la main.

La starlette chantonnait. Je voyais l'œil de Walter dans le rétroviseur.

Pam se dressa soudain dans la décapotable, agrippa le pare-brise et se tint debout telle une figure de proue. Walter la tira par le bras et la fit rasseoir. Elle éclata de rire. Nous éclatâmes de rire tous les trois, comme des idiots.

— On arrive, dit Walter.

Il rangea sa voiture derrière une Alfa rouge. Nous étions dans le quartier Botteghe Oscure. A trente mètres, deux flambeaux brûlaient au-dessus du porche d'un palais. Pam descendit de la voiture. La petite promenade devait l'avoir dégrisée, car elle marchait droit. Je la pris par le bras. Comme nous approchions du palais Biondani, un flash de lumière jaillit soudain de la nuit, suivi d'un autre éclair. Pam poussa un cri de surprise et s'accrocha à moi.

— Wow, they scared me ! dit-elle en voyant les photographes se replier sur l'entrée de l'immeuble où ils planquaient.

— Ciao Tazio, ciao Renzo, dit calmement Walter.

— Mais tu les connais ! hulula Pam. So they can shoot me again. Come on, boys !

Elle se détacha de moi, lissa ses cheveux et prit la pose, les mains sur les hanches, la poitrine tendue.

Les ampoules de flash crépitèrent plusieurs fois.

Sous le porche, deux valets de pied en livrée nous toisèrent avec défiance. Walter leur dit quelques mots. Tel un automate, le plus âgé désigna aussitôt l'entrée noble qui se découpait au fond de la cour. De grands chandeliers torsadés avaient été disposés sous la colonnade du péristyle. A la lueur tremblotante des chandelles de cire, on distinguait des fresques bucoliques peintes en trompe l'œil sur les murs. La rumeur d'une mélodie de jazz, des éclats de voix lointains parvenaient jusqu'à nous.

— Allons-y, dit Walter.

Nous traversâmes le péristyle. Les talons aiguilles de Pam résonnaient sur le dallage de marbre. Sous la lumière fantomatique des chandelles, son visage trahissait quelque chose d'avide et de désarmé. Un escalier en fer à cheval, orné de sphères armillaires, menait à la grande entrée. La musique de jazz se faisait plus précise. Un brouhaha de conversations, de verres tintinnabulants et de rires sonores emplissait le premier salon.

Une cinquantaine de personnes circulaient entre deux buffets. Il y avait des costumes en alpaga et des smokings de chez Brioni. Les Romaines, colliers de perles et robes de taffetas noires, côtoyaient des nymphes américaines en rose shocking. Pam Hall ne serait pas ce soir-là l'unique étoile du Nevada. Elle se tenait coite, saisie par la majesté du lieu, les faunes et les naïades qui déversaient pampres et fruits juteux de leurs cornes d'abondance, les ailes des *putti* perchés sur les corniches.

Walter serrait des mains. Les quelques mois que j'avais déjà passés à Rome me permettaient de reconnaître çà et là des visages. Mario Pannunzio, le journaliste du *Mondo*. La jeune princesse Doria. Un *onorevole* de la Démocratie chrétienne. L'écrivain Alberto Arbasino. Ils évoluaient avec animation à travers le salon, sous les chandeliers à ampoules électriques, longeant les socles de travertin où reposaient des bustes de Diane et de Daphné, les allégories de la Renommée et de la Rhétorique, leurs reflets renvoyés par les miroirs dépolis qui paraissaient ouvrir une porte sur l'autre monde, vers l'Hadès où dérivent les âmes tristes des siècles oubliés. Des profils faunesques apparaissaient, une coupe de champagne à la main, comme s'ils s'étaient détachés de la bacchanale peinte à fresque pour une petite sauterie dans le monde des vivants.

Pam Hall me pinça le bras.

— Jack, je voudrais voir l'orchestre. Let's strike the band !

— C'est moi qui emmène la signorina chez les musiciens, dit Walter en surgissant derrière nous.

Il la prit par le bras et l'entraîna vers la porte qui donnait sur le jardin.

Pam se retourna.

— Viens avec nous, Jack !

— J'arrive, dis-je.

Mais je les laissai prendre du champ. Une douce brise d'avril pénétrait dans le salon. Je m'approchai à mon tour de la terrasse qui descendait vers les jardins.

La perspective changea. Passé la porte, on foulait le dallage d'une grande loggia. Des médaillons sculptés étaient fixés sur les murs, trophées antiques que la fantaisie d'un prince du XVIIe siècle avait dû accrocher là. Un escalier descendait vers le parterre.

En profondeur de perspective, des banquettes de gazon délimitées par des haies de buis s'ordonnaient autour d'un massif central d'où jaillissait un petit obélisque. Des dizaines de photophores éclairaient au ras du sol des bosquets ombreux et de petits miroirs d'eau.

Une estrade avait été dressée près d'une balustrade de marbre. Les musiciens de jazz qui s'y activaient étaient probablement italiens, mais ils savaient donner à leur jeu le *stomp* d'un vieil orchestre de Storyville. Batteur imperturbable, contrebassiste penché sur ses cordes, pianiste oscillant d'avant en arrière, saxophoniste faisant rugir son instrument, trompettiste aux joues d'Eole. Sous la lumière rase, au milieu de la nuit romaine, on aurait cru que la fanfare de Téthys était sortie de sa conque pour jouer « Stormy Weather ».

Devant l'estrade, sur un parquet de bois ciré, les danseurs enchaînaient les figures et les passes acrobatiquement déhanchées. Des talons claquaient, les corolles des robes tournaient, des hommes de tous âges agitaient la main au-dessus de leur tête en faisant volter leurs cavalières. D'autres silhouettes parcouraient les allées, s'animant en conversations près des miroirs d'eau et des ifs taillés. Les fourreaux de soie noire, les smokings dessinaient des évolutions presque abstraites. On aurait dit des pions déplacés sur un damier par une main invisible.

Au pied de la loggia, une quinzaine de tables avaient été dressées. Des invités du prince Biondani s'y tenaient assis.

Je descendis les marches en cherchant des yeux Pam et Walter. Deuxième table à gauche, une tache verte près d'un homme en tuxedo blanc, c'était elle. En m'approchant, je reconnus l'élégant sexagénaire auprès duquel elle s'était placée : le prince Biondani lui-même. L'Américaine n'avait pas perdu son temps.

— Bonsoir, cher ami, me dit le prince en se levant.

Je l'avais déjà croisé dans quelques soirées. Un aristocrate roulant en Ferrari, curieux de tous les plaisirs.

— Hi, Jack, fit Pamela en agitant la main.

— Si vous voulez bien nous rejoindre, fit le prince en français.

Il me désignait une chaise à sa gauche. Pamela était à sa droite.

— Je ne vous présente pas à Mlle Hall, reprit le prince.

— Nous sommes arrivés ensemble.

— Et vous connaissez bien sûr mon ami Lex Barker, enchaîna-t-il.

Je lui tendis la main. Barker me brisa les phalanges, mais ne desserra pas les mâchoires. C'était bien lui, petits yeux, nez fin, l'air ennuyé, les pectoraux en évidence sous la veste de smoking. L'acteur de *Duel sur le Mississippi*, l'ex-époux de Lana Turner, le successeur direct de Johnny Weissmuller dans le rôle de Tarzan. Il n'avait pas l'air aimable.

— Je suis heureux de vous accueillir chez moi, dit le prince en se penchant légèrement.

La conversation s'engagea. Je remarquai que Lex Barker avalait rasade de whisky sur rasade de whisky, indifférent. Pam vit que je regardais l'acteur.

— Jack, dit-elle, tu sais que Lex a joué cinq fois Tarzan ?

Lex Barker ne broncha pas. Le prince Biondani fit une petite moue raffinée, comme s'il avait gobé une huître succulente.

L'orchestre jouait « Siboney ». Des couples dansaient lentement. Les silhouettes du jardin se déplaçaient toujours sur leur damier invisible.

— Dites-nous, cher ami, quels sont les films que vous tournez en ce moment à Rome, relança le prince.

— Je n'arrête pas, plastronna Barker. J'ai enchaîné *Le cimeterre du Sarrasin* et *Capitan fuoco*. Ensuite, *Les pirates de la côte* et *Robin Hood et les pirates*. C'est presque du cinéma muet, ici, vous savez. Il suffit de bouger les lèvres et on vous double en italien. Il n'y a que ce film avec Fellini, celui qu'il va montrer au Festival de Cannes. Là, c'est vraiment bizarre...

— Bizarre ? dis-je.

— Oui, répondit Barker perplexe. Un film en costumes modernes. Il m'a demandé de m'asseoir dans un night-club, de donner quelques coups de poing, et puis c'est à peu près tout. Je ne sais pas pourquoi il me voulait. A vrai dire, ça ressemblait un peu... à la fête de ce soir.

— Vous m'en voyez flatté, dit le prince impavide.

Vingt minutes plus tard, le tumulte régnait autour de la piste. Les invités du prince avaient formé un cercle et tapaient dans leurs mains pour encourager Pam Hall qui, pieds nus, les cheveux dénoués, était entraînée par Walter dans un cha-cha-cha frénétique. Pam ondulait, se déhanchait, enlevait les bras au-dessus de sa tête, faisait glisser ses doigts dans ses cheveux, Walter tournait autour d'elle, la laissait flotter puis la relançait, la longue chevelure blonde cascadait sur les épaules de Pam, la fente de la robe s'ouvrait sur ses jambes de *playmate.* Elle était ivre des rythmes latins qui éclataient sous la lune blanche. Pam se montrait, exultait, explosait.

Au bord de la piste, des Italiens imbibés d'alcool riaient. Walter était leur champion : si l'actrice tombait cette nuit dans les bras du photographe, ils jouiraient d'elle à travers lui. Les femmes étaient pleines d'une indifférence voluptueuse et lasse. Encore une Américaine jetée aux murènes.

J'eus soudain envie d'être ailleurs. L'alcool que j'avais avalé à la table du prince agissait doucement. Je me détachai du groupe massé autour de la piste de danse pour me diriger vers la haie qui bordait la partie gauche du parterre. Des couples marchaient devant moi, étoles jetées sur les épaules des femmes, un bras d'homme parfois passé autour de leur taille. Le gravillon crissait sous la semelle. En franchissant une arche de verdure, on pénétrait dans une section du jardin pareille à la cour d'un couvent abandonné. Des pavillons sous les haies de buis, une fontaine de rocaille dont les filets d'eau coulaient dans un bassin moussu. De grands ifs étaient plantés sur le pourtour. L'air frais d'avril, le son du jazz-band adouci par l'épaisseur des frondaisons, l'odeur de gazon frais coupé vous enivraient doucement au creux de ce capiton végétal. Des couples passaient sans s'arrêter et s'enfonçaient plus avant dans les jardins. Je m'installai sur un banc et allumai une cigarette. Mes yeux s'habituaient à l'obscurité. Seuls, quelques photophores donnaient encore une lumière flageolante. L'eau de la fontaine grelottait à fleur de pierre. Je laissais mon regard flotter d'un point à l'autre, l'arche de buis, la fontaine, les petits pavillons...

Je revins en arrière. Une femme venait de pénétrer dans le *cortile* de verdure. Je distinguais une tunique resserrée à la taille, légèrement blousante, portée sur des pantalons flottants. Tous les vêtements étaient blancs. La simplicité de cette silhouette élancée ne ressemblait à rien de ce que l'on voyait ce soir-là, les robes pigeonnantes, les étoffes corsetées. Cette allure respirait sans forcer le jeté naturel de la jeunesse. Une chevelure blonde, coupée à mi-cou, se détacha dans l'ombre avec une netteté graphique. La silhouette s'avança lentement vers la fontaine, tendit sa main vers le bassin, la plongea dans l'eau fraîche. Je cherchais des yeux le cavalier qui l'aurait accompagnée. Personne. Elle se tourna légèrement. Le visage qui apparut à la lumière des photophores, creusé par l'ombre, était d'une beauté rare. Sous la frange blonde, des yeux que l'on devinait clairs brillaient au-dessus de deux pommettes très marquées, presque asiates. Un nez de sauvageonne, la bouche d'une sensualité moqueuse démentaient ce que les vêtements flous auraient pu suggérer d'indolence.

Si faible que soit l'éclairage, il émanait de sa présence une évidence électrique. Cette fille était absolument belle.

M'avait-elle repéré, assis dans l'ombre sur mon banc ? Il me sembla que son regard balayait un instant l'angle du jardin où je me tenais. Puis elle se détacha soudainement de la fontaine et sortit en quelques pas du *cortile* de verdure. Je restai assis vingt secondes de trop. Quand je me levai pour la suivre, elle était déjà hors de ma vue. J'arpentai le fond du jardin, tournai entre les haies, revins plusieurs fois sur mes pas. Rien.

Elle avait disparu.

Le lendemain vers midi, je me rendis au studio de Walter Beltrami. C'était au rez-de-chaussée d'un vieil immeuble de la via del Biscione. La pièce de pose avait dû correspondre autrefois à une remise pour voitures attelées. Walter avait chaulé les murs et installé à demeure son matériel, grands draps blancs, trépieds, parapluies, fils électriques courant sur le plancher.

— Tu peux entrer, dit Walter depuis la pièce latérale où il développait ses clichés.

Je poussai la porte. Une lumière ambrée baignait le lieu. Des tirages séchaient sur un fil à linge. Posés sur la table de développement, on distinguait les cuvettes, l'agrandisseur, les flacons et les pinces. Walter était en train de se laver les mains.

— Tu as bien dormi ? lui dis-je.

Sans répondre, il me lança un clin d'œil entendu, se sécha les mains, ramassa un paquet d'épreuves et les posa sur une tablette.

— Il n'y a que des portraits ? demandai-je.

— Oui, un choix des dernières séances. Regarde.

Il fit glisser la pellicule de papier qui protégeait le premier tirage.

— Tu la reconnais ? interrogea Walter.

— C'est Nadia Gray, non ?

— C'est Nadia. Tu vois comme elle fait la tragédienne...

L'actrice était photographiée en robe noire, les mains ramenées sur la poitrine, la tête légèrement jetée vers l'arrière. Le teint blême d'une Médée tombée dans la farine.

— Elle est réellement comme ça ? dis-je.

— Pas du tout. Nadia est affreusement sentimentale, ça lui vient avec l'âge. Elle fait tout à l'attendrissement, ça peut marcher. Et si ça ne marche pas, elle a ses petites chansons qui la consolent.

Il allait me montrer d'autres images quand je l'interrompis. Je racontai à Walter l'apparition de la veille. Sur simple description physique, il livra ses déductions :

— Ta fille n'est probablement pas italienne. Les vêtements que tu décris sont des choses que portent seulement quelques filles de la mode. Elle doit être mannequin. Si c'est le cas, je vais te la retrouver. Attends une minute.

Walter ouvrit un tiroir du petit meuble où il conservait ses tirages sur des plans à coulisses. Il en sortit un paquet d'épreuves.

— Ce n'est pas trop difficile, dit-il. Toutes les filles qui passent par Rome sont répertoriées.

Il fit défiler plusieurs photographies qu'il tirait soigneusement de leur enveloppe. Walter, au passage, n'était pas mécontent de me montrer son travail.

— Ça ne correspond pas, commenta-t-il à voix haute. Denise est trop cygne. Ça ne peut pas être Peggy, trop petite... ni Francine... tu n'as pas un détail plus précis ?

— Si, dis-je. Les pommettes. Elle avait des pommettes très marquées.

Walter parut réfléchir, puis il claqua des doigts.

— Alors si c'est pommettes, c'est Tina.

Walter feuilleta le paquet d'épreuves, s'arrêta sur un dossier et en tira un jeu d'épreuves.

C'était elle.

La série, à la façon d'un arrêt sur images cinématographiques, enchaînait cinq attitudes. Profil sage, mèche balayante. Trois quarts face avec regard en dessous. Face, sourire, regard fixe. Latéral, ironique, d'une abstraction japonaise. Final en éclat de rire, hors pose, libre.

— Qui est cette fille ? demandai-je à brûle-pourpoint.

— Une Américaine. Tina White. Attends, j'ai autre chose sur elle. Regarde ça.

Sur le tirage noir et blanc, elle portait une robe du soir froncée à la taille par un nœud anglais. Les mains étaient ramenées en avant. Le profil du visage, qui avait trouvé une inclination très gracieuse, marquait la ligne de partage entre ombre et lumière. Les pommettes, évidentes. Le fond était noir avec des reprises d'ombre sur la robe claire.

— Robe de Capucci, commenta Walter. Je fais ça en exposition longue sur une pellicule rapide poussée à la limite. Ça te donne ces contrastes de vieux film policier, tu vois, et je...

— La fille ? interrompis-je. Cette Tina White ?

Walter me regarda, perplexe.

— Je peux te dire qu'elle prend très bien la lumière, et même qu'elle en donne. Elle est à Rome depuis, je ne sais pas, disons un an. Elle est américaine, elle travaille beaucoup, elle sort. Mais...

— Mais ?

Il parut embarrassé.

— Cette fille est muette, tu vois. Pas assez vivante pour moi.

— Pas comme la Pamela d'hier ?

— C'est ça, dit Walter avec son sourire irrésistible.

— C'est justement ce qui m'intéresse, dis-je.

— Ah oui ?

Il avait l'air étonné.

— Où habite-t-elle ?

— Je ne sais pas, répondit Walter. Mais en ce moment elle tourne.

— Elle tourne ?

— Oui, dans un film italien.

Je vis que Walter était en train de consulter le répertoire mental qui faisait de lui un incomparable cicérone de la vie romaine.

— Elle tourne avec Bragaglia, reprit-il. Studio 5, Cinecitta.

Walter m'avait laissé le numéro de téléphone de la production. Il suffisait d'appeler en demandant à être présent lorsque Tina White jouerait sur le plateau.

En descendant la via del Biscione, j'ai remarqué une affiche annonçant la tournée d'un petit cirque. Les couleurs étaient enfantines et chantantes. Des chiens savants sautaient à travers un anneau, un Hercule jonglait, une trapéziste volait. Au premier plan, une diseuse de bonne aventure, robe bohémienne et bandeau constellé d'étoiles, se tenait penchée sur un jeu de tarots. J'ai marché jusqu'à ma voiture en gardant cette image devant les yeux. Un souvenir me trottait dans la tête.

Je revoyais la cartomancienne de Cholon.

C'était en 1953 à Saïgon. Dans l'après-midi de ce jour-là, James Parker m'avait dit, en sirotant son paddy-soda :

— Tu devrais consulter la cartomancienne de Cholon.

J'ai dû hausser les épaules. Des voyantes, des tireuses de cartes, des devins, il y en avait pléthore dans les baraquements de la ville chinoise de Saïgon. Devant mon air dubitatif, Parker ajouta :

— La bonne cartomancienne. La seule – Madame Thuy.

James Parker couvrait l'Indochine pour *Time*. Il était de dix ans mon aîné.

— Allons-y ce soir, dis-je.

— D'accord, approuva Parker.

Nous étions assis à la terrasse de l'hôtel du Théâtre. Moins bien fréquenté que le Continental auquel il faisait face, c'était l'un des hauts lieux de la mafia corse en Indochine, le mot désignant extensivement de vieux Bastiais qui tiraient sur le bambou, des sous-officiers amateurs de congaïs, des chauffeurs de taxi sans compteurs, mais surtout des rois de la piastre au noir, actionnaires de bordels, trafiquants de pétoires, courtiers clandestins des ministres de Bao Daï.

James Parker portait son habituelle veste de lin blanc et sa cravate club. N'ayant de comptes à rendre qu'à sa rédaction en chef, il était payé pour nous voir perdre. Depuis plusieurs mois, il recensait implacablement dans les pages de *Time* des déboires dont la censure française ne laissait filtrer, dans les journaux de Paris, que l'expression la plus bénigne. Au mois d'octobre de l'année précédente, le Vietminh avait engagé une offensive en pays thaï. Prise de Ngia Lo, combats autour de Na Sam, opérations victorieuses au Laos, tout paraissait réussir aux soldats de Giap, même leurs replis tactiques. Certes, le général Navarre avait en juillet lancé ses parachutistes dans la cuvette de Langson : le succès de cette opération, disait-on, venait surtout de ce que personne à Paris n'en avait été informé.

N'empêche. Le climat était au pourrissement. De leurs missions secrètes en territoire ennemi, les espions de Cogny ramenaient tous la même vision d'effroi : au milieu de carcasses de chars, de locomotives renversées, de villages en feu, réapparaissait toujours à la nuit tombante une colonne de camions Molotova roulant tous feux éteints sur les pistes remises en état par des milliers de mains invisibles. Tandis que l'on ripaillait à Saïgon, les décrets du Tong Bo, le comité suprême du Parti, lançaient dans la nuit indochinoise les divisions d'élite, la 308, la 312, la 316, et derrière elles l'immense armée qui savait marcher en défroissant l'herbe foulée. Il n'était pas rare de retrouver dans la campagne un *Vietgian* – un traître à la cause –, le visage transpercé d'épines, les organes lacérés, la tête posée sur le sol. Il y aura eu dans cette affaire d'Indochine un aspect d'ultime guerre punique, les hurlements de soldats peints, les corps à corps et les brasiers rituels, les flèches empoisonnées des montagnards Sedangs. J'avais vingt-deux ans. Ce n'était peut-être pas la meilleure façon de commencer.

Sur le chemin de Saïgon, en janvier 1953, je m'étais arrêté à Hong-Kong. Un adjoint de Francis Lara, le correspondant de l'AFP dans la colonie, m'invita à dîner chez lui. C'était un garçon né dans le XIe arrondissement de Paris. Il s'appelait Pierre Berthecourt. Sur un vieux gramophone, il écoutait des 78 tours de Charlie Parker. A un moment, en baissant la voix, il me demanda :

— Vous comptez vraiment rester à Saïgon ?

— Quelque temps, oui.

Il haussa les épaules.

— Evidemment, dit-il, il y a les taxi-girls du Grand Monde. Les fleurs de minuit aux robes fendues. De vraies délicates, celles-là. Mais enfin...

La pièce sentait le canard laqué et les effluves citronnés.

— Mais enfin ?

Il haussa de nouveau les épaules.

— Mais enfin, reprit-il plus lentement, il faut bien dire que c'est un vrai merdier !

C'était un vrai merdier. Depuis ma fenêtre de l'hôtel Continental, où les chambres se louaient trente piastres la nuit, je découvrais le spectacle de Saïgon comme l'on regarde le rivage depuis un paquebot échoué. Sans cesse, des insectes jaunes venaient se faire happer par la colonne d'air du ventilateur. Les hommes n'agissaient pas autrement. L'un des commerces les plus prospères de la ville était la maison Toby, cercueils en zinc pour le rapatriement en métropole.

Toute une société vivait ses heures dernières. Sur le plateau, parcouru de cyclo-pousse où les dames prenaient place à l'heure des adultères, les villas des fondés de pouvoir de la Franco-Chinoise et de la maison

Diethelm accueillaient pour l'apéritif les grands compradores indochinois, costumes de lin blanc cassé, chapeaux de chez Motsch sur crâne de Bouddha, tandis que leurs gardes du corps stationnaient devant les Traction rutilantes en chiquant du bétel. Une fièvre de négoce habitait ces corps mortels. Planteurs millionnaires des terres rouges de l'Est dont les filles étudiaient aux Roches, riziculteurs de l'Ouest tirant des fortunes de leurs cargaisons de paddy, abbés faisant fructifier la trésorerie des Missions étrangères, transitaires des maisons Descours et Cabaud, toute une population chauffée par l'imminence de la fermeture courait à la piastre comme l'on tue sa mère. Tandis que les officiers de la Coloniale traquaient le Viet dans ces forêts où le duc de Montpensier venait quarante ans plus tôt chasser à courre le cochon sauvage, les grands boyards du marché parallèle prenaient leurs profits. Chaque semaine, l'hydravion de la Banque de l'Indochine décollait vers Macao : l'or quittait Saïgon au milieu des papillons rouges voletant sur le fleuve. Mais ce n'était rien auprès des centaines de trafics qui soutenaient la ville sur des pilotis de bank-notes. Pièces détachées, rouleaux de soie, benzine, lots de bière chinoise, peaux de tigre, caisses de champagne millésimé, percolateurs, carabines allemandes, pattes de lapin, étain chinois, ampoules de morphine, préservatifs, étoffes de cunao, cargaisons de mangues, livres de pornographie hollandaise, tout se vendait, s'échangeait, disparaissait, se rachetait, passait de main en main, impliquant les plus improbables intermédiaires, faisant jaillir des bouquets de piastres de la poche d'un vieux Chinois auquel on n'aurait pas donné un sou. Bouliers, cahiers d'actuaires, machines enregistreuses, cinq doigts de la main, toute la ville comptait et recomptait. « Je n'ai vu ça que deux fois dans ma vie, me dit un soir un vieux cambiste qui avait bourlingué à travers l'Asie. Shanghaï en 1937 et Vladivostok à l'époque de l'ataman Semenoff. » C'étaient les deux circonstances où il se souvenait de visages transformés par la passion du lucre.

Nous étions en novembre 1953. Diên Biên Phu tomberait au début du mois de mai suivant. La main de certains vieux coloniaux tremblait en avançant les dominos du mah-jong. Des hommes apparaissaient dont l'obsession n'était pas même de sauver leur peau, mais de se visser sans trêve dans le corps d'une femme. Ils savaient que le Vietminh faisait parfois passer la herse sur des champs de prisonniers enterrés vivants. Une prémonition de supplice, attisée par les *kampés* lugubres à l'alcool de riz, poussait les corps vers les corps. On constaterait quelques mois plus tard une recrudescence de naissances métisses : les enfants de la grande peur de l'hiver 1953-1954. Des officiers de la Sûreté, rongés de paranoïa, marchaient la main sur l'étui du revolver. On déroulait des barbelés autour du golf de Saïgon. Chaque *bep*, si inoffensif soit-il devant ses fourneaux, pouvait dissimuler un traître. Le Vietminh pratiquait l'extorsion, le *squeeze* sur tous les trafics de Cholon. Cherchait-on à oublier l'oncle Ho autour des tables de jeu, on enrichissait encore sa cause : c'était sans fin.

A chaque heure du jour et de la nuit, mille détails trahissaient l'échauffement des passions. Un orchestre philippin jouait des paso-doble au dancing du Continental : les jeunes chiens du Club de la Presse, cigarette au bec et costume de lin froissé, serraient des hôtesses de l'air qui admiraient Michèle Morgan, cherchaient un mari et se résignaient à coucher. Le monstrueux bordel du boulevard Gallieni, le « Parc à buffles », ne désemplissait pas. Lors des réceptions du gouverneur Letourneau au palais Norodom, les décolletés des femmes de notables – pigeonnants et New Look acheté à Paris – paraissaient de plus en plus profonds. Le bar du Club Sportif devenait chaque après-midi un piège à femmes qu'alimentait la bourse aux potins de la ville, « Radio Catinat », tandis que les légionnaires tatoués hantaient le claque de la rue Pellerin, repaire des putains bon marché de la ligne Marseille-Saïgon. Les grandes taxi-girls chinoises des dancings à néon, le Palais de Jade, l'Arc-en-Ciel, qui n'accordaient leurs faveurs que lentement, dédaigneusement et aux plus riches, ces admirables filles de jade aux fourreaux de soie chantante se voyaient moins courtisées : elles n'étaient que du rêve et l'on voulait de la chair. Les prostituées annamites des caisses de Cholon, les petites paysannes à tresses huilées qui servaient un thé amer et parfumé fournissaient ce qu'il fallait de voluptés immédiates. En Asie, j'ai compris que le spasme peut devenir aussi indifférent que l'envol d'un oiseau ou le craquement d'une branche dans la forêt. L'acte qui soude brièvement un homme à une femme est à peu près nul dans l'ordre du sentiment, mais chiffrable dans celui de la pauvreté. Les maquereaux à grosse chevalière postés près des baraquements avec leurs cartes de poker étaient là pour le rappeler. Que sont devenues ces jeunes filles des baraquements ? Des matrones assises devant l'autel des ancêtres, écoutant Radio Hanoï en flattant la joue de leurs petits-enfants ? Des ossements mêlés à la terre rouge que soulèvent les brises du printemps ? Je me souviens surtout du bruit de ventouse que faisaient leurs pieds sur les nattes humides.

En découvrant le journalisme au milieu de ce crépuscule indochinois, j'ai gardé de l'Asie une sorte de blessure au cœur. Je n'étais qu'un débutant sous contrat avec l'AFP. Les quelques mois que j'ai alors passés à Saïgon ne suffisaient pas à faire de moi un ancien d'Indo. On m'a souvent considéré comme tel ; à l'échelle des grands-ducs du reportage français, c'était une imposture. Je n'étais pas si fier. Deux ans plus tôt, après une khâgne à Condorcet, j'avais raté le concours. La nécessité de gagner ma vie, la méfiance envers le rapport purement intellectuel à l'idée avaient eu vite fait de transformer le normalien raté en pisse-copie exportable. Il m'est arrivé de penser que j'aurais pu être élève de la promotion 1951-Lettres de Normale Sup. Je n'en suis pas.

Ce soir-là, James Parker me conduisait donc chez la cartomancienne de Cholon. Une pluie chaude était tombée au début de l'après-midi. Je pris place à ses côtés dans le cabriolet Hotchkiss qui démarra aussitôt en direction du fleuve. Une odeur de camphrier et de feuilles mouillées flottait sur la rue Catinat. C'était ce climat suspendu d'après la pluie, parcouru de rumeurs lointaines, qui m'a toujours rappelé le temps de l'enfance.

James était de bonne humeur. Nous dûmes ralentir à un barrage de police. On contrôlait un gros camion. Une foule s'était massée sous les lampadaires. Cohue de cyclo-pousse, de véhicules Renault, de victorias avec leurs chevaux à pompons, de vendeurs ambulants, de mendiants des deux sexes. Des bandes de lard rose grillaient sur les braseros. Le fumet odorant se mêlait à la poussière soulevée du sol.

— Vous ne gagnerez jamais dans un pays pareil, dit James Parker.

— Qui peut gagner ? répondis-je.

Cinq minutes plus tard, la Hotchkiss reprit son chemin sur le boulevard Gallieni. La nuit était moite. A l'entrée de Cholon, James rangea sa voiture dans l'une de ces remises crasseuses où, pour quelques piastres, une famille de gardiens surveillait tout au long de la nuit les grosses cylindrées occidentales des joueurs du Grand Monde et de la Cloche d'Or. Une odeur de soupe chaude imprégnait la tôle du garage. Au loin, vous sciant déjà les nerfs, la musique miaulante des fumeries chinoises.

La maison de Madame Thuy était située en bordure de l'arroyo de Cholon. A la lumière des lampes à pétrole, des sampaniers exhortaient les coolies qui déchargeaient des sacs de riz sur la berge. On distinguait entre les lattes des cabanes de petites lumières tremblantes : la flammèche des lampes à opium. Il fallait traverser un labyrinthe de baraquements, de cours intérieures, d'échoppes noyées dans une vapeur de cuisson. Des guirlandes d'ampoules nues couraient sur les façades. Çà et là, le dos aux planches, des vieillards à barbiche rabotaient des blocs de glace dans des noix de coco.

James Parker me désigna une porte peinte en vert. Un jeune Annamite se tenait posté sur le seuil. Il lui glissa un billet et le garçon s'effaça devant nous. Du fond d'un couloir aux murs couverts de papier d'argent, éclairé par un lustre en verre filé, surgit une *amah* en tunique jade, élégante et souple, qui nous conduisit vers une pièce dont l'entrée était masquée par une rabane en perles de pacotille.

L'endroit, minuscule, était lui aussi tapissé de papier argenté. Deux bancs se faisaient face, séparés par une tablette de laque rouge où brûlaient des bâtonnets d'encens. Sur les bancs étaient disposés des coussins brodés représentant des scènes de rizières. A peine étions-nous assis que la jeune bonne réapparut, et, toujours aussi silencieuse, nous invita à la suivre d'un gracieux geste de la main.

De retour dans le couloir, l'*amah* ouvrit cérémonieusement la porte du fond. Nous fûmes introduits dans une grande chambre baignée de pénombre. Des bougies brûlaient. Je distinguai, campée derrière une table, une silhouette tassée comme celle d'un vieux moine. Madame Thuy inclina la tête, mais ne se leva pas.

— Bonsoir, messieurs.

Elle a parlé avec le phrasé annamite qui métallise et mouille à la fois les syllabes françaises. La diction est claire, et même souveraine. Dans le clair-obscur, Madame Thuy ressemble à la reine Victoria.

— Vous pouvez vous asseoir, messieurs.

Madame Thuy nous désigne, non sans majesté, deux fauteuils de consultation. A vue d'œil, c'est du Louis XV d'époque Catroux.

Tandis que Parker prononce quelques paroles courtoises, selon les rites qui ont cours jusque dans les pires bouis-bouis de Cholon, mes yeux s'accommodent à l'obscurité rougeoyante où baigne la pièce.

On ne saurait donner d'âge à Madame Thuy. Dans son visage de petite pomme, sourcils en virgules, brillent des yeux noirs. Elle porte une robe de coton huilé, très Arts Déco 1925, ornée d'une frise de danseuses tonkinoises. Ses doigts sont étonnamment fins. Parker m'a expliqué que Madame Thuy avait été autrefois la maîtresse d'un fameux planteur qui la couvrait de bijoux et voulait faire d'elle une Parisienne. Elle a dû être l'une de ces fines Annamites de 1930 vêtues à la Suzanne Lenglen, avec leurs ombrelles et leurs chapeaux cloches, tenues à l'écart du Cercle Sportif mais tolérées dans certains bars en compagnie de leurs protecteurs français. Du passé, il ne reste que ce visage qui vit désormais de prémonitions.

Une odeur d'encens imprègne les murs. De curieuses silhouettes habitent la pénombre : formes presque fossiles que l'on dirait tirées d'un chantier de fouilles. Il y a le gong sacré, aussi rond qu'une cible de foire, pendu à son armature de bois sculpté. Les carapaces de grosses tortues qui gisent sur le sol comme des scaphandres de corne. Dans leur cage, deux perruches dodelinent du chef. Il y a surtout ces idoles contradictoires qui peuplent le panthéon de Madame Thuy. Aux pieds d'une statuette de Bouddha ont été essaimés des pétales de fleurs jaunes. Déroulée sur le mur, la bannière jaune à roue dentée des caodaïstes est flanquée d'un crucifix et d'un portrait de Victor Hugo. Encore plus inattendue est la photographie, de type *Cinémonde*, punaisée dans un coin : un cliché en couleurs de Martine Carol.

Au fond de la pièce s'encadre l'entrée d'une sorte de réduit. Le grésillement qui en émane sporadiquement ne dément pas ce que l'odeur suggère. Quelqu'un est là derrière, en train de rouler les boules d'opium sur le fourneau de la pipe.

Les mains de Madame Thuy ramènent à elles un jeu de cartes à la tranche noircie. Elle les couve comme l'on réchauffe un foyer. Plusieurs boîtes laquées sont posées sur la table. Parker m'a prévenu : une consultation chez Madame Thuy se chiffre à 150 piastres. C'est le prix de trois passes dans une maison de bonne catégorie. A Saïgon, l'avenir vaut plus cher que l'amour. Je tire les billets de ma poche et les pose sur la table. Madame Thuy les défroisse du doigt et les glisse aussitôt dans l'une des boîtes laquées.

— Vous voulez connaître votre avenir, monsieur ?

Madame Thuy prononce « avenil ». Au fil des siècles, sa corporation a lâché ces mots devant des hommes ivres d'or et de gloire. Pythonisses de Delphes, aruspices du Capitole, tireuses de cartes du boulevard Bonne-Nouvelle...

— Oui, dis-je tel un écolier.

Madame Thuy ouvre cérémonieusement l'une des boîtes qui se trouve devant elle, puis la tourne lentement vers moi. Elle est remplie de riz.

— Il faut jeter le riz, dit-elle.

C'est le rite bouddhiste pour apaiser les âmes errantes. Je prends une poignée de riz et la jette en l'air.

Il y aurait quelques raisons de rire de cette madame Irma annamite. Le syncrétisme de bazar, Bouddha et Victor Hugo, les carapaces de tortue et Martine Carol. Mais le climat de la pièce s'impose, fantasmagorique. L'odeur d'opium, les bâtonnets votifs qui se consument, et ces perruches muettes. Pourquoi ne chantent-elles pas ?

Madame Thuy a dû surprendre mon regard, ou lire peut-être dans mes pensées. Elle tourne la tête vers les perruches et fait le geste, rapide, qui trace dans l'air une lame promenée sur une gorge invisible. Les cordes vocales des oiseaux ont été tranchées. Sur le mur, près de la bannière caodaïste, un petit lézard transparent vient d'apparaître. Il se tient immobile. La salamandre née du feu ? Les reptiles de l'opium ?

Madame Thuy hoche la tête. De nouveau, on dirait la reine Victoria un jour d'audience. Venus de très loin, on perçoit de temps à autre les vrombissements de gros moteurs à l'arraché : les Dakota à la rotation sur l'aéroport de Tan Son Nhut.

— Vous devez tirer une carte, dit Madame Thuy.

Je tends la main vers le jeu, déplace les deux premières cartes et fais sortir la troisième. Je la tends à Madame Thuy qui la retourne sur la table. Dans l'arrière-salle, l'opium grésille toujours.

La figure est un animal à longue queue, un peu macaque, un peu paresseux, suspendu à la branche d'un arbre. James Parker m'a expliqué que Madame Thuy utilise un jeu caodaïste qui mélange un bestiaire imaginaire à des symboles de plusieurs religions.

— Le Tai-Xiu, monsieur. C'est l'animal qui voit le monde avec tête en bas. Oui, tête en bas. Il fait les voyages, vole en l'air. Très malin dans les arbres, mais mangé par les tigres s'il descend sur le sol. Tai-Xiu pas très bon pour mariages, mais très bon pour connaître les secrets. Il fait les grands voyages, mais ne doit pas revenir en arrière, sinon malheur. Très bon pour traverser le feu.

Madame Thuy hoche de nouveau la tête, ferme brièvement les yeux. Elle paraît se concentrer sur le jeu. Elle isole à part le Tai-Xiu, l'animal qui ne doit pas revenir en arrière.

— Tirez une autre carte, monsieur.

Cette fois, je vais chercher au milieu du jeu. Madame Thuy la retourne prestement sur la table, comme si elle était plus que moi avide de savoir.

— Ha-hi ! fait Madame Thuy.

Je ne sais trop ce qu'elle veut dire par là. Elle a posé l'index sur la carte et l'y maintient, comme si elle voulait lui imposer sa volonté.

James Parker fronce le sourcil. La figure est étrange. Une sorte de valet de carreau costumé en Asiate de Ballets russes, qui tient du Nijinsky de carte postale et du Figaro khmer. Le personnage montre une langue de diable.

— Le Mauvais Danseur, dit-elle. Pas bien. Il apporte la guerre. Brûle les champs. Trompe les enfants. Il habite le cœur des femmes folles. Il est dans l'homme qui tue l'homme, et dans la tête du citoyen Nguyên Ai Quôc. Il est dans l'Orient et dans l'Occident. Vous le devez combattre, monsieur. Il ne tue pas votre vie, mais il attend sur le chemin.

Elle a baissé la voix pour prononcer « Nguyên Ai Quôc », l'un des noms de Hô Chi Minh. Toute la population de Cholon, avec ses maisons d'oubli et ses taxi-girls, ses fumeries et ses trafics, redoute la silhouette des guerriers à la kalachnikov et au casque de bambou tressé.

Madame Thuy paraît hésiter, puis pousse de nouveau vers moi la boîte remplie de grains de riz.

— Jetez encore du riz, dit-elle.

Je saisis une poignée de riz et la répands sur le plancher. Les esprits vont être rassasiés.

— Autre carte, commande Madame Thuy.

Elle a retourné face contre la table la figure du Mauvais Danseur. Une inquiétude bizarre commence à s'insinuer en moi. Le grésillement de l'opium derrière la cloison, ces oiseaux mutilés dans leur cage...

La main de Madame Thuy saisit la carte que je lui tends. Elle la retourne brusquement. Madame Thuy se rejette légèrement en arrière, ouvre les mains en un geste bénisseur. Ses traits se sont-ils détendus ? Elle pose l'index sur la carte.

— La Dame Bleue, monsieur.

C'est une pin-up annamite en robe de soie. Le dessinateur a greffé sur cette licorne d'Asie un pigeonnant pour festival de Cannes. Je vois que l'image plaît à James Parker : une congaï de luxe avec les seins de Betty Grable.

— Dame Bleue attend l'homme qui voyage, commente la cartomancienne. Elle veut jouer avec Tai-Xiu. Mais Dame Bleue aime aussi le feu. Elle se transforme comme le serpent qui perd sa peau. Si tu la reconnais, elle voyage avec toi. Si tu enlèves ton masque, elle enlève le sien. Tu es son miroir.

— Où vais-je la rencontrer, cette Dame Bleue ?

Madame Thuy a relevé la tête. Dans leur cage, les oiseaux du silence me regardent.

— Elle est dans ville étrangère, psalmodie-t-elle. Je la vois. Elle va venir sur ton chemin. Tous les hommes ne rencontrent pas la Dame Bleue. Il faut la reconnaître, sinon vie sans amour. La dernière carte va dire où est l'amour. Il faut tirer la carte pour voir ta vie.

Madame Thuy a parlé avec une imperceptible lassitude. Est-elle fatiguée des oracles qu'elle rend chaque soir devant des notables indochinois, des Européens goguenards ou pétrifiés ? Puis-je même comprendre ce dont elle parle ? Le Tai-Xiu, le Mauvais Danseur, la Dame Bleue, qu'ont-ils à faire avec ma vie ? Je regarde une nouvelle fois ce décor naïf, ces accessoires de roulotte. Qui pourrait croire que le Bouddha immobile, les perruches muettes, le margouillat immobile sur le mur sont des émissaires du temps ?

J'avance la main droite vers le jeu et en tire une dernière carte. Madame Thuy la saisit et la retourne sur la table. Je perçois un tressaillement. James Parker se tourne vers moi. Il a capté, lui aussi, la réaction de la cartomancienne. Elle lève la main comme pour se prémunir contre un esprit.

La figure qui vient d'apparaître est féminine. Une créature bicéphale. L'une des têtes correspond à une jeune fille au visage innocent, l'autre à un faciès de Gorgone au rictus maléfique. Les deux expressions sont portées par un même corps vêtu d'une longue robe rouge. Dans une main, la créature tient un lys ; dans l'autre, un sabre d'exécution.

Madame Thuy regarde fixement la carte. Puis elle articule à voix basse :

— La Reine de Xian.

Parker et moi échangeons un regard. La cartomancienne n'a pas l'air pressée de commenter la figure. Elle relève pourtant la tête.

— Reine de Xian veut mourir et veut vivre. Il y a grand combat en elle. Elle apporte le lait et verse le poison. Elle donne la main au Mauvais Danseur. Elle peut couper le lys, mais le lys peut couper le sabre.

Madame Thuy s'interrompt et ferme les yeux, comme si elle voulait dissiper quelques mauvais songes. Elle reprend :

— Les cartes disent que vous verrez Dame Bleue et Reine de Xian. Il faut les reconnaître. Les cartes disent aussi : quand vous aurez vu Dame Bleue et Reine de Xian, vous reviendrez.

— Je reviendrai où ?

James Parker se tourne vers moi. J'ai parlé d'une voix blanche.

Madame Thuy ouvre les yeux.

— Vous reviendrez à Saïgon, monsieur.

Je conduisais lentement la Corvair. A l'entrée du complexe cinématographique, deux vigiles m'avaient arrêté. Ils contrôlèrent ma carte de journaliste avant de m'indiquer le théâtre de pose n° 5. A rouler au long des allées de Cinecitta, on aurait pu se croire dans l'enceinte d'un hôpital modèle ou d'un complexe de recherche militaire. Le crépi des façades, les bâtiments géométriques, les hautes fenêtres de verre scintillant respiraient le modernisme mussolinien des années 40. De grands pins parasols oscillaient sous la brise du Latium. Sur les frontons, on lisait *Laboratorio di Sviluppo* ou *Effetti Speciali*. Des techniciens, la casquette vissée sur la tête, apparaissaient de loin en loin. J'avais l'impression de pénétrer dans une cité du silence, fonctionnelle et secrète.

Je garai la Corvair près du théâtre n° 5, une grande bâtisse de la taille d'un pavillon d'arsenal. Un vigile me pria d'attendre dans une pièce attenante au plateau. La lampe rouge signalait le tournage en cours. L'endroit, faiblement éclairé, était rempli de portants, d'accessoires, de costumes protégés par des gaines de plastique. Il y avait des rangées de tuniques, de glaives à pommeau rond, de torques et de casques à plumet, de baudriers et de sandales. Je reconnaissais, comme sortis de gravures d'un manuel d'école primaire, les armures à palettes argentées, les boucliers rectangulaires portant les foudres en faisceau des manipules antiques. Une tête de lion empaillé côtoyait une petite baliste. Plus loin, un poisson géant, l'œil vitreux, l'écaille verte, avait été poussé contre une machine à brouillard.

La lumière rouge s'éteignit. Aussitôt, la porte-sas fut déverrouillée. Le vigile réapparut et me fit entrer sur le plateau.

Le théâtre de pose n° 5 avait la taille d'un chœur d'église, envahi de praticables, de câbles, de caméras en batterie. Des bouquets de sunlights pendaient de la galerie. Tout le dispositif convergeait vers le décor central : une armature de menuiserie soutenait les parois d'une crypte de carton bouilli, peinte en rocaille, où s'encastraient des banquettes qui paraissaient sculptées dans le rocher de la grotte. Des flambeaux éclairaient la voûte. Au cœur de la crypte se dressait un autel rectangulaire orné d'un bas-relief représentant un taureau dressé sur ses pattes arrière, les cornes pointées vers le ciel. Devant l'autel était disposée une table en treillage métallique, assez vaste pour accueillir un corps humain. Une excavation avait été modelée sous la grille.

Un groupe de figurants vêtus en légionnaires romains faisaient relâche. Ils plaisantaient, commentaient les résultats sportifs que l'un d'entre eux lisait à voix haute dans une gazette du jour. Des femmes à longues robes multicolores, des barbus en tunique étaient entourés par les maquilleuses. Plusieurs techniciens conversaient près d'une caméra.

Un homme d'une quarantaine d'années, en bras de chemise, se dirigea vers moi.

— Vous êtes le journaliste français ?

— Oui.

Il se présenta comme le chargé de production de la Cine Italia Films et me donna des explications rapides. La scène en tournage représentait, au IIIe siècle après Jésus-Christ, l'initiation d'une jeune fille au culte de Mithra, religion orientale, pacifique, qui concurrençait alors le christianisme et faisait des adeptes dans les légions romaines. Mario Chiari avait conçu les décors. Mitchell Gordon, Jacques Sernas et Gian Maria Volonte apparaissaient dans la distribution. L'ensemble était dirigé par le grand Carlo Ludovico Bragaglia.

— Voulez-vous saluer le maître? me demanda le chargé de production.

— Bien volontiers.

Il me conduisit jusqu'à la chaise pliante où se tenait un sexagénaire au long nez, le sourcil broussailleux, la peau ridée.

— Maestro, je vous présente le journaliste français qui vient assister au tournage.

— Ah oui, très bien, dit Bragaglia en me serrant la main. Bienvenue. Donnez une chaise à monsieur.

Et il se retourna vers son assistant.

Les figurants avaient repris leur place dans le décor. La lumière fut demandée. Les *floods* rasants sculptaient des visages ténébreux au fond de la crypte de carton-pâte, avec leurs peaux huileuses d'anciens Romains, leurs bracelets de vieil argent.

— Moteur, dit Bragaglia dans son porte-voix. On tourne!

Un technicien donna le clap. Aussitôt, la scène s'anima. Les fidèles de Mithra scrutaient l'ouverture voûtée aménagée en fond de décor. Un pontife à barbe blanche, vêtu d'une simarre à incrustations de verre, coiffé d'une mitre formidable, venait d'apparaître. Il tenait dans la main droite un bâton ouvragé surmonté de l'effigie d'un taureau. Derrière le prêtre, deux officiants vêtus de tuniques noires avançaient lentement en levant au-dessus de leurs têtes des cratères d'onyx. A l'entrée de ce Chaliapine, certains fidèles étaient tombés à terre, en adoration. D'autres tendaient les bras avec des mines béates.

— *Il stregone, il stregone !* hurlaient-ils en se tordant les mains.

On n'aurait pas juré de l'authenticité historique de la reconstitution, mais ces corps plongés par les éclairagistes dans une ombre caravagesque, prosternés devant ce mage barbu, ces légionnaires agenouillés et ces femmes extatiques vous transportaient dans un temps de catacombes. C'était soudain la Rome magique des Mystères, celle des tuniques guérisseuses et des onguents d'Egypte, celle des basiliques pythagoriciennes et des grimoires sibyllins, reconstituée là, sur le meilleur plateau technique d'Europe, par des artisans italiens du XX^e^ siècle dont certains avaient le visage des porteurs d'eau que l'on voit sur les fresques d'Herculanum.

— *Il stregone, il stregone !*

Le mage s'avança solennellement vers l'autel de Mithra et lança d'une voix faiblarde que l'on se chargerait de remplacer au doublage :

— Que l'Initiation commence !

La voix de stentor de Bragaglia résonna à son tour dans le porte-voix :

— Coupez ! C'est bon. On reste en place.

Le plan suivant fut rapidement mis en boîte. Deux porteurs entraient dans le champ, les épaules ployées sous la hampe de lance à laquelle on avait ficelé un taurillon drogué. Le taurillon n'était qu'un simulacre articulé sur lequel on avait fixé la tête naturalisée d'un vrai taureau noir. Le grand mage levait les mains, les fidèles s'inclinaient, les porteurs disposaient l'animal sur le taurobole grillagé, puis l'y attachaient avec des lanières de cuir.

Je regardais Bragaglia. Le vieux metteur en scène, l'œil rivé sur l'action, entouré de ses opérateurs, de ses éclairagistes, de ses ingénieurs du son, de ses décorateurs, de sa script-girl, était le vrai mage de la cérémonie. Tout le monde connaissait Bragaglia à Rome. C'était l'homme qui, en pleine ère fasciste, avait tourné *Animali pazzi*, un film situé dans un hôpital psychiatrique pour animaux où l'on découvrait un canari aboyant à la fin d'un sevrage traumatique et un cheval fou courant sur les toits. La censure n'y avait vu que du feu. C'était lui qui, quatorze ans plus tard, lorsque le lent tournage du *Carrosse d'or* de Jean Renoir immobilisait les plateaux et creusait les budgets, avait improvisé un scénario qu'il tournait la nuit dans les décors de Renoir, les rentabilisant en même temps qu'il sauvait la production. Bragaglia était le façonnier suprême et modeste, l'homme qui avait enchaîné cinq films dans la seule année 1942, le sauveur de scénarios engloutis, le *miglior fabbro* de Cinecitta.

Il avait dirigé Victor Mature et Rhonda Fleming : ce n'étaient que des acteurs. Il se tenait là, assis sur sa chaise, les lunettes perchées sur le front, en train d'organiser l'immolation d'un taurillon dans la crypte de Mithra, parce que c'était son métier et son amour, parce qu'à Cinecitta rien n'était impossible et que Carlo Ludovico Bragaglia, l'auteur des *Six épouses de Barbe-Bleue* et de *Sémiramis esclave et reine*, vivait chaque heure de sa vie pour le cinéma.

Les figurants avaient repris leur place, le taurillon ligoté sur sa grille.

— L'Initiation, ordonna dans son porte-voix le maestro Bragaglia.

La caméra tournait. On vit alors surgir du fond de la crypte une jeune fille en tunique immaculée. Le maquilleur avait donné au visage une teinte chocolatée où s'enlevait le vermillon des lèvres peintes. Elle portait une perruque noire poudrée d'une poussière d'or. La tunique, décolletée sur la poitrine, serrée à la taille par une ceinture à grosse boucle, tombait au-dessus du genou. Deux fibules clippaient l'étoffe en assurant l'adhérence du vêtement sur les seins. Les lanières dorées des sandales plates s'enroulaient comme des serpents autour de ses jambes. Je reconnus la silhouette. Je retrouvais les pommettes.

Sur le plateau, tous les yeux s'étaient portés vers elle. La jeune fille vint s'agenouiller devant le grand prêtre de Mithra et baissa la tête. D'un geste impérieux, le mage désigna le taurobole. Les deux officiants en robe noire vinrent relever la jeune vierge, puis l'aidèrent à prendre place sous la table grillagée où gisait le taurillon drogué.

— Coupez, dit Bragaglia.

Il fit déplacer une caméra pour tourner le plan suivant. Le prêtre de Mithra, avec un air terrible, levait le poignard sacrificiel au-dessus de la bête terrassée et l'enfonçait brutalement dans son flanc. Bragaglia demanda une seconde prise. Puis il rendit le plateau aux accessoiristes tandis que les caméras bougeaient de nouveau.

Les accessoiristes fixaient sur la grille une grosse poche de liquide, en y assujettissant un cordon qui partait hors champ. Bragaglia vint surveiller la pose de l'accessoire, puis se pencha vers Tina White qui avait repris place dans l'excavation ménagée sous la grille du taurobole. Il lui fit corriger légèrement sa position, déploya lui-même sur le sol les boucles noires de la perruque, avant de coller son œil à l'objectif de la caméra. La tête orientée vers l'opérateur, les lèvres entr'ouvertes, les seins doucement soulevés par la respiration, on aurait dit une baigneuse alanguie sur le sable.

Bragaglia reprit sa place. De nouveau, silence sur le plateau. Il y avait cette jeune fille en robe blanche couchée sous une grille, la forme noire du taureau-leurre, ces caméras pointées vers elle. Un accessoiriste se tenait à bonne distance, la cordelette nouée autour de l'index. La caméra tournait. Au signal de Bragaglia, l'accessoiriste tira sur le cordon. Aussitôt, un liquide sombre gicla et vint maculer l'étoffe, explosant sur la robe, imprégnant ses fibres comme une grande digitale ouverte. Une blessure envahissait son ventre mais Tina restait immobile sous la pluie de sang, l'humeur qui glissait au long de ses jambes. Des zébrures pourpres striaient la chair nue.

Autour de moi, tous les regards étaient fixés sur la robe blanche inondée à grands jets comme par une carotide tranchée net. La tache de sang s'élargissait sur le tissu, mangeait sa trame immaculée, mais la jeune fille montrait un visage impassible et radieux, accueillant en elle la vie de Mithra le Bénéfique qui coulait à gros bouillons pour la purification du monde. Où étions-nous ? Du fond de quels siècles ruisselait le sang du dieu qui est aussi l'animal sacrifié, le taureau dont la mort apporte la rédemption et le salut, Mithra qui voit, entend et purifie, le frère des dieux qui s'immolent pour que les hommes vivent, Kingu le Mésopotamien et l'idole des Hourrites du Mitani, Dionysos l'Eparpillé et le Christ de Jérusalem, le Mithra-Shamash des Perses qui resplendit dans l'âme des hommes comme un soleil vivant ?

— Coupez ! dit Bragaglia.

Je frappai à la porte de la loge. Pas de réponse. Je toquai de nouveau.

— Entrez, dit une voix en italien.

Tina White était en train de se recoiffer devant la table de maquillage. La perruque noire gisait à côté des crayons, la tunique maculée de sang séché reposait sur une chaise. Tina avait passé un caraco rouge et un pantalon tuyau blanc.

Elle me regarda sans marquer la moindre surprise. C'était comme si elle m'avait attendu. Puis, continuant de lisser ses cheveux avec la brosse :

— Je vous ai vu sur le plateau. Qu'est-ce que vous faisiez là ?

Tina s'exprimait en italien. Elle rajusta une mèche devant le miroir.

— Je suis venu vous chercher, dis-je.

Elle suspendit son geste, me jeta un regard en coin.

— C'est vous qui m'avez suivie l'autre soir chez le prince Biondani, non ?

J'entendais pour la première fois le son de sa voix. Neutre, doux, un peu voilé.

— Je ne vous ai pas suivie. C'est vous qui m'avez attiré.

Tina posa la brosse sur la table. Démaquillé, son visage était d'une beauté presque sauvage.

— Alors, reprit-elle en me fixant dans les yeux, si vous êtes venu me chercher, je dois sûrement vous suivre. Vous avez une voiture ?

— Elle attend dehors.

Tina ferma le zip d'un petit sac à main posé à côté des pinceaux et boîtiers de maquillage. De l'autre main, elle attrapa une paire de lunettes fumées.

— Vous êtes français, non ? Vous parlez l'italien comme un Français.

— Oui, dis-je. Je suis journaliste et je m'appelle Jacques Carrère.

Elle se leva, ramassa sa veste posée sur le dossier de la chaise.

— Alors, Jack, *andiamo* ?

Je revois cette nuit-là comme un enchaînement de scènes. Elles n'ont pas d'autre sens que ce jeu atavique, banal, éblouissant par lequel un homme vient chercher une femme qu'il désire. La douceur coulée avec laquelle Tina entre dans ma vie a quelque chose de lumineux. Je chéris ces moments.

Première scène : la route qui nous ramène vers Rome, les falaises du Palatin embrasées par le soleil couchant. Tina est assise à côté de moi dans la Corvair, elle ne dit rien, et ce silence qui en annonce tant d'autres se perd dans la rumeur du printemps – la pétarade lointaine des Lambretta, le concert crissant des cigales sous les pins.

Deuxième scène : une terrasse de la piazza del Popolo. Je l'ai invitée à boire un scotch. La silhouette évanescente des jardins Biondani, le mannequin photographié par Walter, la figurante de Cinecitta, tous ces fragments de Tina se rassemblent pour moi avec une sorte d'évidence dès que je la regarde. Nous sommes passés à l'anglais. Elle pose quelques questions sur mon métier, mais je sens bien que mes réponses lui sont indifférentes. Tina dit qu'elle ne veut pas continuer à faire des films nuls. La nuit tombe. Je ne peux pas détacher mes yeux de son visage.

Troisième scène : nous dînons dans un restaurant de la via Margutta. Il y a une treille aux feuilles dentelées, des bougies sur les nappes. A un moment, des joueurs de mandoline viennent seriner des rengaines napolitaines. Tout devient carte postale, à en rire, mais avec le charme des nuits d'avril à Rome. Les traits de Tina se dessinent dans le clair-obscur. Nous buvons un vin de Frascati. Quand je pose ma main sur la sienne, elle ne la retire pas. Il passe entre nous ce suspens tremblé qui dit : je te plais, tu me plais, nous n'avons plus de passé, je te désire et tu le sais. Je lui dis en italien : *Nessuna a Roma è più bella di te*. Elle sourit mystérieusement.

Quatrième scène : je voulais l'emmener danser au club Rugantino, mais elle préfère une promenade en voiture. La Corvair monte vers l'Aventin. Je coupe le moteur sur la place des Chevaliers de Malte. Personne. Des chats miaulent sous la lueur laiteuse de la lune, le chant soyeux des grillons s'élève à flanc de colline. Je me penche vers Tina. Ses lèvres sont fraîches comme la pulpe d'un fruit nouveau. Elle laisse tomber ses cheveux sur mon épaule. Quand je reviens à sa bouche, je sais que cet instant ressemble à du bonheur.

Cinquième scène : elle m'a donné la main lorsque nous avons gravi l'escalier qui mène à mon appartement. Tina s'est glissée dans mon lit, vite cachée sous le drap, et ses vêtements sont épars sur le plancher. Avec elle, cette nuit-là, tout me paraît facile. Je ne la pensais pas vierge. Elle ne l'est pas.

Ces scènes me reviennent surexposées, tels ces tirages argentiques où les silhouettes sont éclaboussées de lumière, jusqu'à la blancheur. Ma mémoire ne coïncide pas avec mon passé. Mais les certitudes que l'oubli efface, l'écriture peut-être les rejoint. A Rome, au début de l'année 1960, j'avais commencé à tenir un journal. J'ai conservé le cahier vert acheté dans une papeterie de la via della Croce. La première mention de Tina y apparaît à la date du 5 mai 1960. Avec le temps, ces pages ont pris la teinte des vieux magazines aux couleurs pâlies.

Tina traverse mes notes de mai 1960 tel un fantôme : son profil se révélera plus tard. Il me semble aujourd'hui que pendant les premières semaines où je l'ai connue, Tina ne se distinguait pas de l'air, du sommeil, de l'évidence. En vérité, je suis frappé par le caractère objectif de ces fragments : des actes ont lieu, des corps circulent. On lisait beaucoup Robbe-Grillet à l'époque. J'écrivais des dépêches très factuelles pour l'AFP. Ce sont des écoles de la coupe. Peut-être étais-je un jeune con, et pourtant j'ai envie de m'en remettre à ces pages. Tina les hante souterrainement. Leur trame écrite, lacunaire, déchirée me redonne le climat d'un amour.

# JOURNAL

*5 mai 1960.*

La presse : De Gaulle est en Amérique. La princesse Margaret épouse Tony Armstrong-Jones. Le rapt d'Eric Peugeot.

Tout cela est beaucoup moins important pour les journaux italiens que l'arrivée à Rome de Jayne Mansfield accompagnée de son mari Mickey Hargitay, un culturiste spectaculaire. Ils doivent tourner ensemble dans *Hercule* où l'actrice incarnera à la fois Déjanire et Mégara, en changeant de perruque.

Le couple se déplace avec deux enfants et trois chihuahuas.

Ma vie à Rome depuis quelques mois ? J'envoyais à Paris les dépêches requises par la machine AFP. Aucune raison de le regretter. D'autres sont en train de faire carrière et travaillent plus que moi. C'était déjà vrai de Saïgon, il y a sept ans.

Dans les deux cas, j'ai eu l'impression de passer. De vivre au milieu de civilisations très anciennes. Puisque l'oubli est garanti par la durée, on gagne en liberté dans les lieux de grande mémoire. Vous êtes un insecte inconscient au milieu des nécropoles. C'est la bonne équation : plus le temps est long, plus votre sillage lui est indifférent. Je vois Rome tous les jours, j'y guette par profession quelques événements, mais les décors où ils adviennent en dénoncent aussitôt l'importance. Tout cela ne rime à rien, c'est une conviction qu'il faut traverser pour avoir finalement la simplicité d'y trouver du plaisir.

Au demeurant, Paris expédie toujours des touristes à Rome. Les ineffables Françaises... Entre une visite du Vatican et un tour de calèche dans le Pincio, elles palpent les lainages, achètent des chaussures en bon cuir et de la liqueur d'amande. Le cours du nouveau franc est favorable. Elles sont adeptes de la lessive Spic, du Nylon Nylfrance et de la haute-fidélité Ribet-Desjardins. Quand je les vois marchander un châle dans la via del Babuino, je songe à la rue Catinat, à la galerie de l'Eden en 1953. La même façon vétilleuse de mégoter, de chercher le défaut dans la trame, de se payer sur l'habitant. Ma patrie...

Mais il y a la splendeur de Rome. Et Tina.

*8 mai 1960.*

Je continue à voir Tina. Un beau mystère. D'une certaine façon, je n'ai pas besoin d'en savoir plus. Si je devais l'*objectiver*, j'écrirais cela. Américaine, dix-neuf ans, arrivée à Rome il y a une dizaine de mois. Aussitôt employée comme cover-girl (lancée par Johnny Moncada). Très demandée pour les défilés et les magazines. Elle voudrait faire du cinéma, mais n'est pas considérée comme actrice.

Grande, blonde, visage très dessiné. Des yeux à l'iris vert ourlés de longs cils, un nez régulier, des pommettes de cavalière orientale. Les lèvres sont modelées, sensuelles, boudeuses. Dégaine extrêmement enlevée, prête à fouetter l'air. Mais pouvant aussi se nimber d'un flottement rêveur, indevinable, aérien.

Voix légèrement voilée. Parle l'anglais, le français, l'italien. Son français sonne scolaire. L'italien est mimétique (manifestement appris sur place).

En un sens, elle est populaire, au sens anglo-saxon du mot : saluée aux terrasses, invitée aux fêtes. C'est une silhouette. Mais elle marque une distance probablement encouragée par son métier (le papier glacé, les attitudes de défilé).

Le soir de la fête au palais Biondani, elle avait l'air ivre de sa propre brume. Irréelle, flottant entre les fontaines.

Lorsque je suis allée la chercher à Cinecitta, elle n'a marqué aucune surprise. C'était comme si elle me reconnaissait.

On dirait que Tina a effacé son origine derrière son apparence. Rien ne permet de déceler des préjugés, des intérêts, des souvenirs. Elle dessine son présent avec le dernier pinceau qui traîne.

Pourquoi est-elle venue si facilement dans mon lit ? La réponse la moins plausible aux yeux des tiers, et pourtant la plus proche de la vérité, me paraît être celle-ci : parce que je suis allé la chercher. Les femmes trop belles font peur.

Il faudrait parfois s'en tenir à un pacte implicite : l'amnésie mutuelle comme promesse de bonheur. Tina n'a pas eu le temps de se construire un passé. Elle n'a pas de passé.

Elle vit dans un studio de la via dei Coronari. L'espace sous les poutres est à peine aménagé. Il y a un lit sans pieds posé à même le parquet, un luminaire, une coiffeuse, une penderie remplie de vêtements. La cuisine, assez rudimentaire, paraît inutilisée. Des fruits sur une coupelle, quelques couverts dans l'évier. Le seul miroir du lieu se trouve dans la salle de bains.

Le point le plus intime en elle ? Non pas la tristesse, mais le rire. Peu de gens vont la chercher de ce côté-là. Il faut déplier la fleur. Elle est capable de gaieté.

Selon les soirs, alternance de soutiens-gorge américains, qui s'ouvrent par-devant, et de soutiens-gorge européens, qui se dégrafent par-derrière. Je préfère les américains.

*12 mai 1960.*

La presse : exécution de Caryl Chessman, départ de la princesse Margaret en lune de miel sur le yacht *Britannia*. Photos des jumelles Rossellini, Isotta et Isabella, coiffées à la Jeanne d'Arc comme maman.

Marlene Dietrich vient de chanter pour la première fois à Berlin depuis l'avant-guerre. L'accueil ? Des pancartes, des cris. « Raus », « Marlene go home ».

19 heures. J'attends Tina à la terrasse du Doney. Les arbres du quartier Ludovisi sont en fleurs. On voit passer des filles au sein moulé, aux jambes nues, tortillant des fesses sur leurs talons hauts. L'attaque visuelle est beaucoup plus directe qu'en France. Un coupé Ferrari bleu arrive de la porte Pinciana et vient se ranger devant les badauds. En sort, très remarquée, Elsa Martinelli. Une crevette bronzée en pantalons corsaires, le casque de cheveux taillé net, les attitudes supérieures de la star qu'elle n'est pas tout à fait. Elle dit trois mots à un ami, puis remonte dans sa voiture et disparaît en direction de la via Lazio. Un beau courant d'air.

Le juke-box dans un café voisin :

*Put you head on my shoulder*
*Whisper in my ear, baby,*

*Words that I long to hear, baby*
*Tell me that you love me true.*

Je regarde les personnages assis aux tables environnantes. Chacun dessine un profil de film muet :

— Homme à la casquette de yachtman, blazer bleu, mocassins blancs. La soixantaine à rouflaquettes. Son épouse, lunettes roses en œil de chat, robe imprimée à motifs d'orchidées, serrant contre elle son sac à main. Il boit un punch planteur, et elle une grenadine.

— Italien trentenaire, nuque rase, lunettes noires, costume gris perle, la gabardine mi-longue jetée sur une chaise. Il fait semblant de lire un journal en reluquant les passantes. Campari soda.

— Femme aux cheveux blancs, les joues creusées, extrêmement souveraine de gestes. Porte une robe de coton avec des bracelets d'artisanat africain. Nordique d'allure, anguleuse, sosie de la baronne Blixen. Bloody mary.

— Deux hommes d'affaires exténués, relisant ensemble des contrats en gobant des olives. Scotch whisky avec glace.

— Trois Italiennes, vingt-cinq ans, lunettes remontées sur le front, balançant insensiblement la jambe en faisant pointer l'escarpin. Œillades, mimiques du genre « qu'est-ce qu'il fait chaud ». Menthe à l'eau.

— Ecclésiastique en excursion. Godillots, soutane noire. Il s'éponge le front avec un mouchoir de batiste. Son exemplaire de *Oggi* dépasse de *L'Osservatore romano*. Eau minérale San Pellegrino.

19 h 30. Tina descend d'un taxi. Elle a passé sa robe vichy à fines bretelles, ceinture bleue, escarpins bleus. Les regards sur elle. Tina ne veut pas rester au Doney. Nous prenons à pied la via Veneto en direction de la

place Barberini où j'ai garé ma voiture. En route, je l'embrasse plusieurs fois. Elle répond adorablement. Sa beauté, la saveur fraîche de sa bouche.

A l'angle de la via Lombardia, une petite Italienne, huit ou neuf ans, en robe blanche et souliers vernis, traîne derrière elle un cadichon de bois peint monté sur roulettes. Tina lui sourit et me dit : « Tu vois, il y a dix ans, j'étais cette petite fille. »

Le plaisir d'orgueil que l'on ressent à Rome lorsque l'on se promène avec une très jolie femme :

1) Les Italiens évaluent la puissance à l'aune des signes extérieurs les plus claquants : le modèle de la voiture, la femme qui vous accompagne, le costume de prix.

2) Leur désir est perceptible, chargé, inversé en frustration devant l'objet intouchable. Cela crée une électricité particulière.

3) Les femmes sentent cela. Les regards dans la rue les réveillent, les déploient comme des fleurs ouvertes. La ville est une serre chaude.

20 h 30. Dîner dans une trattoria proche de la place Navona. J'essaie d'expliquer à Tina les affaires qui passionnent en ce moment les Français. L'enlèvement d'Eric Peugeot, les intrigues de Boussouf, le lancement imminent du paquebot *France*. Elle s'en contrefiche. Elle vient d'obtenir une séance avec le photographe américain Donald Sylverstein. Elle est contente et m'appelle « Jack ». On picole beaucoup.

21 h 30. Campo dei Fiori. Des odeurs de choux et d'oranges écrasés dans la rigole. Je l'embrasse sous la statue de Giordano Bruno.

22 h 15. Fête dans un appartement de la via della Strozza. Fort contingent austro-allemand. Même au printemps, ils ont l'air de descendre d'un traîneau tiré par des poneys à clochettes. Les garçons ressemblent à Karlheinz Böhm et sont prêts à poursuivre les bergères au milieu des edelweiss. Les filles arborent des robes achetées via del Tritone, *Ideal für Reise und Sport*, et portent de gros bracelets sur leur peau chocolatée à la crème Nivea. Ils ont l'air sains, mais l'alcool les excite. Ils jouent au *blind kiss* (une fille aux yeux bandés essaie de reconnaître parmi plusieurs partenaires les lèvres de son amoureux). Beaucoup de rires gras et sonores. Sur le tourne-disque, des slows se succèdent. Les couples enlacés ; des types écroulés sur les fauteuils. Je regarde les Allemandes. Quand elles embrassent, c'est avec une conviction entière, hygiénique. Elles ont probablement connu une enfance de restrictions vers 1945-1946. Qui s'en souvient ? En ce moment, à Rome, on ne cesse de croiser les enfants de nations qui s'affrontaient mortellement il y a quinze ans. Des Italiens, des Anglais, des Français, des Allemands, des Américains... Tous pacifiés par la religion du Leica et du cinéma, la lecture de Pearl Buck et les disques d'Elvis Presley.

Ils passent sans cesse un nouveau titre de Ray Charles, lent, avec des violons. Ça s'appelle « Georgia on my mind ». J'ai dansé deux fois sur cette chanson avec Tina. Avant de m'apercevoir qu'elle était complètement ivre. Mais moi aussi.

*16 mai 1960.*

Déjeuner avec Tina dans un snack-bar de la via della Frezza. Il fait si chaud que nous allons acheter des maillots de bain. Pour Tina, un deux-pièces rouge de chez Valisère. Pour moi, un slip de bain Jentzen. Puis direction les bains Ciriola, une piscine fluviale ancrée au pied du château Saint-Ange, pareille aux bains Deligny de Paris.

Le soleil est vertical. Des fonctionnaires prolongent leur sieste, des femmes seules attendent de la commencer. Si l'on ferme les yeux, la tête doucement brouillée par la chaleur, on entend l'éclaboussure des plongeons comme à distance. Il y a des types musculeux qui s'enduisent le corps d'huile Tahiti. Quelques jeunes frappes pareilles aux gamins de Marrakech. Ils s'échangent leurs Ray-Ban, se poussent dans l'eau, paradent au bord du plongeoir. A intervalles réguliers, l'un d'entre eux glisse quelques lires dans le juke-box installé près du bar. C'est toujours « Guaglione » qui revient, et aussi le cha-cha-cha « Patricia ».

Tina feuillette un magazine allemand. Par-dessus son épaule, je distingue les photos aux couleurs chargées. Magali Noël et Capucine découpant un gâteau. La petite Caroline Grimaldi marchant dans une roseraie. J'essaie de lui piquer le magazine. Elle me repousse. Puis elle se lève et plonge dans la piscine. Je la suis. Sous la surface, à travers les ondulations de l'eau chlorée, elle gonfle les joues et fait des bulles.

Tina est étendue sur sa serviette de bain et sèche au soleil. Les cheveux lissés en arrière, lunettes noires sur le nez, slip rouge. Je regarde les gouttes d'eau couler au creux de la peau. On dirait des larmes. Une goutte dévale le sein droit avant d'être bue par l'étoffe du soutien-gorge. Tina rouvre les yeux et voit que je la regarde.

— *Bastard !*

La nuit. Elle me tient par son appétit de virulences discrètes. Quand Tina est nue dans mes bras, elle ne triche pas avec les apparences, la démarche gracieuse, les sourires au photographe. C'est peau contre peau. Peut-être est-elle venue à Rome comme on s'exile au désert : aller vers le soleil abrupt, la sueur, les canyons brûlés.

Quand elle a besoin de quelque chose, quand elle a besoin de moi, elle choisit un disque qu'elle place sur mon appareil Grundig. Tina fredonne un peu avec un air distrait, vaguement gourmand. Elle me parle en ouvrant les lèvres comme une enfant qui a faim. Puis elle joue de la main, la passe dans ses cheveux, effleure l'échancrure de son corsage, descend plus bas. Alors elle choisit de mener la scène à son gré, pour moi. Sa main remonte doucement la jupe, suivant la musique, tandis qu'elle me regarde avec effronterie. Je vois sa main bouger doucement, Tina ne parle plus, se rejette doucement en arrière. Elle est tout près, me regarde toujours, de très loin et de si près, en ennemie ?

*19 mai 1960.*

Les phrases que l'on entend à la terrasse du Strega-Zeppa : « China fait un shooting avec Jean-Loup chez les Badrutt. » Il faut comprendre que le mannequin-vedette China Machado a posé pour le jeune photographe français Jeanloup Sieff dans un grand hôtel de Saint-Moritz.

Le corps de Tina. J'aime ses seins, les attaches hautes, le poli du volume, le grain des aréoles dressées sous la paume. Quand Tina danse, ce n'est pas en montant sur les tables. Elle est plutôt dans son coin, boudeuse-lumineuse, le cheveu retombant sur l'œil, avec une élégance précise, nerveuse, qui en jette. Tina n'est pas anglo-saxonne au sens où, mettons, Kay Kendall peut l'être. Le côté visage de chat, taille de guêpe, galbe en point-virgule. Elle est plus farouche que sophistiquée. Ses pommettes de cavalière ouzbèke.

A Saïgon, on voyait tous les chantages de l'amour. Les traites tirées sur le mariage, les mensonges, l'usage des corps qui s'achètent. Certaines épouses de colons devenaient plus putains que les professionnelles de Cholon. Avec les filles des claques, au moins, c'était clair : la transaction sans phrases, l'acte contre piastres, l'absence de toute singerie morale.

J'en ai gardé l'espoir d'un amour qui serait un amour, mais délivré des scrupules, des calculs psychologiques, des retenues nerveuses qui empoisonnent la romance occidentale. Peut-être que ce qui me fascine de plus en plus chez Tina, c'est la *surface*.

*21 mai 1960.*

Hier soir, course de voitures sur la route d'Ostie. Nous sommes partis de Montecitorio vers minuit. Les sentinelles dans leurs guérites regardaient avec envie le convoi qui s'organisait. Walter avait embarqué dans son spider une belle brune, Marilu, qui riait aux éclats. Un acteur allemand, Rudi, venu avec un jeune mécanicien italien, faisait ronfler le moteur de sa MG. Tina à mes côtés dans la Corvair.

La pétarade a éveillé des échos dans le Corso. Nous avons contourné le Capitole en convoi avant de piquer vers les faubourgs. Les voitures se doublaient, rétrogradaient, passaient l'une devant l'autre. Les bandes jaunes de la route glissaient sous les pneus. A un moment, Walter a mis les gaz. J'ai accéléré. Rudi suivait derrière, mais je crois qu'il était plus occupé par son mécanicien que par la course.

On entendait le mugissement des moteurs qui s'arrachaient. Le goudron n'était plus éclairé que par les phares. Je passais les vitesses avec un sentiment d'ivresse et de plénitude.

— *Faster, faster,* disait Tina.

Les feux de position du spider découpaient un ruban de route où je me guidais tant bien que mal, droite, gauche, ligne droite, accélération.

— *Faster!*

Dans une courbe, alors que je ralentissais, l'Allemand a voulu se porter à la hauteur de la Corvair. Je voyais dans mon rétroviseur le mufle et les deux phares rasants de la MG. J'ai poussé le moteur à fond et négocié la courbe qui suivait en laissant la voiture de Rudi sur place, mais Walter tenait la tête et filait sur la route qu'il connaissait mieux que nous. A un moment, il a ralenti et levé le bras. La course était finie.

Nous avons fait demi-tour et repris la route de Rome. Les trois voitures roulaient en file, pareilles à des pur-sang qui seraient rentrés fumants au box. L'air de la nuit fouettait doucement nos visages. La route embaumait le parfum des fruits de cyprès, ces petits ballons de football qui tombent par dizaines sur la chaussée et sont éclatés par le pneu des automobiles. Il montait de la nuit une odeur de sève astringente et juteuse, un peu menthée, qui étourdissait comme une glu d'écolier.

Passage tardif au club Rugantino. L'acteur allemand et son mécanicien avaient disparu. Walter serrait Marilu de près. Alcool. L'orchestre a joué cette chanson qui passe tout le temps à la radio parce qu'elle est interprétée par Jackie Chan, l'ex-petite amie de Tony Armstrong-Jones.

Pont Saint-Ange. Minuit. Tina enlève ses chaussures et monte sur la rambarde du pont. Les projecteurs installés sous les arches éclairent sa silhouette. Elle tend les bras comme un acrobate marchant sur le fil, fait quelques pas. Sous la lune, on dirait un elfe qui marche entre deux statues d'anges. En contrebas, l'eau noire coule lentement. Je sais qu'elle ne tombera pas.

*22 mai 1960.*

Le Vatican annonce la publication des quatre Evangiles en douze microsillons. Durée : cinq cents minutes.

Les nuits de Rome appartiennent aux barbares. Les matinées, aux croyants. Lorsque je me rends à mon bureau, je croise des prêtres en soutane sur leurs vélos. Des petites sœurs trottinent d'un pas de souris vers les couvents de l'Aventin. Les pèlerins de toutes origines convergent vers la muraille du Vatican. Curés espagnols, l'œil fanatique et noir, entraînant derrière eux des collégiennes à la chemise immaculée, les cheveux serrés par des peignes de danseuse andalouse. Séminaristes africains encadrés par des Pères blancs à longue barbe qui portent leur grosse croix pectorale telle une boussole. Catholiques américains, la nuque rase, l'enthousiasme à fleur de mollet, prêts à escalader le dôme de Saint-Pierre comme le mont Mc Kinley. Français des provinces aux souliers ferrés, la gourde en bandoulière, le dernier numéro d'*Ames vaillantes* à la main. Ils se rassemblent derrière des bannières mariales, des portraits du pape Jean, baisent les médailles du Rosaire et descendent joyeusement dans les catacombes. C'est un charivari de clochettes, une ferveur, des cortèges de mille-pattes aux antennes tournées vers le firmament.

Je ne pourrais pas dire que je vis avec Tina. Dans la journée, je travaille au bureau de l'Agence. Elle m'appelle parfois depuis un café – son studio n'est pas équipé du téléphone. Je la retrouve le soir. La nuit nous saoule au-delà des phrases.

Fête dans le parc de la villa Celimontana pour le passage à Rome de Mervyn Schenk, patron de la MGM. Les Américains ont loué le parc à la Société Nationale de Géographie Italienne, qui aurait été étonnée de voir quels oiseaux chantaient cette nuit autour de l'obélisque de Ramsès II. Une cour hollywoodienne entourait Schenk, que la mort de Sam Zimbalist vient de pousser vers les hauteurs. Des producteurs yankees à nœuds papillons pactisaient avec leurs partenaires italiens de la Galatea, de la Titanus et de Lux Studios. Ils viennent de gagner beaucoup d'argent et des oscars à la pelle avec *Ben Hur*.

Les photographes italiens louchaient sur le bataillon d'assistantes et de secrétaires qui accompagnent la suite masculine de Mervyn Schenk : des filles en tailleur rose ou vert d'eau, les cheveux retenus en chignon, les lunettes sur le bout du nez, parfaitement hautaines et prophylactiques, qui avaient l'air de trouver l'Italie merveilleuse et les Italiens un peu mexicains.

Des acteurs circulaient – j' ai croisé la belle Lea Massari. On servait du Moët et des cocktails caraïbes sous les gloriettes. Un orchestre jouait des calypsos.

Schenk a fait un petit discours. Il s'est félicité du succès de ses nouvelles coproductions, *La bataille de Marathon* et *Le colosse de Rhodes*.

Tina est arrivée un peu plus tard. Elle portait une robe de cocktail vert émeraude prêtée par la maison Galitzine. Le manège habituel : des Américains qui s'approchent, lui demandent du feu, essaient d'engager la conversation, elle répond si ça lui chante, leur tourne le dos, repart ailleurs. Tina ne se vend pas, c'est le moins qu'on puisse dire, et je l'aime pour ça. Je l'ai entraînée vers un petit temple rond à colonnade où l'on avait installé un bar. J'ai descendu deux verres de whisky. Elle aussi. Puis nous sommes retournés sur la piste de danse où l'orchestre jouait des boléros, un gros chanteur latin susurrait des choses comme :

*Yo soñaba con los besos que me diste*
*Y mi sueño se hizó todo realidad*

Et nous tournions lentement au milieu des autres danseurs, le saxophone suivait la basse aux pulsations sous-marines. Je sentais les seins de Tina contre ma poitrine, ses cheveux contre ma joue. Au milieu des patrons de la MGM et de leurs secrétaires froides, des producteurs de la Lux et de leurs invités en smoking, je l'embrassais lentement, tendrement, où étions-nous, sur quelle île, sur quels rivages, la nuit ne finirait pas, la nuit est faite pour danser jusqu'à l'aube, pour sentir contre soi une femme en robe vert émeraude, et la bouche de Tina répondait, ses bras enroulés autour de mon cou, les yeux fermés, si loin, si loin, j'étais bien.

*26 mai 1960.*

Roger Vadim à la terrasse du Strega-Zeppa. Je l'ai un peu connu lorsqu'il travaillait à *Paris-Match*. A vrai dire, il passait plus de temps à la Belle Ferronnière avec des mannequins que dans les couloirs du journal. Il la joue maintenant *Liaisons dangereuses 1960*, son nouveau film avec Gérard Philipe et Jeanne Moreau.

De loin, il me fait un petit signe et je le rejoins à sa table. Vadim est toujours élégant, avec quelque chose de flottant, d'à côté de lui-même, qui évoque la descente hypnotique d'un grand rapace planant : mais gare à la proie quand il plonge sur elle ! La vie va comme elle vient, la vie pour lui est russe. Quand il n'a pas d'argent, les autres paient pour lui. Quand il en a, il régale tout le monde. On m'a raconté l'un de ses trucs : faire fiasco la première nuit. La fille panique, se trouve en dessous de tout – comment n'arrive-t-elle pas à exciter ce séducteur universel, l'ancien époux de Brigitte Bardot, l'homme qui a créé la femme ? Ensuite, il en obtient le meilleur.

Mine de rien, Vadim surveille le paysage ; non pas les femmes, mais les hommes susceptibles de lui faire de l'ombre. Nous croisons nos informations, dont certaines sont déjà dans la presse. Cotés en hausse : Philippe Leroy-Beaulieu, Alain Delon, Sami Frey, Laurent Terzieff. Stables : Philippe Lemaire et Jean-Louis Trintignant.

Jean-Noël Grinda est en pleine idylle avec une héritière mexicaine, Sylvia Casabiancas. Le prince Victor-Emmanuel d'Italie voyage avec Dominique Claudel, la petite-fille du poète. Dans les deux cas, les filles sont mineures. Le mariage Jean Seberg-François Moreuil bat de l'aile. Quant à Jacques Charrier, il est en cure de sommeil à la clinique Bellevue de Meudon : ça se passe mal avec Bardot, qui joue dans le film de Clouzot et aurait entrepris une escapade avec Philippe Leroy-Beaulieu.

Vadim ne fait aucun commentaire sur B.B., mais parmi les noms qu'il cite, deux ou trois lui ont succédé auprès de la reine : Trintignant, Charrier, peut-être Leroy-Beaulieu. Attention à Sami Frey, qui tourne en ce moment avec Bardot ? Il faudrait ajouter Sacha Distel, mais c'est plus épineux.

Vadim me raconte à sa manière, négligente, franche, sans impudeur, que sa femme Annette s'éloigne de lui.

Il a loué depuis quelques semaines une maison à Saint-Tropez, près de la plage de Tahiti. Or Annette ne veut plus quitter la région, a refusé de l'accompagner à Rome et préfère les corridas de Nîmes. En réalité, on la voit beaucoup avec Sacha Distel. Vadim envisage le divorce. Sa préoccupation : obtenir la garde de la petite Nathalie, deux ans.

Il évoque brièvement deux sœurs parisiennes, dix-huit ans et seize ans, selon lui des merveilles. Les sœurs Dorléac.

Tandis qu'il parle, une blonde assise à la table voisine le dévore des yeux. Il ne lui jette pas un regard. Mais son œil de mouche a tout vu. A un moment, il se tourne vers elle et lui lance un sourire fatal.

Le point commun entre Vadim et Sacha Distel ? Ce sont tous les deux des Russes blancs.

Ce qui se passe dans les fêtes où l'on ne va pas. Il y avait réception dans un vieux palais de la piazza Laterano. Les gens étaient ivres. Une partie de strip-poker a commencé. A la fin, des femmes en soutien-gorge, des hommes en caleçon, et une fille complètement nue qui pleurait.

19 heures. Terrasse du Canova, piazza del Popolo. Orfeo Tamburi et Mario Soldati discutent dans un coin. A côté de nous, des touristes américains avec leurs chemises hawaïennes, leurs bobs, leurs Kodak. Tina désigne l'obélisque surmonté d'une croix. *That Egyptian dick got a hard-on*, dit-elle assez fort pour que ses compatriotes l'entendent. Ils la regardent, sidérés.

21 heures. Dîner chez le peintre Guttuso. Il est communiste, séducteur, grand ami de Roger Vailland.

Et il adore les Américaines. Pâtes romaines, bon vin rouge, figues très sucrées. Guttuso fait du charme à Tina et sort pour elle de sa bibliothèque une édition italienne de *Tendre est la nuit*. Il prétend y avoir repéré la première mention de Cinecitta (celui d'avant 1937) dans la littérature américaine. Guttuso lit le passage à voix haute : « La voiture franchit la Porta San Sebastiano, longea la Via Appia, et finit par atteindre un Forum en carton-pâte, dix fois plus grand que le Forum lui-même. Rosemary confia Dick à un régisseur, qui la guida entre d'immenses colonnades, des arcs de triomphe, des amphithéâtres en gradins et des arènes sablonneuses. »

Une heure du matin, dans mon appartement. J'ai placé sur le pick-up un disque de Tom Jobim. Tina dégrafe les boutons de son chemisier, le jette sur le parquet. Elle esquisse un pas de danse, appuie de la jambe les contre-rythmes de la bossa-nova, pointe en avant ses seins encore tenus par le soutien-gorge de dentelle blanche. Elle sait donner à l'épaule le rythme montant et descendant d'un appel canaille. J'aime sa bouche lorsqu'elle danse, ses lèvres entr'ouvertes, ce sourire qui n'est que l'attente du pur plaisir et des jeux de la nuit. Elle laisse glisser sa jupe, jambe effleurée par l'étoffe, la jupe tombe à ses pieds, froissée et chaude du corps qu'elle quitte. Tina fait cela comme le reste, avec une indifférence dirigée, une énergie à fleur de geste.

*30 mai 1960.*

Eisenhower et Khrouchtchev viennent de se rencontrer à Paris. Fellini rentre à Rome avec la Palme d'or qu'il a obtenue à Cannes pour *La dolce vita*. Déclaration sympathique : « Un journaliste de la grande presse est un témoin pur, disponible, inerte, atone. » Merci !

Tina doit partir pour Beyrouth. Une présentation de mode au Casino. Voyage sur TWA, logement à l'hôtel Saint-Georges.

Je lis au bureau *La jalousie* d'Alain Robbe-Grillet. On y retrouve les ingrédients du roman colonial, les terrasses, les boys, les bananiers, les élégantes oisives, mais revus par un étonnant dispositif optique. Lorsque A… se regarde dans un miroir, Robbe-Grillet la décrit ainsi : « Pas un de ses traits ne bouge, ni les paupières aux longs cils, ni même les prunelles, au centre de l'iris vert. Ainsi figée par son propre regard, attentive et sereine, elle paraît ne pas sentir le temps passer. »

Tout à fait Tina surveillant son reflet dans les glaces du café Doney.

Quand Tina adopte une attitude proche de l'immobilité – par exemple assise, les jambes croisées, écoutant un interlocuteur – la silhouette se recale d'elle-même, telle une étoile de mer posant ses branches sur le rocher. Cela trahit le réflexe d'un mannequin déjà habitué à la pose. Un rassemblement immobile avant le cliché.

*2 juin 1960.*

Tina est partie hier pour Beyrouth. Je l'ai accompagnée en voiture jusqu'à Ciampino. Ce n'était pas vraiment un moment insouciant. J'avais peur de la perdre.

Sentiment très amoureux pour Tina.

*4 juin 1960.*

Tina est toujours à Beyrouth.

L'effet de la Palme d'or que Fellini ramène de Cannes n'a pas fini de s'éteindre. Il s'amplifie même chaque jour. Les journalistes qui reviennent de la Croisette racontent tous la même chose. Hors écran, les Américains faisaient le spectacle. On ne parlait que de l'avion-espion U2 abattu au-dessus de l'URSS. Betsy Doria dit que lorsqu'elle ouvrait ses volets au Martinez, elle croyait retrouver Naples en 1943 : plusieurs bâtiments de la VI^e Flotte stationnaient au large, dont le porte-avions *Franklin Delano Roosevelt*. L'Eden Roc était assiégé à cause de la présence de Mel Ferrer et Audrey Hepburn, enceinte de plusieurs mois. On ne l'a guère vue. Grace Kelly a fait l'événement en honorant de sa présence la projection de *Ben Hur*. Ce serait pour elle une façon de racheter son contrat interrompu avec la MGM.

Ici, en revanche, c'est une gloriole teintée de scandale. Il est amusant de croiser dans la rue les acteurs du film. Lex Barker, aperçu hier chez Rosati, joue de ses bésicles comme un professeur : avec Fellini, il a troqué les baobabs de Tarzan pour les lunettes de la vie pensante. Il y a aussi tous ceux que la production ramassait dans la vraie via Veneto pour figurer dans la fausse via Veneto reconstituée sur un plateau de Cinecitta. Et les aristocrates qui ont participé à la fête décadente tournée dans le château de Bassano Di Sutri. Cela fait grincer quelques dents en or dans les familles. Le prince Odescalchi, qui avait loué son château pour 500 000 lires par jour, a saisi de son indignation le comte Della Torre, directeur de *L'Osservatore romano*. Le journal du Vatican ne cesse de tirer sur le film.

Paris me demande une dépêche. Longue conversation sur ce thème avec Sandro Albertini, responsable des informations culturelles à *Paese Sera*. J'en tire ceci :

— Les événements transposés dans le film de Fellini seraient datables, pour la plupart d'entre eux, de l'été 1958. Il y avait alors de grosses productions américaines en tournage à Rome. Ceux que l'on n'appelle plus désormais que les « paparazzi » étaient déchaînés. Leurs proies favorites ? Le roi Farouk et ses amies ; Ava Gardner et Tony Franciosa ; Anita Ekberg et son mari Anthony Steele. La disparition de Pie XII en octobre 1958 aurait accéléré les choses : la vie nocturne s'est endiablée à la mort du pape blême.

— Albertini dit : à partir du moment où Fellini théâtralise des scènes de la vie privée, c'est sa version qui fait foi. Or cette version est erronée au moins sur un point : les intellectuels romains sont beaucoup moins lourds, moins existentialistes, moins allemands que le personnage incarné par Alain Cuny dans le film.

— Mastroianni serait plutôt ironique à l'égard d'Ekberg. La scène du bain dans la fontaine de Trevi a nécessité huit ou neuf nuits de tournage. Comme c'était au mois de mars de l'année dernière, Mastroianni portait un collant d'homme-grenouille sous ses pantalons et sifflait de la vodka ; alors qu'Anita Ekberg, ex-Miss Malmö, paraissait insensible au froid. Des habitants de la place avaient loué leurs balcons.

— Albertini me fait remarquer que chaque séquence du film s'achève à l'aube. *La dolce vita* est une suite de matins.

— Albertini a été convié avec quelques privilégiés à une projection de la version de travail avant doublage. Selon lui, c'était étonnant. Les indications de Fellini au porte-voix, les acteurs parlant chacun dans leur langue, le son direct du plateau où l'on diffusait sans cesse « Mac the Knife ». Le choix d'une musique de Kurt

Weill pour motiver les acteurs indiquerait, selon Albertini, une référence au climat de la République de Weimar. Il dit ceci : les peintres de Cour, Saint-Simon ou Goya, sont fatalement des tragiques. Les salons deviennent des aquariums, les lambris des barreaux. Fellini est un peintre de Cour.

— Beaucoup de gens auraient reconnu dans plusieurs scènes du film l'atmosphère des fêtes du palais Biondani. On cite dans Rome le commentaire du prince sur ces allégations : « Un gentilhomme s'intéresse aux faits, son valet parle des gens. »

— Albertini pense que la chose la mieux vue par Fellini, c'est le « journalisme de safari ». Les photographes veulent désormais capter le moment de la blessure (l'éclat du flash, le geste de protection, la grimace). Le thème n'est pas le portrait, mais la surprise. Or l'extrême de la blessure confine à la mort. Les paparazzi, en pleine paix civile, cherchent à obtenir des clichés pareils à ceux que Robert Capa réalisait pendant la guerre d'Espagne : le choc de plein fouet. Le trophée suprême serait la photo d'un agonisant. Ce qu'ils ont d'ailleurs obtenu avec Pie XII dans ses derniers jours.

Très bon article de Moravia. Il parle, à propos de *La dolce vita*, d'esprit « alexandrin » : promiscuité sexuelle, irrationalisme, cruauté, cosmopolitisme, mysticisme latent, soif de plaisirs interdits, esthétisme, stérilité.

*3 juin 1960.*

J'écoute la bande que j'avais enregistrée il y a dix jours avec Tina sur mon magnétophone Philips.

— Qu'est-ce que tu as fait la nuit dernière ?

— Rien. Je suis passée au Café de Paris. J'ai rencontré un couturier berlinois, Uly Richter. Il y avait aussi deux filles.

— Qui étaient les filles ?

— Je ne les connais pas. Une Italienne avec un collier de perles. Une autre, Italienne aussi.

— Elle était comment ?

— J'ai oublié. Je me souviens seulement des grosses perles de l'autre.

— Où êtes-vous allés ?

— Uly avait une voiture. Il nous a emmenées dans une fête.

— Qu'est-ce qui se passait dans cette fête ?

— Les gens dansaient le cha-cha.

— Tu as pris du plaisir à être là ?

— C'était comme d'habitude. Tout le monde avait l'air gai.

— Et toi, tu étais gaie ?

— Je ne sais pas. J'étais là.

— Tu as dansé ?

— Oui, j'ai dansé.

— Avec qui ?

— Avec Uly.

— C'est tout ?

— Avec d'autres aussi. Ils dansaient assez bien.

— Et les deux Italiennes ?

— Elles avaient disparu. Je ne les ai plus vues.

— Tu n'as pas dansé toute la soirée ?

— Si. Longtemps. Après, je me suis assise à une table.

— Qui était à cette table ?

— Des gens que je ne connaissais pas.

— Ils t'ont parlé ?

— Un type a essayé de me parler, oui.

— Et alors ?

— Je ne l'écoutais pas. Il ne me plaisait pas.

— Pourquoi ?

— Il m'embêtait. Il était assez vilain.

— Qu'est-ce que ça veut dire, vilain ?
— Il était laid.
— Tu n'aimes pas les hommes laids ?
— Non.
— Tu as envie d'être regardée ?
— Oui.
— Tu aimes ça ?
— Oui.
— Pourquoi ?
— Je ne sais pas. D'un côté, je voudrais me cacher, et de l'autre j'ai envie qu'ils me regardent.
— Tu veux que l'on te regarde ?
— Oui.
— Ferme les yeux. Qu'est-ce que tu vois ?
— Je ferme les yeux. Je ne vois plus rien.
— Rien ?
— Si. Des lignes. Je vois des points.
— Essaie de penser à quelque chose.
— OK, j'essaie. Je pense qu'il a fait très chaud aujourd'hui. J'entends le moteur d'une voiture qui démarre.
— C'est tout ?
— Attends. Prends ma main, Jack.
— Voilà.
— Je sens ta main. Je me dis que c'est bon d'être à Rome avec toi.
— Vraiment ?
— Oui. Vraiment.
— Alors, tu peux ouvrir les yeux. Tu te sens comment quand on te regarde ?
— Excitée.
— Vraiment excitée ?
— Oui.
— Et tu le montres ?
— Non.

— Tu te trouves belle ?
— Je ne sais pas.
— Mais tu es très belle !
— Je ne sais pas. J'ai l'impression d'être plusieurs.
— Plusieurs ?
— Oui, enfin, que ce n'est pas toujours moi.
— L'image sur la photo ?
— Oui. Ce n'est pas moi. C'est une autre.
— Quelle autre ?
— Je ne la connais pas.
— Elle s'appelle comment ?
— (Rire). Tina. Comme moi.

*10 juin 1960.*

Tina est rentrée hier soir de Beyrouth. Joie. Elle dit que c'était une sorte de San Remo avec plus de buildings. Beaucoup d'argent et de fêtes, les limousines et leurs chauffeurs à keffiehs. A l'hôtel Saint-Georges, elle a été invitée à la table d'un chanteur français dont le nom ne lui disait rien : Jean-Claude Pascal. *Charming fag,* commente Tina.

Elle sort de son sac le programme du défilé. Des robes numérotées qui s'appellent « Mystère » ou « Tanagra », des manteaux ballons et des blouses en crêpe de Chine, des toques en houpette de poudrier. Le programme mentionne les dames du comité de patronage. Madeleine Helou, Najla Joumblatt, Aimée Kettaneh, Leila Traboulsi, Dolly Trad...

La peau de Tina est dorée par le soleil. Elle porte un chemisier rouge. L'étoffe explose sur le bronzage de Tina comme une grenade écarlate.

Nuit sans sommeil. Beaucoup d'amour.

*11 juin 1960.*

Pasternak vient de mourir. L'événement est éclipsé dans la presse italienne par deux affaires où l'or de Naples est en cause : Vittorio De Sica a des problèmes avec le fisc; Sophia Loren s'est fait voler une mallette de bijoux dans un manoir du Hertfordshire.

Tina heureuse de la surprise que je lui fais : trois jours dans une villa de Forte dei Marmi, prêtée par Sandro Albertini.

*13 juin 1960.*

Ce matin, Tina m'a rejoint sur la véranda. La villa, d'un très pur modernisme 1930, donne sur la plage. Nous buvons du café et du jus d'orange tandis que la lumière de dix heures chauffe doucement la maison. Un parterre de plantes grasses exhale des senteurs tropicales. Tina a passé un maillot de bain et s'est enveloppée dans un paréo orange. Nous marchons jusqu'à la plage par un sentier sablonneux. Les rayons de soleil filtrent à travers les ramures des grands arbres parasols et dessinent des lunules sur le sol. La stridulation des grillons envahit l'étendue avec la chaleur qui monte. A deux cents mètres, la ligne argentée du ressac méditerranéen. Nous avançons main dans la main.

Sur la plage, j'essaie de la faire parler de sa famille, de ses origines. Ses parents, elle ne veut plus les voir. Des gens de New York qui ne l'ont pas aimée. Si elle est venue en Europe, c'est pour fuir leurs petites vies étriquées. *I wanna make it by myself.* Elle veut réussir toute seule.

Dans la villa, il y a un tourne-disque. Tina a apporté avec elle des disques de Harry Belafonte et la musique de *Jamais le dimanche*. Avec son paréo orange, les pas de danse qu'elle esquisse à toute occasion, elle se transforme en fille des îles, libre comme le ciel. Il y a une bouteille de punch sur la table. Nous sommes dans l'île, Forte dei Marmi se détache du littoral et flotte vers les eaux bleues des Caraïbes, Tina danse en faisant glisser son paréo sur ses hanches, je l'attrape au passage et elle passe le paréo en étole autour de mon cou. Je l'embrasse en dansant, elle détourne la tête et ses cheveux fouettent ma joue. J'aime son rire à mon oreille, son rire d'enfance et de soleil.

Quand elle sort de l'eau, ses cheveux baignés d'iode et de sel s'éclaircissent sous la lumière. Des grains de sable se sont collés sur sa peau comme un pigment. Elle noue un bandeau autour de sa tête, à la pirate, et ses longues jambes drapées par le paréo affleurent sous l'étoffe, font flotter les plis.

Elle revient sur la véranda, s'étend sur une chaise longue, dégrafe le haut de son bikini. Ses seins pointent libres et nus sous le soleil. Deux filets blancs trahissent sur sa peau la ligne des bretelles. Je marche vers elle.

Cinq heures de l'après-midi. Le soleil a tourné. Un parfum de terre chaude et de fleurs ouvertes monte dans l'air. Derrière le rideau de pins parasols, on distingue le liséré des vaguelettes mourant sur le sable. Les grillons chantent à tue-tête. En sortant de la chambre, Tina est revenue s'allonger sur la véranda. Elle est nue, les yeux fermés, avec une expression de volupté calme. La crème solaire, mal étalée, pose çà et là des virgules blanches sur sa peau. J'ai la lumière du soleil dans les yeux. La lumière m'éblouit comme un bonheur.

*14 juin 1960.*

Nous avons bu toute la journée. La bouteille de punch. Puis du Jack Daniel's servi sec sur des glaçons. L'alcool frais s'accorde à la touffeur du grand après-midi. Il glace la gorge et met le feu au ventre. Le soleil estompe l'horizon en un poudroiement de mirage ; les formes flottent hors de leurs contours, une gaieté vous prend. Tina vient s'asseoir sur mes genoux, me décoiffe, colle sa bouche contre la mienne.

Tina ne cesse de s'enduire le corps de crème solaire. Ses doigts rassemblés glissent sur la peau, descendent vers les jambes brunies. La volupté d'être huilée et nue. J'écarte sa main pour y placer la mienne. Elle frémit, renverse la tête en arrière.

Son sexe de jeune Chinoise qui appelle la fibule, arrondi comme une mangue ouverte au couteau. Le muscle adhérent, inondé. La trace de ses dents dans mon cou.

Elle dit :
— Tu ne trouves pas que Franco Interlenghi est très beau ?
— Les hommes trop beaux sont suspects.
— Tu crois ça ?
— Oui.
— Alors, Jack, je vais te dénoncer au FBI.

Nous allons nous asseoir sur la plage. Un vent léger se mêle au ressac. Des lumières au loin sur la baie, bateaux qui rentrent, pontons éclairés des boîtes de nuit. La brise apporte des musiques lointaines, les voix des jeunes gens qui rient au bord de l'eau. Tina s'étend sur le sable et, mutine :

— Dis-moi « Je t'aime » dans toutes les langues que tu connais.

— Je t'aime. I love you. Ti voglio bene. Te quiero.

Elle répète :

— Je t'aime. I love you. Ti voglio bene. Te quiero.

Nous rentrons à Rome demain.

*18 juin 1960.*

Depuis deux jours à Rome. Drôle de rentrée.

Hier soir, soirée chez la princesse R., qui a dû être belle vers 1920. A l'époque, elle a épousé un Russe blanc qui n'aimait pas les femmes. On dit qu'elle a été une des reines de Capri, touchant négligemment à l'opium et aux actrices berlinoises. Puis le temps a dû s'arrêter. Nous étions dans un mausolée dédié au Pierrot lunaire. Grands salons ornés de tableaux d'Alma-Tadena, consoles où traînaient des livres de WH Auden et Jean Cocteau, statues d'Œdipe pour oratorio 1920. L'ensemble baignant dans une ombre qui sent la poussière et la violette. La princesse, maigre sauterelle fardée comme une actrice de kabuki, portait une longue robe cubiste qu'elle orne de bijoux marocains. La tête enturbannée, le fume-cigarette à la bouche, l'anneau d'argent au gros orteil, elle vous scrutait avec des airs d'odalisque fatale.

Vautrées dans des fauteuils-poufs, les amies de la princesse tenaient sabbat. Une géante scandinave, probable pionnière du naturisme à Ischia, tournait ses cheveux blancs vers une Hongroise de style régence Horthy. Un sosie de Nancy Cunard buvait du marasquin en compagnie d'une créature hermaphrodite. Les beautés du futurisme se penchaient sur leur passé. Des hommes entre trois âges circulaient. Un chauve viril et monoclé. Un grand peuplier anglais, l'œil bon et délavé, qui répondait au surnom de « Lady Howard ». Une vieille tête à claques avec œillet à la boutonnière qui ressemblait à Clifton Webb.

J'ai compris pourquoi Tina était invitée en ces lieux. La princesse R. avait convié de jeunes mannequins des deux sexes. La jolie Peggy, Pia la brune, Simone la ravissante, le beau Renzo, Karl le Bavarois, Antonio des faubourgs, d'autres encore. Par un étrange décalage, ces garçons et ces filles de vingt ans périmaient le modernisme fané du lieu en remontant vers le passé. Car ils étaient la beauté printanière tombée des fresques, les sirènes que l'on voit dans les cartouches des palais mantovans, Peggy ressemblait à la Derelitta de Botticelli et Simone à une Vénus du Corrège, et Renzo à ces cavaliers sombres qui chargent lance baissée dans les tableaux de Paolo Uccello. Ils étaient l'éternelle jeunesse qui habite les plafonds et les vasques, réincarnée soudain au milieu de ces spectres stravinskiens qui battaient la mesure du cake-walk avec la canne de Radiguet.

On entendait chuchoter des phrases où il était question de cygnes noirs et d'éternel retour. Les enfants de Marinetti contemplaient la Cour d'Amour 1960. Les yeux brillaient dans les visages gris d'huître, des mains osseuses glissaient sur le taffetas des robes. Les vieux soldats de l'armée Chirico, blessés au Bal Nègre et décorés sur le front de l'Ecole de Vienne, restaient saisis dans leurs fauteuils, résignés et avides, dévorant des yeux les belles et les beaux, envahis sans doute de visions cubistes où les Vénus du Corrège, munies de trois nez, dansaient le charleston nues sur des calandres d'Isotta-Fraschini.

Tina et moi, on s'est tirés en vitesse.

*25 juin 1960.*

Humeur de Tina. De plus en plus changeante. Elle peut être excitée, entraînante, un peu folle. Ou bien très calme, presque endormie – vidée.

Elle me dit candidement que lorsqu'elle sort avec des sandales, surtout si elles sont agrémentées de lanières ou de brides élégantes, les hommes dans la rue la regardent de bas en haut. Le pouvoir érotique lié au pied semi-nu.

Tina ne parle jamais d'argent, et paraît ne jamais en manquer. Il est vrai que la vie est si peu chère à Rome pour les étrangers que toute notion de nécessité disparaît.

On montre dans les journaux français des images d'Alger. Les plages de la Madrague et de Sidi Ferruch, bondées. Les stores baissés, le soleil de plomb, le début de l'été. Tout brûle de sel et de sable. Il ne faut surtout pas dire qu'une guerre est en cours.

J'ai eu des habitudes d'alcool. Elles reviennent. Tina me suit.

Je viens de dactylographier ces pages de mon journal d'alors. En un sens, elles me paraissent étrangement sereines. Ces mots disent l'agrément de deux êtres qui se rencontrent, ne posent guère de questions, vivent sur la scène d'une ville sans avoir répété leur rôle. C'était comme ça. D'autres raconteront mieux que moi l'insouciance des années 60, cette façon qu'avaient un homme et une femme de se donner du plaisir, de paraître ensemble, de s'aimer comme des silhouettes. Ces quelques notes me suggèrent quelque chose d'incestueux, ou d'enfantin : Tina paraît avoir toujours été là, dans mon existence, comme l'eau fraîche ou les feuilles des arbres.

Un serpent rôde pourtant dans ces pages. Il dardera plus loin sa tête sifflante. Pour l'heure, je ne le devine pas ; rien n'indique que le venin diffuse dans la trame. La mémoire efface, et le plus souvent elle transforme. Il me semble pourtant, à la relecture, que certains angles sont mal éclairés. Certains tiennent de l'anecdote. D'autres appartiennent au silence. Tout de même, je retrouve le climat, et même ce passage de Vadim que j'avais oublié. Parfois je retourne en rêve vers la via Veneto. Je les revois, tous, dans les nuages du songe. C'était une belle fantasia...

Il y avait les Français de cinéma qui débarquaient à Rome, producteurs pressés agitant des contrats, ayant quitté leurs bureaux de la rue du Boccador ou du quartier Saint-Ferdinand pour monter leurs films avec la Titanus, la Cineriz, humant le vent de la fête là où il soufflait. Les frères Hakim... Raoul « Jet » Lévy... Leurs costumes de Cifonelli, leurs Sunbeam, les Riva ancrés à Saint-Tropez, les conversations dont on captait des bribes à la terrasse du Doney... Le procédé Todd-Ao et les dimanches Lazareff... La nouvelle Austin Healey... Hi-fi ou caviar ? Jeanne Moreau ou Françoise Arnoul ? Tu es allé à la fête au palais Volpi ? Non, j'étais sur le yacht de Raymond... Duke Ellington va venir jouer à mon anniversaire, si, si, je t'assure... Ne signe pas, ce type, c'est un lèche-cul, un *schlepper*... Bardot, Bardot, que fait Bardot, *dove Bibi*, *where is Bee-Bee* ?... Et Delon, que fait Delon ?

Au moment des défilés, Tina n'était pas loin. On voyait arriver à Rome des photographes, des augures de la mode, des clientes coiffées de résilles. Grands oiseaux de la rue de la Paix... reines du guano mexicain... princesses bavaroises aux toques de fourrure blanche. Elles aimaient le tussor et la soie sauvage, le jersey et le crêpe de Chine. Avez-vous dansé à l'Eléphant Blanc ? Partez-vous au Suvretta House de Saint-Moritz avec Honey ? Tu étais au bal « April in Paris » ? Agitées, fumeuses, prêtes à tuer les huîtres pour voler les perles, elles raffolaient des crimes de magazine et des tableaux de Bernard Buffet. Ces grandes libellules dorées de la café-society toisaient sans tendresse les jeunes mannequins qui défilaient devant elles. Car il se passait quelque chose dans la Rome de 1960. Une guerre de femmes, en somme. Les sourcils épilés, les seins au balcon, les grandes pâtisseries à nœuds de la décennie finissante étaient en train de céder devant la gracilité du geste, les visages de chat, les pantalons corsaires et les blouses de garçon. Le triangle chassait l'arrondi, on glissait du talon aiguille aux ballerines, des mèches vaporeuses aux franges taillées net. C'était la guerre civile que les femmes se livrent entre elles, la guerre de satin où les mots volent comme des flèches.

Dans la journée, je feuilletais des magazines d'actualité et des revues de mode en cherchant son visage. Jamais je n'ai lu autant de gazettes de mode qu'à Rome en 1960... Je me souviens de cette photo où, entre Rick Battaglia et Mylène Demongeot, Tina passe comme une énigme. Il y avait toujours des Vénus de Brentwood, des Cybèle du Minnesota au bras d'un bellâtre de Modène. Et, de loin en loin, comme si elle avait fui la lumière qui l'aimait trop, Tina capturée par un flash électrique. Le grain du papier, si l'on approchait l'œil de la photo, devenait un tamis de points noirs et blancs – j'y ai repensé plus tard en voyant les toiles pop de Roy Lichtenstein. La forme se dissout en atomes ronds, en bulles de peinture acrylique, il n'y a plus que des couleurs sur une surface, et puis la texture de la toile elle-même atomisée, divisible à l'infini.

Je tombais aussi sur des images de Tina posées pour des présentations, des robes de Simonetta ou Veneziani. D'autres filles étaient avec elle. Plus d'une avait le genre pute de luxe, cette touche perles et chien en laisse qui les distingue encore, quand elles ont vieilli, dans les halls des palaces où elles s'ennuient en assassinant leur dernier mari. Mais le visage de Tina déjouait pour moi toute prostitution. Il était fait pour fuir ou se donner.

La Tina de ce temps-là, je la retrouve dans une photo de Johnny Moncada pour *L'Art et la Mode* où elle présente un tailleur de Fabiani. Un tweed léger, couleur de bruyère, avec une ceinture nouée à la diable. Elle porte des bas clairs, des escarpins à talons bobines. A ses pieds, un tourne-disque Teppaz et des pochettes 33 tours, *Lionel Hampton Special*, *Your dance date with Xavier Cugat*... Je crois que le côté un peu trop strict du vêtement a déteint ce jour-là sur l'expression de Tina. La guerre suivait son cours, on lui faisait présenter des choses au-delà de son âge... C'était le destin assigné à ces jeunes filles de la fin des années 50, être trop vite comme leurs mères. Beaucoup respectaient la consigne, à peine sorties de l'enfance et déjà mûres pour les landaus, les biberons, le vague à l'âme. Il y aura eu, à cette époque, une forme de mélancolie féminine qui ne trouvait aucune révolte pour l'exalter et s'abîmait en elle-même, dans l'énigme d'un monde sans Dieu. Les films d'Antonioni... les romans de Marguerite Duras... des voix qui chuchotent, la rumeur des trains traversant des périphéries grises... les femmes muettes qui tombent dans une spirale de silence. La photo de Tina portant le tailleur bruyère de Fabiani indique ce chemin-là, qu'elle n'a pas suivi. Elle était trop américaine, en un sens. Sur la photo, son expression dit : « Je pourrais porter ce tailleur comme une tunique de Nessus qui me consumera d'ennui. Mais je vais le déchirer pour que ma vie soit plus brûlante que l'étoffe, plus froidement libre que l'image qui la fige. » Je n'exclus pas qu'elle ait joué sa jeunesse dans une partie de cache-cache avec les clichés, tels ces personnages de dessins animés qui, à peine leur silhouette fixée, en désertent aussitôt les contours. Chaque photo indiquait l'aspect d'elle-même qu'elle devait trahir.

Je revois ces nuits où nous tournions sans fin à travers Rome, mes mains sur le volant de la Corvair, Tina assise près de moi, ses cheveux flottant dans le vent de la nuit. La ville était un théâtre pour la beauté des femmes, un lacis de ruelles où l'ombre la protégeait. Nous abandonnions un peu ivres le quartier Ludovisi, ses néons éblouissants, ses corps avides, pour rouler vers les places aux fontaines blanches, là où les fleuves du monde, le Río de la Plata et le Nil, le Danube et le Gange, deviennent des figures de marbre surplombant les bouquetières souriantes qui vendent des roses rouges et des azalées. Nous marchions par les rues sombres où les remises au vantail béant, les rangs de linge séchant sous la lune évoquaient une étrange interruption, comme si la vie s'était retirée en laissant derrière elle des bras morts, des maremmes assoupies. Rome deviendrait un jour Timgad ou Tipasa, une ruine de temples brûlés par le soleil noir. La cloche des couvents sonnait. Je serrais la main de Tina. Il me semblait que rien n'avait compté, que rien ne comptait plus, sinon ce moment où elle avait surgi au fond d'un jardin.

Nous remontions dans la Corvair. *Drive on,* disait Tina. Elle aimait le parfum du thym sauvage et des cyprès vivaces, ces bosquets de coteau qui dévalent les pentes de l'Aventin comme une vague figée. Sous le pinceau des projecteurs placés entre les colonnes du Forum, l'herbe roussie, la brique éclairée à nu, les bouquets de pins parasols jaunes de poussière composaient un paysage indien, pareil soudain à ces temples de Delhi où chantent des perroquets verts. Un grand concert de cigales montait du Colisée. Tina regardait les frontons triangulaires, les corniches sculptées, les mosaïques à divinités tridentines. Parfois, un arc de marches s'arrondissait sous les phares comme une concrétion de corail. Une ruine se dressait, mangée par des bouquets d'eucalyptus, et la pierre déchaussée, trouée par les siècles, paraissait un animal fossile piqueté de buissons fous. Des ouvertures grillagées indiquaient des entrées de caves, comme si la ville à ciel ouvert s'était doublée d'une cité souterraine à peine moins étendue, réseau de catacombes et de prisons scellées. Quel dieu avait prémédité ces nécropoles ? Les basiliques aux coupoles crevées, les strates émiettées de telle *domus* composaient une croûte minérale sous laquelle, à n'en pas douter, on aurait trouvé les grottes étoilées de champignons phosphorescents, les lacs fumants d'un voyage au centre de la terre.

*Drive on,* disait Tina en frissonnant. La Corvair redescendait vers le Tibre. Je passais la main dans ses cheveux, elle faisait mine de regimber, puis rejetait la tête en arrière avec ce rire voilé que j'aimais tant. La rumeur de la ville revenait, klaxons lointains, petites Lambretta au phare en œil de cyclope. Je garais la voiture près de l'île Tibérine. Les flots digués par la retenue d'eau se précipitaient en cascade sous l'arche du Ponte Roto. Plus bas, une loupiote signalait la flèche d'une embarcation amarrée au quai. La chaleur romaine pesait sur les arbres ployés au bord des rives. Les murs lépreux portaient, comme si elles avaient daté de l'empereur Caracalla, des inscriptions à moitié effacées et des affiches déchirées. *W Il Duce* ; *Forza Bartali* ; et, je ne l'ai pas oubliée, cette affiche d'un film de Billy Wilder, *A qualcuno piace caldo*, où une main apache avait dessiné, à l'entrejambe des robes de Jack Lemmon et Tony Curtis déguisés en femmes, le phallus de Priape, le *cazzo* triomphant des fresques pompéiennes.

Il montait de ces berges une odeur de paludes. Le spectre des grandes épidémies qui avaient autrefois décimé la ville rôdait dans les parages. *It's swampy,* disait Tina en riant. C'était soudain un engluement de marécage, la fièvre de cette Louisiane que devient le bassin du Latium par les nuits de grande touffeur. Un malaise naissait en moi. Je ne savais pas encore lui donner de nom.

# Journal

*26 juin 1960.*

Téléphone : Tina a encore raté un casting. Elle auditionnait pour un film de Lattuada. Ils ont retenu une Italienne de seize ans qui prétend en avoir vingt. Mais personne n'est dupe. Tina, en quelque sorte, serait déjà trop vieille pour le rôle.

Elle est énervée.

Une sorte d'inquiétude en attendant Tina ce soir. J'ai de plus en plus l'impression qu'elle s'acharne à exister à travers des empreintes indirectes. Elle entre dans une pièce, et ce sont des regards. Elle pose pour un photographe, et ce sont des clichés. Elle veut tourner à Cinecitta, et ce sont des rôles en costumes. Tout est décalé, réfracté. L'autre jour, dans la via Borgognona, elle suivait son reflet d'un miroir de vitrine à l'autre. Une image interrompue et reprise, comme celle d'une passante qui aurait progressé dans une réalité parallèle.

Nuit sans sommeil avec Tina. Alcool. Nous faisons l'amour plus lentement. Enroulements, rotations, nœuds de serpents. Un autre corps vient à la surface, comme émergé d'un bain révélateur. Derrière le visage un autre visage naît, tête renversée en arrière, bouche ouverte, les yeux vagues. La photo, si je devais la tirer, ne serait pas celle que l'on attend. Elle aurait la trame de ces vieux daguerréotypes au pigment fuligineux, où le sujet paraît sortir d'un nuage d'atomes noirs.

Je me perds de plus en plus dans ce nuage-là.

*2 juillet 1960.*

Aux essais du Grand Prix de Belgique, Stirling Moss vient de se casser le nez et deux rotules.

Hier soir, à la terrasse du Strega-Zeppa, Tina est arrivée avec Ingrid, un mannequin de Munich. Elle est brune, élancée, l'œil langoureux et dur à la fois. Elle parle un anglais rudimentaire qui, du coup, sonne coupant.

Ingrid m'a considéré sans douceur. On peut même dire qu'elle m'a ignoré. Elle ne quittait pas Tina des yeux, essayait de la faire rire, n'y parvenait pas vraiment. Alors elle est passée sur un autre terrain, un babil adolescent, une gaieté de copine, et Tina répondait mieux. Ingrid s'est alors ouverte comme une tête d'œillet sur sa tige, mais cet épanouissement était une chasse. Elle attendait que je m'en aille. Tout de même, cette fille comme une corolle ouverte, tendue vers Tina. Laquelle prenait l'hommage et laissait faire en me regardant.

*5 juillet 1960.*

Le soleil écrase les rues. Le grand été est là. Une torpeur orientale endort les quartiers : parfois, le moteur d'une Vespa vrombit, puis le bruit s'estompe. Il ne reste que des pigeons marchant sur les places vides où résonne la cascade des fontaines. A l'heure où les cigales chantent dans les basiliques brûlantes, il faudrait tirer les stores, attendre, dormir. Je sens Rome autour de nous comme un grand animal pourpre. Ce n'est pas la joie vénitienne portée par l'eau. C'est un cirque où le sable boit avidement le sang noir. La chaleur calcine un sol pauvre, le *tufo* du Latium, auquel on n'arrache que de maigres cultures. La malaria montait autrefois du Tibre. On croirait qu'elle va revenir. Toutes les fêtes s'enlèvent sur fond de poussière, de terre rouge, de nécropoles étrusques. On roule en décapotable sous des palmiers africains. Les gens s'aspergent d'eau pour ne pas pourrir sur pied.

Tina me déphase. Peut-être est-ce l'Amérique qui fabrique ses nouvelles femmes. L'apparence qui ne couvre que l'apparence, et pourtant cette présence vampirisant toute lumière... Il faudrait changer de psychologie pour la saisir, car le problème est plutôt géométrique. Tina ressemble à certains tableaux modernes. Les Milanaises sont comme ça, maintenant. Robes noires, voitures blanches, elles promènent leur malaise au long des autostrades, longent des usines aux façades de verre et se mordent les ongles au milieu de leur mobilier Knoll. Mais pas à Rome. Pas Tina...

Ses humeurs intenses, tendues, d'une excitation exagérée. Puis des heures de retombée vague. Je ne sais pas ce qui se passe.

Rêve : Tina marche à travers une ville. Je la suis à distance. A un moment, elle bifurque dans le couloir d'entrée d'un immeuble. J'entre un peu plus tard dans l'appartement dont elle a ouvert la porte. Une lumière rouge baigne les pièces. Dans les chambres ornées de statues, sur les fauteuils, les lits, des femmes et des hommes se tiennent enlacés. Ils portent tous des loups. Leurs corps se mêlent. A chaque fois que j'ouvre une porte, je tombe sur de nouveaux personnages masqués. Je ne saurais dire laquelle de ces femmes est Tina. Je m'approche de l'une d'entre elles, passe la main dans ses cheveux en cherchant le fil qui retient son loup.

Il n'y a pas de fil. Le masque est son visage.

*10 juillet 1960.*

Rome devient une forêt vierge. Palmiers, longues racines tropicales plongeant dans la terre desséchée.

Tina, de plus en plus provocante. Elle agit comme si elle était dirigée à distance. Envoûtée.

La nuit, dans mon appartement. Je la fixe sous moi pour qu'elle cesse de s'évader. L'alcool que j'ai bu décale les choses vers un jeu de formes, de clefs abstraites. Elle n'a plus de visage, je n'ai plus de tête, elle ne sortira pas d'ici.

Elle dégouline de sueur.

*15 juillet 1960.*

Hier soir, vers minuit, nous avons quitté le restaurant La Cisterna où toute une tablée dînait. Du Trastevere à l'Aventin, il ne faut que quelques minutes de voiture. Quand nous sommes arrivés près de Sainte-Sabine, les autres avaient disparu. La nuit était calme sur la colline. Nous avons marché vers le belvédère qui surplombe le Tibre. D'une colline à l'autre, la ville se constellait de lumières, on voyait les dômes blafards des grandes églises immobiles sous la lune. Tina s'est coulée dans mes bras. Sa bouche avait un parfum de rhum brûlé. Le premier soir, nous étions venus là.

J'ai cru entendre une voix. Ce n'étaient pas les chats qui miaulaient sous les cyprès, mais des mots prononcés dans la nuit. La voix a repris, cette fois prolongée par une sorte de halètement. A trente mètres en contrebas du belvédère, deux formes emmêlées se tenaient allongées sous un arbre. Les visages étaient plongés dans l'ombre, mais l'on distinguait un mouvement. Tina s'est détachée de moi, les yeux rivés sur le couple. La femme a gémi. Tina restait là, en suspens, fascinée. Il m'a semblé qu'une lueur ophidienne traversait son regard.

*18 juillet 1960.*

La chasse aux Belges est ouverte à Léopoldville.

Gorges chaudes autour de la dernière liaison de Baby Pignatari. Le milliardaire brésilien (quarante-cinq ans), toujours accompagné de ses onze gardes du corps, n'a cessé ces dernières années d'écumer les nuits romaines. On l'a vu avec Rossana Schiaffino, Elsa Martinelli et Linda Christian. Cette fois-ci, il aurait enlevé une héritière de la Fiat, Ira de Fürstenberg, vingt ans. Elle a déjà deux enfants de son mariage avec un prince Hohenlohe. Elle est toujours mineure. Baby et Ira sont signalés au Mexique.
Silence royal de la famille Agnelli.

Les arbres vert-jaune de la villa Borghese. Géométries. La soif naît du bruit des fontaines.

Tina à la terrasse du Strega-Zeppa. Elle fume une Marigny, les yeux protégés par ses lunettes noires. Elle lâche soudain : « Peut-être qu'un jour, Jack, on dira que l'été 60 à Rome était l'un des plus beaux *(one of the great summers)*. »

Je ne sais pas pourquoi, mais cette phrase me serre le cœur.

Plus Tina m'obsède, jusqu'à me faire compter et recompter les minutes qui me séparent de la prochaine rencontre, plus elle me devient douloureusement étrangère. « Cette fille est muette », m'avait dit Walter. Comme mannequin, elle joue trop de son apparence pour ne pas protéger quelque chose. J'ai l'impression qu'elle aspire à la profanation par la caméra pour mieux se taire. Elle porte des vêtements qui ne sont pas les siens. Elle parle une langue qui n'est pas la sienne. Les clichés qui succèdent aux clichés sont comme les peaux mortes d'une mue incessante : ils ne disent rien de Tina, sinon qu'elle est ailleurs. Mais elle a besoin de vérifier que ces instantanés se détachent d'elle pour se convaincre qu'ils ne la résument pas.

Peur panique de perdre Tina.

*20 juillet 1960.*

Pour une fois, Tina est excitée par quelque chose d'américain. La Convention démocrate est en train de choisir John Fitzgerald Kennedy comme candidat à la présidentielle de novembre. Il est jeune, beau et catholique. Son slogan : *A time for greatness*. Il vient de la côte Est, mais Hollywood est derrière lui : Frank Sinatra, Tony Curtis, Nat King Cole, Henry Fonda.

*27 juillet 1960.*

Désormais, elle ne cesse de me provoquer. Plus muette que jamais, mais appelant sur elle tout le désir qu'elle peut susciter. Tina offre et ravage, elle fait ce qu'elle veut de son corps. On dirait qu'elle veut tout annuler, tout saturer.

Je m'acharne contre une surface et Tina désire cet acharnement. C'est comme si les reflets qu'elle a multipliés étaient des photos qu'il faut déchirer. Chaque soir, elle abrège les virées à travers Rome pour me ramener là où elle m'attend, là où elle me trouve. Elle cherche quelque chose, et le passage est sexuel.

A la fin, je hais tous ces acteurs de Cinecitta qui fuient la vie pour rester dans l'enfance, pour jouer la comédie et donner de l'importance à ce qui n'en a pas, les mauvais films en costumes, les décors de carton-pâte, les rivalités dans le salon de maquillage. Ils incarnent les personnages fabuleux, ils veulent être les héros de Colchide, les demi-dieux de l'ancienne Méditerranée. Dans les cinémas de Larnaca, de Beyrouth, d'Athènes, de Tripoli, on vénère Maciste et Hercule. Mais les dieux antiques ne reviendront pas.

Je garais ma voiture près de chez Tina quand j'ai aperçu Ingrid, le mannequin de Munich, qui marchait sur le trottoir. Elle ne m'a pas vu. Que vient-elle faire dans ce quartier ?

*29 juillet 1960.*

Je déclenche quelque chose dont je ne vois pas le point d'origine. Tina cherche nuit après nuit à revenir vers ce point. Le corps, la mémoire ? Elle tourne autour, s'exaspère, comme s'il fallait vérifier qu'elle peut retourner là d'où elle vient.

Elle m'utilise ? Mais à quelle fin ?

Je me souviens de ce type d'une quarantaine d'années, un jour de 1953, au Cercle Sportif de Saïgon. Il m'avait raconté, comme un rescapé, son aventure avec une petite congaï de Bang-Son. Pendant des mois, il l'avait entretenue. « Mais, disait-il, la fille a franchi un seuil. A partir d'un certain moment, l'argent ne l'intéressait plus. Ce qu'elle voulait ? Ventouser perpétuellement son pelvis au mien, à toute heure de la journée et de la nuit. Vous connaissez ce passage des Ecritures où l'on interdit aux hommes pieux de dilapider leur substance ? Cette femme me siphonnait. Elle me vidait de mon sang comme un bestiau égorgé. Ce n'est pas moi qu'elle voulait, c'était quelque chose au-delà de moi. J'ai failli y laisser ma peau. C'était terrifiant comme un abîme, j'avais l'impression d'être avalé par le néant. Mes copains m'ont mis dans l'avion pour la France, six mois de sevrage à Paris. Quand je suis revenu, elle avait disparu. Je n'ai jamais su ce qu'elle était devenue. »

Vers 17 heures, dans un bar de la via Lombardia. Je bois des Campari sodas. Ivre mort. J'ai remis quatre fois des lires dans le juke-box pour entendre la même chanson de Neil Sedaka :

*Darling I love you*
*Though you treat me cruel*
*You hurt me and make me cry*
*But if you leave me I will surely die*

*3 août 1960.*

A la terrasse du Doney, hier soir, j'ai remarqué un type qui se tenait à quelques tables de la nôtre. Costume gris perle de bonne coupe, la trentaine, lunettes noires et nuque rose. Il feuilletait ostensiblement le *Corriere*, mais avait l'air américain. A détourné les yeux quand il a vu que je le regardais.

J'essaie de reprendre l'évolution de ces derniers mois avec Tina. Au début, tout se passe comme dans un rêve. Et même, bizarrement, une certaine fluidité calme : j'ai dix ans de plus qu'elle, et je ressens mieux certaines harmoniques que lorsque j'avais son âge.

Il y a eu des jours où j'ai vécu comme jamais l'intensité, la profondeur ouverte des instants. Je devenais amoureux de Tina, de ce que me donnaient sa beauté, sa présence, son silence.

Un soir, elle m'a dit : *I look like an angel, but I'm a fiend inside*. J'ai l'air d'un ange, mais je suis un démon à l'intérieur. Et elle riait.

Nous sommes entrés dans l'été. A Forte dei Marmi, le soleil vertical placé au-dessus de sa vie, de la mienne.

A un moment, elle a commencé à changer. L'exaspération de son corps qui cherche. L'excitation et l'abattement. Je n'y comprends rien.

Tina me demande des choses de plus en plus folles.

*5 août 1960.*

Hier soir, elle se cabre en arrière, les yeux fermés, crispée sur moi. Ses ongles s'enfoncent dans mon dos. Elle dit en un souffle :

— *You are Evil. You are bad.*

*6 août 1960.*

Tina a recommencé son manège. Obsessionnellement, la peau qui colle à la peau. La machine.

Mais ensuite, révulsée, les yeux blancs :

— *You are Evil... you are bad.*

Je la regarde, bouleversé. Nous avons joué et elle m'attire bien au-delà du jeu. Pourquoi ai-je la gorge serrée dès qu'elle s'éloigne de moi ?

*7 août 1960.*

Nuit sans sommeil. Je suis envahi, retourné, possédé par Tina.

*10 août 1960.*

Hier soir, nous étions allés dormir dans son studio. Elle s'est assoupie très vite. Je regardais Tina dormir. Sa tête reposait à plat sur le matelas, les cheveux blonds retombaient sur son front. Elle reprenait un air d'enfance.

Je me suis levé à la recherche d'une cigarette. Il y avait plusieurs petites boîtes de marqueterie orientale posées sur la coiffeuse. Dans l'une d'entre elles, peut-être, je trouverais ces cigarettes Viceroy qu'elle fume parfois. Première boîte, des colifichets, boucles d'oreilles et barrettes dorées. La deuxième boîte renfermait des fleurs séchées. J'ai ouvert la troisième. Elle contenait une poudre blanche d'apparence farineuse. J'allais la refermer quand un soupçon m'a traversé. J'avais déjà vu à Cholon ce genre de farine. J'ai plongé mon doigt dans la poudre. Sur la langue, elle produisait un picotement astringent.

C'était de la cocaïne.

*11 août 1960.*

Violente querelle au réveil avec Tina. Je lui fais cracher le morceau : oui, elle prend de la cocaïne, et je suis idiot d'y voir malice parce que beaucoup de gens en consomment à Rome. Elle cite des noms. Quand je lui dis que c'est destructeur, elle ricane. Pour elle, c'est un tonique qui maintient son humeur (elle dit : *high spirits*).

Attitude de Tina : elle me laisse venir, se rembrunit, puis adopte le ton de la fille punie. Autrement dit, elle me place en situation *paternelle*. Ses yeux effrontés, sa mine boudeuse. Le défi tangible, tendu, pour voir comment je vais réagir.

Je lui demande qui la fournit. Elle refuse de répondre. Je sens le piège. Elle serre encore plus les choses entre elle et moi. Elle veut que ça brûle.

*12 août 1960.*

Je suis allé interroger Walter Beltrami sur les histoires de cocaïne à Rome. Il me répond sans finasser. Oui, il y a de la poudre blanche qui circule, mais la loi du silence règne. Selon lui, il existait déjà des petits cercles de consommateurs avant la guerre, des artistes, des aristocrates. Depuis dix ans, cela s'est élargi à la jeunesse dorée. En 1953, le scandale Montesi a donné un coup de projecteur : on a retrouvé sur une plage proche de Rome le corps de Wilma Montesi, une jeune fille morte d'un arrêt cardiaque pendant une cocaïne-party. La nuit de sa mort, elle était en compagnie du fils d'un notable de la Démocratie chrétienne. La relance de Cinecitta a attiré les fourgues. Certains acteurs yankees profitent de Rome, où ils sont à peu près intouchables, pour se charger les narines. Il pense que les milieux de la mode sont moins concernés, parce que les patrons des maisons de couture ont un œil sur les filles et peuvent les saquer. Il croit savoir que certains pilotes de rallye, certains cyclistes utilisent des adjuvants à base de coca.

Walter jure qu'il n'a rien à voir avec tout ça. Mais il cite des noms. Certains d'entre eux recoupent ceux donnés par Tina.

Je revois Pierre V. à Saïgon. Quarante ans dans le négoce de l'hévéa. Sa femme l'avait quitté dix ans plus tôt. Il tenait à coups d'inhalations, coincé par la mafia corse qui fournissait. La cloison nasale attaquée, des tremblements quand le manque revenait. Perpétuellement secoué, tendu vers sa chose, son amie, sa meurtrière. Une ruine.

Il n'y a que les coloniaux et les gens de jazz pour savoir ça.

En sortant de chez Walter, j'ai cru reconnaître l'Américain aux lunettes noires que j'avais remarqué l'autre jour au café Doney. Il était assis au volant d'une Fiat stationnée au coin de la rue. Je ne me suis pas retourné.

*14 août 1960.*

Quand je me suis présenté chez Tina, elle a ouvert la porte ; elle était complètement nue.

— Je t'attendais, Jack. C'est comme ça que tu me veux, non ?

J'étais comme fou. J'ai voulu la pousser sur le lit, mais elle s'est dégagée, est partie dans la cuisine pour revenir aussitôt. Elle tenait dans la main une petite boîte en fer-blanc, pareille à celle où les enfants aspirent avec une paille du sucre coloré. Elle l'a ouverte devant moi : poudre blanche. En me fixant de ses yeux brillants, elle m'a tendu la boîte. Ma main est partie d'un coup. La boîte a valsé en l'air. Une poussière blanche s'est éparpillée sur le plancher.

Le visage de Tina s'est instantanément marbré. La haine.

Je ne peux pas me passer d'elle.

*15 août 1960.*

En surface, sa beauté est intacte, et même magnifiquement hâlée. Elle ne porte plus que des robes blanches. Elle s'appelle Tina White et c'est la couleur qu'elle arborait à la fête où je l'ai rencontrée, la couleur de la robe souillée par le taureau de Mithra.

*16 août 1960.*

J'habite chez Tina. Paris m'embête avec des coups de téléphone. Les Jeux Olympiques vont commencer et il faut que je réserve des chambres pour les envoyés spéciaux de l'Agence qui vont arriver dans dix jours. Mon adjoint italien s'en occupe. Je ne veux qu'elle.

*21 août 1960.*

Je glisse irrésistiblement vers la réclusion où Tina me pousse. Le soleil à travers les persiennes fait danser les poussières dans l'air. Puis la nuit vient.

*22 août 1960.*

Elle ne veut plus sortir de chez elle.

*24 août 1960.*

Je ne suis pas sorti hier. Enfermé toute la journée avec Tina.

*26 août 1960.*

Pas sortis. Enfermés.

*29 août 1960.*

Elle a voulu sortir. C'est moi qui ai poussé le verrou. Elle ne sortira pas.

Mes notes de l'époque s'arrêtent ici. Il faut savoir se taire lorsque des pages ont jauni. Les événements de cet été 1960 occupent dans ma vie une place sans commune mesure avec la durée où ils s'accomplirent. J'étais rougi comme un tisonnier qui est allé trop au feu. Tina voulait m'entraîner dans sa nuit. Qu'importe, tout cela dort dans la sépulture des gestes sans mémoire. Je ne voudrais garder qu'une image de cet été-là : une jeune femme est assise à une terrasse et tourne vers moi ses yeux masqués par des lunettes fumées. Je retiens de Rome ce regard-là, il a éclairé mes nuits comme une aube perdue. Mais s'il faut dire la vérité nue, la voilà : j'étais crucifié d'amour.

Une autre femme va apparaître. Elle correspond à mon souvenir et ne se ressemble pas. Elle devait me haïr et je ne la connaissais pas. J'essaie de retrouver ce jour de septembre 1960 où sa voix résonna pour la première fois dans le combiné de mon téléphone.

Ce devait être le 12 septembre. Je finissais de rédiger une dépêche, un peu hébété, lorsque le téléphone sonna dans mon bureau. Je décrochai. A l'autre bout du fil, une voix de femme s'exprima en français avec un léger accent anglo-saxon.

— Vous êtes bien Jacques Carrère?

— Oui.

— Je m'appelle Kate Mc Auliffe. Je viens de New York. Vous êtes un ami de Tina White, n'est-ce pas?

— Oui.

— Je souhaiterais vous rencontrer.

— Pourquoi?

— J'ai des choses à vous dire sur Tina.

— Quelles choses?

— Pouvez-vous venir jusqu'à mon hôtel?

Elle me donna le nom d'un hôtel proche de la Trinita dei Monti. Je fis le trajet à pied. Rien ne m'avait étonné dans cet appel, ni la voix d'une femme inconnue, ni le rendez-vous précipité. Il suffisait que j'entende prononcer le prénom de Tina.

Un certain brouhaha régnait dans le hall de l'hôtel. Des officiels portant sur leur blazer l'écusson du CIO étaient en partance, leurs malles convoyées par des grooms à toque rouge et or. Je cherchais des yeux la personne qui m'attendait, en m'avisant soudain qu'aucun signe de reconnaissance n'était convenu entre nous. Puis je me sentis regardé.

Assise sur une banquette rouge, une jeune femme me fixait. D'abord, je crus rêver. Elle était brune. Mais le dessin des traits, le port de tête rappelaient comme par décalque ceux de Tina. On aurait dit son double imparfait, moins éclatant, de quelques années plus âgé. L'œil qui se posait sur moi trahissait une attention mobile et inquiète.

Je me dirigeai vers elle. Elle se leva.

— C'est vous qui m'avez appelé? dis-je. Vous êtes Kate Mc Auliffe?

— Oui.

— Je suis Jacques Carrère, dis-je en lui tendant la main.

Elle l'accepta sans chaleur.

Kate Mc Auliffe se rassit sur la banquette tandis que je m'installai dans le fauteuil adjacent. Elle était vêtue d'un tailleur de soie crème, un foulard noué par-dessus la double rangée de perles, des clips aux oreilles. Je lui aurais donné vingt et un ou vingt-deux ans. Le chic new-yorkais, avec un charme que son expression tendue réfrénait. Il y avait quelque chose de troublant chez cette Américaine à l'allure très tenue, ce sosie diurne de la femme blessée que j'aimais.

— Je suis la sœur de Tina White, attaqua-t-elle d'emblée. Ou de celle qui se fait appeler Tina White. Parce que si vous l'ignorez, elle s'appelle en réalité Christina Mc Auliffe.

— Je n'ai jamais regardé son passeport, dis-je en accusant le coup. Son vrai nom m'importe peu.

Je hélai un serveur du bar. Tandis qu'il prenait la commande, Kate Mc Auliffe me regardait avec exaspération.

— Je vous parle de choses graves. Ma sœur a quitté New York il y a vingt mois pour un séjour en Europe. Elle était très éprouvée par la mort de notre père. Elle nous a envoyé des lettres, et puis plus rien. Nous avons eu de ses nouvelles par les journaux...

Kate Mc Auliffe croisa les jambes. Elle portait des bas couleur chair.

— Il y a de belles photos de Tina dans les journaux, non ? dis-je en la narguant.

Son visage se ferma.

— Vous voyez beaucoup ma sœur, reprit-elle. Vous l'avez rencontrée en avril dernier, et vous...

— Comment savez-vous ça ? coupai-je vivement.

Elle se redressa. J'avais l'impression qu'elle récitait une leçon.

— Ma mère pense que Tina est en danger ici, dit-elle nerveusement. Vous n'apprécierez sans doute pas le procédé, mais ma mère était folle d'angoisse et a envoyé un détective à Rome. Nous avons le rapport. Christina mène une vie très déréglée.

Le serveur déposait un verre de whisky sur la tablette. En même temps qu'elle disait « nous avons le rapport », Kate Mc Auliffe désignait une enveloppe posée à côté de son sac à main.

— Votre sœur vit comme elle l'entend, dis-je.

— Vous ne savez probablement pas tout, monsieur Carrère. Christina est une personne fragile. Elle s'expose, et sa famille avec elle.

Je reposai le verre sur la tablette. L'alcool me réchauffait le ventre.

— Qu'est-ce que ça veut dire, exposer sa famille ? Je vous signale qu'elle est connue ici sous un pseudonyme.

Kate Mc Auliffe ne releva pas l'objection. Depuis que nous parlions, elle m'avait d'abord dévisagé avec une sorte d'incrédulité, comme si elle reconnaissait quelqu'un. Je la sentais déstabilisée.

— Vous devez comprendre, reprit-elle, que les Mc Auliffe occupent une certaine position sur la côte Est des Etats-Unis. Nous devons la maintenir.

Elle devenait odieuse. Les Mc Auliffe occupent une certaine position... nous devons la maintenir... J'avais envie de la gifler. Cette petite sang-bleu yankee jouait sa partie comme un fondé de pouvoir. Je regardais incrédule cette Tina brune, déterminée, protégée par son chic impeccable, dont je ne savais si elle s'efforçait de paraître inflexible ou si elle l'était vraiment.

— La réputation de votre famille, lançai-je, ne vous empêche pas de la faire suivre par un détective. C'est sans élégance, c'est même méprisable, mais ça ne vous gêne pas.

Elle blêmit.

— Vous devez comprendre, répliqua-t-elle, que rien n'a préparé ma mère à voir l'une de ses filles mener cette vie en Europe. Nous n'avons pas le choix. Je vous répète, monsieur Carrère, que Tina a été choquée par la mort de notre père. Il faut la ramener dans le droit chemin.

— Qu'est-ce que vous appelez le droit chemin ?

— Elle doit rentrer à New York.

Kate Mc Auliffe me surveillait du coin de l'œil comme l'on guette la réaction d'un animal féroce. Elle attrapa un paquet de Marlboro dans son sac et en tira une cigarette.

— Tina est libre de faire ce qu'elle veut, martelai-je.

Un léger frisson parcourut sa lèvre inférieure.

— Libre, elle l'est jusqu'à un certain point, rétorqua Kate Mc Auliffe. Un journaliste tel que vous doit avoir quelques notions sur nos lois. Christina n'a que dix-neuf ans. Elle est mineure et célibataire. Aux yeux de la justice américaine, c'est une mineure en fuite. Une *runaway*. Nous pouvons obtenir son retour.

— Par la force ? C'est ça ?

— Eventuellement, répliqua-t-elle avec froideur. Les autorités italiennes n'y verraient pas d'inconvénient. Je vous rassure, monsieur Carrère, nous n'avons aucun goût pour le scandale. La persuasion est de beaucoup préférable. C'est pourquoi je voulais vous voir pour vous demander...

— Me demander ?

— De nous aider. Elle doit rentrer à New York.

Kate Mc Auliffe alluma sa Marlboro avec un petit briquet doré. Je sentais un filet de sueur couler dans mon dos.

— Je vais être clair, mademoiselle Mc Auliffe. Votre sœur vit avec moi. Elle ne m'a jamais parlé de sa famille. Son choix est de rester à Rome.

— Vous trouvez que ça lui réussit ?

— Demandez-lui, dis-je sèchement.

— Vous trouvez Christina en bonne santé ? Vraiment ? Répondez-moi, monsieur Carrère. Répondez-moi franchement.

Je vis que Kate Mc Auliffe guettait ma réponse. Des voix joyeuses se hélaient au bar de l'hôtel.

— Je vais vous dire que...

— Non, trancha la jeune femme. Vous ne pouvez rien me dire, parce que vous savez très bien qu'elle va mal. Je sais que vous savez. Il faut la sortir de son intoxication. Ma mère n'est pas en état de s'en occuper. Christina est ma seule sœur. Alors, que ça vous plaise ou non, elle doit rentrer.

Kate Mc Auliffe écrasa fébrilement sa cigarette dans le cendrier. Elle attendait une réponse. A cet instant, je compris que son angoisse rejoignait la mienne. Nous étions assis l'un en face de l'autre, dans ce hall aux moulures macaroniques, enveloppés par la langueur d'une fin de saison chaude. Au milieu de ce vertige qu'était devenue ma vie, les yeux de cette jeune femme qui ressemblait à celle que j'aimais, les yeux de cette New-Yorkaise troublée qui était la sœur et l'enfance de Tina ne traduisaient qu'un désespoir résolu. Je sentis que l'expression ennemie de Kate Mc Auliffe était la mienne, que mon visage hostile était le sien. Elle ne me concéderait rien, je ne lâcherais rien.

Ce fut le moment qu'elle choisit pour me lancer un coup sans pitié.

— Est-ce que vous avez une idée de la vie qu'a menée Christina à Rome avant de vous rencontrer ? Disons entre mars 1959 et avril 1960 ?

— Oui, dis-je. Elle a travaillé pour se faire une place dans la mode.

Kate Mc Auliffe hocha la tête, tout en faisant glisser l'index sur la tranche de l'enveloppe posée près de son sac à main.

— Le dossier dit autre chose.

Elle alluma une autre Marlboro, puis souffla la fumée.

— Il dit quoi ?

— Nous avons des témoignages, et même des photos. Le dossier dit qu'elle a fréquenté beaucoup de monde. Un photographe romain, un acteur yougoslave, un industriel de Parme, quelques autres. Sans parler de certains goûts détestables, n'est-ce pas. Rassurez-vous, monsieur Carrère, vous détenez la palme de la longévité. Si l'on peut dire...

— Taisez-vous !

— Je ne me tairai pas. Regardez le dossier. Ouvrez-le.

Elle jeta l'enveloppe sur la table.

— Je ne l'ouvrirai pas !

Elle me regardait avec effronterie. J'étais hors de moi.

— Non seulement je ne l'ouvrirai pas, enchaînai-je, mais je ne vous laisserai pas toucher à Tina !

— C'est une malade, dit Kate Mc Auliffe sur un ton pressant. Tina est malade, vous comprenez ?

L'angoisse revenait dans sa voix. L'ombre enveloppante de la mère américaine.

— Non, je ne comprends pas. Et je n'ai plus rien à vous dire.

Le visage de Kate Mc Auliffe se crispa. Elle allait dire quelque chose, mais j'étais déjà debout. Je tournai les talons et la plantai là.

Le whisky me chauffait la tête, mais j'étais assez lucide pour remarquer, dans un coin du hall, le type au costume gris que j'avais déjà repéré deux ou trois fois.

Sur le trottoir, je me retournai à plusieurs reprises. Il ne me suivait pas.

Il me fallut dix minutes pour rejoindre mon appartement. Comme je l'avais espéré, Tina était encore endormie. Je la trouvai nue dans les draps. Je la secouai, elle broncha et se retourna en tirant le drap sur elle. Je dus l'attraper par les épaules pour la faire tenir assise dans le lit. Elle émergeait de son brouillard.

— Tina, je viens de voir ta sœur. Elle est à Rome!

Elle me regarda sans comprendre. Je sentais le sang battre à mes tempes. Je lui répétai précipitamment ce que je venais d'entendre. Tina, d'abord flottante, m'écouta avec une expression d'incrédulité totale. Elle paraissait hypnotisée. Lorsque je lui dis que sa mère exigeait son retour à New York, elle se jeta dans mes bras. Elle ne rentrerait pas. Elle resterait à Rome avec moi. Quand je l'interrogeai sur sa sœur, elle dit simplement :

— *Kate is a bitch*.

J'essayais d'ordonner mes pensées. Kate Mc Auliffe, telle que je l'avais vue, était capable de tout. Il fallait absolument mettre du champ entre Tina et sa sœur, et au plus vite. Quitter Rome pendant quelques jours pour se faire oublier.

— Nous allons partir, dis-je à Tina. Tu fais tes bagages et on roule vers le sud. Quand ta sœur sera fatiguée de te chercher, elle se calmera et rentrera à New York.

Tina, toute décoiffée, me fit un sourire lumineux.

— On s'en va tout de suite, dis-je. Direction Naples.

— Non, Jack, je ne peux pas partir comme ça.

Tina n'avait avec elle que ses vêtements de la veille, un pantalon blanc, un corsage, des ballerines, un sac de ville.

— On achètera des vêtements en route.

Tina prit un air enjôleur.

— Je n'ai pas seulement besoin de vêtements, susurra-t-elle.

Elle porta subrepticement l'index vers sa narine droite.

— Non ! criai-je. Tu n'as pas besoin de cette merde.

— Si ! hurla-t-elle. Il m'en faut pour la semaine. Sinon je ne pars pas.

Elle se tenait là, le visage mouillé, absolument résolue. Implacable.

— Tu en trouveras à Naples, dis-je excédé.

— Non, je ne connais personne à Naples. Il m'en faut avant de partir. Tu vas m'accompagner chez moi, Jack, et pendant que je ferai ma valise, tu iras en chercher là où je vais te dire.

— Tu es folle, Tina.

J'avais rapidement bouclé une valise. Cinq minutes plus tard, je déposai Tina devant son immeuble – elle me fit un petit signe de la main – et je redémarrai. Au bureau, je laissai des instructions à mon adjoint italien et j'appelai Paris, une question à régler. Cela prit plus de temps que prévu. Après être passé à la banque pour retirer des lires, je remontai dans la Corvair et traversai le Tibre.

Je garai la voiture et me dirigeai à pied vers l'adresse que Tina m'avait indiquée dans la via San Cosimato. L'escalier de bois sentait le moisi. Au troisième étage, je trouvai porte close. Après quelques minutes, je redescendis l'escalier, furieux. Le fourgue devait être en ville. Je pris un verre dans un bar de la via della Lungaretta, en essayant de remettre un peu d'ordre dans toute cette confusion. Les deux sœurs Mc Auliffe.

Le père mort et la mère redoutable. L'argent, probablement beaucoup. *Christina is a runaway*. Qu'avait-elle fait entre mars 1959 et avril 1960 ? Le soleil de septembre chauffait les façades. Il promettait l'écume de la mer Tyrrhénienne. Ma chemise était trempée de sueur.

Je retournai vers la masure de la via San Cosimato. De nouveau l'escalier pisseux, l'odeur de poutres vermoulues. Le fourgue n'était toujours pas rentré. Je redescendis les marches en serrant les poings. Je savais que Tina ne quitterait pas Rome sans sa poudre.

Je fis deux ou trois fois le tour de l'église Santa Maria in Trastevere. Sur le fronton, les dix vierges porte-lampe paraissaient me narguer. Des maraîchères poussaient leurs carrioles remplies de fruits mûrs. Lorsque je repassai devant l'immeuble de la via San Cosimato, je vis une Vespa stationnée près du porche.

Cette fois-ci, la porte du troisième étage s'entr'ouvrit. Un homme méfiant me dévisagea, puis me fit entrer. Une petite frappe d'une vingtaine d'années, visage en lame de couteau, pectoraux musclés sous le blouson de cuir noir.

— Tu es un ami de Cléa ? interrogea-t-il.

C'était le prénom que Tina m'avait demandé d'utiliser.

— Oui.

— Tu en veux combien ?

Je posai les billets sur la table. Il les compta, puis se dirigea vers le manteau de la cheminée. Il déjointa une briquette, plongea sa main dans l'orifice et en tira deux sachets de papier kraft. J'observais machinalement la pièce. Un bric-à-brac de pièces détachées, de *fumetti* et de 45 tours. Punaisées sur les murs, des photos de modèles nus et de chanteurs américains. Un visage surtout me parlait. Arrachés aux pages d'un journal de mode, il y avait deux clichés en pied de Tina.

Le circuit m'avait pris plus de trois heures. Je garai enfin la Corvair près de la via dei Coronari. Au deuxième étage, je frappai à la porte du studio. Pas de réponse. Je frappai de nouveau. Rien. Je tournai la poignée et la porte s'ouvrit. Je vis immédiatement qu'il s'était passé quelque chose. La penderie était ouverte. Des robes gisaient éparpillées sur le sol. Une panique noire m'envahit dans la seconde. Je cherchai un signe, un mot griffonné. Rien. Je claquai la porte derrière moi et redescendis les escaliers quatre à quatre.

Une voix me héla comme je passais devant la loge de la concierge.

— *Signor, signor !*

C'était la gardienne, une bonne dame dont Tina vantait toujours la patience. Elle paraissait bouleversée. Je dus lui faire répéter ce qu'elle tentait de m'expliquer. Deux heures auparavant, une ambulance et une voiture de carabiniers s'étaient arrêtées devant l'immeuble. Un groupe de gens en était sorti. Vingt minutes plus tard, ils étaient redescendus. Tina, un peu molle, était soutenue par deux infirmiers. Il y avait aussi une jeune femme dont elle n'avait pas vu le visage, et plusieurs carabiniers. Ils avaient fait monter Tina dans l'ambulance. La gardienne avait entendu le mot « aéroport ».

Il me fallut quarante-cinq minutes pour gagner Ciampino. Un avion de la TWA venait de s'envoler pour New York.

Je ne devais pas revoir Tina avant décembre 1966.

# EXTRAIT DES ENTRETIENS DE FEDERICO FELLINI AVEC PAOLO CECCHO (1986)

P.C. – Tu as connu Tina White ?

F.F. – Connu, non. Mais je me souviens très bien de cette fille. Il était difficile de ne pas la remarquer. Je vais même te dire comment elle m'est apparue la première fois, dans une circonstance pour moi assez inoubliable, puisqu'il s'agissait du début du tournage de *La dolce vita*.

— Donc, en 1959.

— C'est ça, en mars, sur le plateau 14 de Cinecitta. Nous devions commencer avec la scène où Anita Ekberg, déguisée en religieuse, gravit les escaliers du dôme de Saint-Pierre de Rome. Comme tu l'imagines, il n'était pas question de tourner au Vatican. Mais tu sais quel grand décorateur était Gherardi. Il avait donc reconstitué l'escalier intérieur du dôme sur le plateau 14. A cette époque-là, Ekberg logeait avec Anthony Steele à l'Hôtel de la Ville, et elle tenait à venir à Cinecitta en conduisant elle-même sa Mercedes 300. Tu peux te figurer la tête de la production et des assureurs ! Bref, ce jour-là, Anita était à l'heure. Tout le monde tendu sur le plateau, les gens de chez Rizzoli et de la Vides tout particulièrement, parce que gros budget... Marcello jouait dans cette scène, il était sur les charbons ardents, mais enfin très calme d'apparence. Anitona le faisait plutôt rire, il disait qu'elle ressemblait à un soldat de la Wehrmacht. Donc nous faisons une prise, une autre prise, la pause, et là, dans un coin, j'aperçois cette sorte de fantôme blond. La lumière était coupée, et cette fille dégageait de la lumière. Comme une luciole.

— Tu exagères...

— Non, je dis ça pour traduire la sensation de halo. Tu vois *La ronde de nuit* de Rembrandt ? Tous ces lansquenets sombres et dans un angle une petite fille lumineuse qui passe. C'est à peu près ça. Tu imagines dans quel état d'affairement j'étais ce jour-là, au début de ce tournage-là, et pourtant je l'ai distinctement remarquée. Grande, un peu allumette mais pourvue là où il fallait, des cheveux si blonds qu'ils paraissaient teints en blanc. Rien à voir avec Anitona, qui était un vrai cuirassé. Là, tu avais une déesse mince, de longues jambes, un visage avec des pommettes de garçon.

— Comment s'était-elle retrouvée là ?

— A vrai dire, je n'en sais rien. Mais je me souviens qu'elle regardait Marcello avec une certaine insistance. Le vieux Snaporaz était assez joli cœur, surtout à ce moment-là. Je ne pense pas qu'il aurait laissé passer une extra-terrestre pareille. Cinq ans plus tard, il y a eu pléthore de filles de ce genre. A Carnaby Street en 1965, elles étaient toutes comme ça. Les franges droites, les lèvres boudeuses, les jambes de sauterelle. Mais pas à Rome en 1959. Ce qui fait que cette fille était stylistiquement en avance, et pour ainsi dire phosphorescente. Une luciole, je te le répète.

— Tu n'as pas songé à l'engager ?

— Je ne te dis pas que c'était une actrice, je n'ai vu qu'une silhouette. Tu connais le problème des mannequins : elles sont bonnes pour la pose, mais gelées devant une caméra. Ce sont des idoles du muet. Je crois qu'elle a fait de la figuration avec Comencini ou Bragaglia, mais ce n'était pas très bon. Dans l'année qui a suivi, je l'ai croisée plusieurs fois dans la via Veneto. Elle traînait beaucoup avec un journaliste français, un très beau type. Quand on les voyait ensemble, ils avaient l'air d'être prêts à avaler le monde. Maintenant, c'est vrai qu'on a dit des choses sur elle.

— Des choses ?

— Oui. Un peu trop de poudre et pas seulement de la poudre de riz. Au demeurant, j'ai songé à elle pour un film.

— Lequel ?

— Quand j'ai commencé à travailler avec Pinelli et Rondi sur le scénario de *Juliette des esprits*, j'avais envie de dessiner un personnage sur elle.

— Tu dis : dessiner un personnage sur elle ?

— Oui, comme on dessine une robe sur un mannequin. Elle aurait été l'une des visiteuses de la villa où vit Juliette, une apparition parmi toutes les apparitions qui traversent le film. Ça m'aurait intéressé de la faire jouer en contraste avec Sylva Koscina, toute brune et alors au sommet de sa beauté, elle aussi. Et puis j'ai appris qu'elle était repartie à New York deux ans auparavant. C'était trop tard.

— Le personnage auquel tu songeais était allégorique ?

— Oui. D'abord, j'aurais voulu reproduire à l'écran l'image que j'ai eue d'elle sur le plateau 14 de Cinecitta en 1959. Ce halo, cette blondeur, son hiératisme fragile, ce mélange un peu martien et un peu médiéval.

— Mais elle aurait incarné qui, ou quoi ?

— Tu connais ce propos génial de Flaiano ? Il dit que la mort a le visage de certaines femmes qui téléphonent au bar avec des jetons, et à un moment donné, sans cesser de parler, elles vous font un signe d'amitié ou de surprise. Je voulais cette image-là. Dans *Juliette des esprits*, Tina White aurait eu le visage de la mort.

# Orange Marilyn

Je rentrai à Paris en janvier 1962. Cette réinstallation fut d'abord morose. Je voulais oublier Tina. Rome m'avait laminé. Retrouver les bureaux de l'AFP, les intrigues de couloir, l'hiver français, il y avait plus gai. Je dus à mes patrons, Jean Marin et Claude Roussel, de ne pas trop m'ennuyer. L'ancien speaker de la France Libre et le normalien des Mouvements Unis de la Résistance, quels que fussent leurs devoirs d'administrateurs, protégeaient toujours les francs-tireurs. Ils comprirent que je m'asphyxierais sans mouvement. Je devins l'un des électrons libres de l'Agence, envoyé spécial de ses directeurs lorsqu'ils jugeaient utile de couvrir tel événement. Il est vrai que l'AFP, avec l'américaine Associated Press et la britannique Reuter, était l'une des trois grandes agences mondiales. Quinze cents correspondants sur cinq continents, des millions de mots transmis chaque jour dans cinq langues, cinquante mille photographies diffusées chaque année... « Vous avez tendance à me prendre pour une agence de voyages », disait souvent Roussel. Mais il ne me découragea jamais. C'était le fait du prince.

Le monde avait changé. Un vent de bonheur se levait sur la France. Entre 1962 et 1966, ma vie se confond d'abord avec l'atmosphère d'un pays. En somme, nous étions en train de devenir la plus brillante des démocraties populaires. Qu'est-ce que c'était que la France de ce temps-là ? Un *conducator* éminent, la sécurité sociale et la force de frappe, des autoroutes en province et la CGT à Billancourt, Roger Frey à l'Intérieur et Jacqueline Caurat sur les écrans... On buvait de la liqueur Izarra, on croquait du chocolat Menier, on chaussait des Hush Puppies. Transporté dans les nuées par le Boeing *Château de Versailles*, le chef de l'Etat allait dire nos vérités au reste du monde. Tante Yvonne, robes de satin bleu avec écharpes ton sur ton, paraissait au bras du président Lopez Mateos tandis que le Général, depuis le balcon des vice-rois de la place du Zocalo, *la mano en la mano*, exhortait les mariachis et haranguait les volcans. Brigitte Bardot fêtait ses trente ans avec Bob Zaguri. Fonteyn régnait à Covent Garden, Plissetskaïa au Bolchoï, Chauviré à l'Opéra de Paris. Il y avait cette nouvelle, Françoise Hardy – « Elle est longue et souple, avec une longue crinière, de longues jambes et une bonne chance dans la sixième à Longchamp », écrivait un méchant. Tandis que Leonov et White dansaient en orbite leurs ballets ombilicaux, Voshkod contre Gemini, on allait voir *Le gentleman de Cocody* au Richelieu et *Cent briques et des tuiles* au Normandie. Chaque soir, Nounours et le marchand de sable survolaient sur leur nuage les HLM des villes nouvelles avant d'endormir avec un peu de poudre gaulliste les enfants du miracle français. Tout était 1500. Il y avait la Simca 1500 et le soutien-gorge Scandale 1500, dont la réclame annonçait : « Ses bonnets sont montés sur une petite basque de tulle élastique Lycra qui le maintient infailliblement en place malgré les mouvements les plus violents. » Quels étaient donc ces mouvements ?

Les Françaises grandissaient, leurs talons baissaient. Les jeunes filles se retournaient dans la rue avec un sourire doux. Elles voulaient un mari, une maison et une voiture. Des abbés à guitare les bénissaient, la Caisse d'épargne les exauçait. J'ai une certaine tendresse pour la petite Française de 1963. Elle a des taches de rousseur, se maquille peu et sent le shampoing. Elle est simple, concrète, apprend la dactylographie et conduit sa 2 CV, prend des drinks et lit Mazo de la Roche en Livre de Poche. « Sans être un moyen indispensable pour y parvenir, le twist et ses dérivés ne sont pas des obstacles au progrès social », écrivait alors Roland Leroy. Il avait raison. Le twist est une danse pour genoux libres, non pas enroulée comme un mambo, mais oscillante, droite et gauche, en essuie-glace. Pour autant, il ne pousse pas encore au vertige : il y a des pas, des règles qui doivent conduire au slow final, lorsque les joues se frôlent, quand les bras de la fille se resserrent autour de votre cou et que les lèvres se cherchent et s'entr'ouvrent. A la terrasse du Berkeley, on voyait les jolis cœurs de la presse Lazareff attablés avec leurs conquêtes. Les mannequins de chez Catherine Harlé, les jeunes bourgeoises du Scossa, les Suédoises au pair ne manquaient pas de charme.

En somme, nous vivions une après-guerre. Les appelés du contingent avaient ratissé les wilayas; on les envoyait désormais dans les tranquilles garnisons d'Allemagne. Paix des braves, assurance maladie et pont de Tancarville. « Les après-midi, me déclara une dame, je préfère les tons pastel, les verts aneth, les bleus glaçon, les roses cerisaie. » Elle parlait de ses robes. L'époque, en effet, était très bleu glaçon.

Je voyageais. Des mots contre des kilomètres, le troc n'est pas mauvais. Un jour, je trouvai dans un livre de l'aviateur Roland Garros, daté de 1910, ce récit d'un périple aérien en Sicile : « A Trapani, je m'envolai de la petite avenue où donnait mon hôtel, en pleine ville. Les mécanos avaient monté l'appareil à l'aurore, sous mes fenêtres. Je quittai ma chambre en tenue de voyage, sautai en selle et démarrai parmi les réverbères et les arbres. »

J'aurais voulu que ma vie ressemblât à ces quelques phrases.

# IMAGES

Mars 1964. Obsèques de Paul Ier de Grèce. On m'a envoyé à Athènes. Sommes-nous au xxe siècle, ou à Byzance ? Je vois passer les gardes royaux de Crète, les dignitaires orthodoxes groupés comme des rois mages autour de Mgr Chrysostomos, primat de Grèce. Les journalistes ne sont pas autorisés à pénétrer dans les jardins du palais Tatoï où le monarque va être inhumé.

De loin, j'aperçois le nouveau roi Constantin II, dit « Costia », jusqu'alors connu comme play-boy et conducteur de bolides de course. Il porte désormais le titre de Diadoque, tels les généraux d'Alexandre le Grand. Sur sa poitrine, les étoiles des ordres du Sauveur, de Saint-Georges et du Phénix.

Dans la rue, un vieux Grec me désigne un peloton d'evzones et lâche en français : « Les vraies veuves, ce sont eux. »

Décembre 1964. Charlie Chaplin dans son manoir de Vevey. Il a soixante-quinze ans et me reçoit vingt minutes. Cheveux blancs, mine de Monsieur Verdoux gracié. Il porte une veste en damas bleu argent, une cravate rouge et un pantalon à rayures. Ravi de son dernier tour : il vient d'autoriser les *Izvestia* à publier vingt mille mots de son autobiographie contre cinq kilos de caviar. Désignant sur la table du salon la couverture d'un magazine où apparaît l'actrice Marie-France Boyer : « Ah, si j'avais encore soixante ans... »

A un moment, il me dit en français : « Il y a une rue en face des Folies-Bergère, la rue Geoffroy-Marie, où je peux marcher des heures en savourant des souvenirs de music-hall. J'ai joué dans ce théâtre en 1909. C'était la première fois que je quittais l'Angleterre. »

Il lève la main, la laisse retomber. 1909, c'est si loin. Charlot se tait.

Août 1965, Aden. Le territoire est colonie britannique depuis 1839, mais ne va plus le rester longtemps. Des armes russes et tchèques venues du Caire, via le Yémen, alimentent la guérilla. Douze Anglais ont été tués, dont le speaker du parlement local, sir Arthur Charles. On arrête des enfants qui transportent du TNT dans leurs cartables, du plastic dans leurs thermos. Six terroristes viennent d'être pendus.

Moi, je crève de chaud à l'hôtel Crescent. La seule consolation : des filles qui bronzent en bikini sur la plage de Steamer Point, surveillées par des Tommies armés jusqu'aux dents. Je rencontre un vieux journaliste du *London Telegraph*, qui porte des guêtres et fume des cigarettes turques. Il me dit :

— J'appartiens à la génération britannique qui n'a pas vu monter Hitler. Londres en 1925, vous savez, c'était tout de même d'une grande insouciance. Après, évidemment, il y a eu la guerre d'Espagne, les agents staliniens, Mosley qui voulait devenir le Führer de Grande-Bretagne. Tous ces gens étaient assez mal élevés. Nous aurions pu chasser la grouse sans nous occuper du reste du monde, mais il a fallu compter, je dirai, avec les pathologies du nationalisme européen. Parce qu'enfin en Allemagne, en Italie, en Russie, en

Espagne, dans les Balkans, ils ne juraient que par les dictateurs. Alors on a dû se battre un peu... L'ennui de ce siècle, voyez-vous, c'est que les idéologies ont créé des fidélités qui viennent interférer avec celles dont nous avions hérité. Pour ma part, j'ai toujours préféré ma mère à Molotov et mon père à Foster Dulles. Je m'en tiens là.

Février 1966, RFA. Enquête sur le scandale du Starfighter, « le cercueil le plus cher du monde ». Le Starfighter est un chasseur de type F-104 fabriqué en RFA sous licence américaine. Mais les Allemands ont procédé à des modifications techniques substantielles pour le transformer en chasseur-bombardier. Résultat : pannes de réacteurs, explosions d'habitacles, crash au décollage ou à l'atterrissage. Cinquante et un avions perdus, vingt-sept pilotes tués. C'est ainsi que le major Lenhert, mortellement asphyxié par son masque à oxygène, a effectué un vol fantôme au-dessus du Danemark et de la Suède avant de s'écraser en Norvège.

Je suis reçu par le commandant en chef de la Luftwaffe, Eric Hartmann. Des dizaines de victoires pendant la guerre, descendu neuf fois par la DCA soviétique, dix ans de captivité en Sibérie. Cela ne l'a pas rendu bavard. Il me regarde droit dans les yeux :

— Cette affaire de Starfighter n'a rien d'étonnant. Il a manqué une génération de pilotes à la Luftwaffe.

Avril 1966, Londres. Je suis venu voir prêcher le swami Sri Vattyadesh au Karma Center du West End. Une ancienne salle de cinéma a été transformée en ashram de quartier. L'entrée est payante, car le swami entretient des œuvres. Quelques bâtonnets d'encens brûlent devant un mandala cinétique, plus proche de Vasarely que des temples du Gujarat. Le public se tient assis sur des nattes posées à même le sol. On voit des jeunes gens en redingotes mauves et chemises à jabot, des femmes mûres avec leurs chignons de théosophes, des filles en robes pivoine ornées de cercles. Un lourd climat somnambule pèse sur l'assistance. Aux fumées de l'encens se mêle une odeur que l'on respire habituellement dans les clubs de jazz. Certains disciples, assis en position du lotus, ferment les yeux. D'autres les gardent ouverts, mais la différence n'est guère sensible. Quelques ondines en pantalons Mary Quant se glissent des mots de passe – *Marquee, Spencer Davis Group, Melody Maker* – tout en retouchant leur coiffure avec peignes et face-à-main de plastique rose.

Le swami a pris place sur une estrade. On dirait un bouddha pour dessus de cheminée. Après quelques « om » propitiatoires, il lisse sa barbe. La conférence du jour porte sur le *Kama-sutra*. Aux premiers mots du swami, l'assistance est magnétisée. Il faut dire que ce mystagogue aux pommettes safranées, nonobstant l'accent indien, parle un anglais à la George Bernard Shaw.

A cette époque, je fis la connaissance de Marianne C. Cheveux châtains, yeux noisette, la trentaine, un grand appartement dans un immeuble 1930 de la rue Raynouard. Elle était plus gracieuse que jolie, très bien faite, assez gâtée par la vie. Son mari s'était enrichi dans l'immobilier en construisant des barres autour de Paris, dans ce style un peu moscovite, un peu Albert Speer, qui fleurissait alors. Bref, l'argent coulait. Marianne en avait même assez pour ne pas s'en soucier. Elle se consacrait donc aux hommes – c'était son bénévolat. Quelques mois durant, je fus l'un de ses pauvres, c'est-à-dire de ses amants.

Marianne aimait les vieux bars qui fleurent le Casanis et le bois ciré, la sciure et l'adultère. Elle se perchait sur un tabouret et croisait haut les jambes. Je regardais la ligne dessinée par la jupe sur les bas lorsque l'étoffe se tend. C'est un trait notable chez les bourgeoises françaises que l'usage presque auto-érotique qu'elles peuvent faire de leurs jambes. Dans leurs codes, une certaine pudeur reste attachée aux seins, peut-être parce qu'ils représentent un capital nourricier. En revanche, le désentravement des jambes, rendu licite depuis longtemps par le tennis ou la natation, est devenu prétexte à dévoilement. C'est là qu'elles expriment un certain maniérisme nerveux, en jouant sur le galbe, la hauteur du talon, la longueur de la jupe, la césure qu'elle trace sur la peau, le contraste du collant avec la robe. Les bourgeoises françaises sont généralement folles de leurs jambes. Elles les gainent, les satinent, les exhaussent – et les montrent. Il y a même une certaine impudeur, pas très tranquille, dans ce suivez-moi-monsieur. Marianne en possédait la science.

Elle avait ses lieux. Je devais retrouver Marianne dans ces passages de la rive droite, Choiseul, Vivienne, Panoramas, avec au-dessus de nos têtes la voûte des verrières d'où tombait une lumière d'aquarium. Magasins de curiosités, antiquaires, merveilles tropicales, bains-douches... Ses talons claquaient sur les losanges de mosaïque. Marianne ne disait presque rien. Nous dérivions à travers ces labyrinthes comme dans une cité mentale. Une vitrine, un coude de passage, un miroir, des volets tirés... Le souvenir de ces déambulations, à la merci d'un familier de Marianne qui la reconnaîtrait, évoque pour moi une nuance de climat, le gris-bleu de l'hiver à Paris. Il me semble que je ne l'ai connue qu'aux saisons du soleil absent. Elle était mince sans efforts, les manteaux flottaient sur elle et se reflétaient dans les glaces profondes.

Le lieu où elle dirigeait ses pas était invariablement un hôtel adjacent au passage Jouffroy. Il n'y avait pas de hall, seulement un étroit couloir avec un guichet où un vieux type lisait son journal. Il tendait la clef – « c'est pour un petit moment ? » – et prenait les billets. L'escalier sentait la colle moisie. Au premier étage, la clef tournait dans une serrure revêche. La chambre était grande, mais d'une nudité ascétique. Une armoire de mûrier laquée, un lit de fer couvert d'une étoffe à pampilles, un lavabo. La peinture du plafond, couleur coquille d'œuf, s'était fendillée jusqu'à dessiner un archipel abstrait. Marianne voulait cela, le décor d'une chambre mangée par la vermine du temps. C'était un clavier pour ses doigts, une musique pour sa rêverie. Je n'aurais pas su dire pourquoi.

Un jour, elle me montra une lettre d'une violence érotique totale. Le papier, légèrement jauni, sentait le lilas fané. Une graphie finement attachée, ourlée de boucles d'encre comme des perles. Le texte visait chez la destinataire – car c'était un homme qui écrivait à une femme – à la provocation érotique la plus intransigeante, la plus intraitable. La lettre était signée d'un « Louis » en capitales rageuses. Datée, en exergue, de 1924. « C'est une lettre d'Aragon », me dit Marianne. Comme je l'interrogeais sur la femme qui avait reçu cette lettre quarante ans plus tôt, elle mentionna un prénom. Une parente de sa famille maternelle. Je sentais que Marianne conférait à cette lettre une valeur de talisman. Quelqu'un de son sang avait ouvert cette enveloppe, reçu ces mots comme une salve de mitraille en plein cœur. C'était à Paris en 1924. L'air ne devait pas être bien différent, ni la toilette des femmes au lever. Les serviettes de bain un peu plus rêches, peut-être, ou la soie plus pure ?

Il n'est pas déraisonnable d'imaginer que Marianne tentait de rejouer un scénario écrit par des fantômes. Sa fascination de boussole pour les passages de la rive droite, le goût des chambres viles aux lavabos descellés... *Dans tout ce qui est bas, il y a quelque chose de merveilleux qui me dispose au plaisir.* Ce sont des postures violentes qui ont à voir avec la colère, le grand souffle inversé de la guerre où brûlent les femmes. Pourtant Aragon n'était pas mort en 1964. Marianne aurait pu aller sonner chez lui, avec sa robe Dorothée

Bis et ses escarpins rouges. Qu'est-ce qu'il lui aurait dit, à cette jeune folle ? Une lettre de 1924 dont l'encre avait séché comme du sang ? Est-ce qu'il l'aurait seulement lue...

Marianne aimait accorder ses robes à la couleur du jour. Elle préméditait le plaisir comme une idée et le recherchait comme un acte. Les quartiers de prostitution avec l'homme de passage, entre deux trains, aux heures d'oubli. J'ai eu de l'estime pour Marianne : elle n'avait pas froid aux yeux. Peu de prudence, une liberté calme. Les bourgeoises de son genre se libèrent rarement de l'égoïsme qui confère un prix démesuré à leur personne, à leur vertu, à l'usage qu'elles font de leur corps. Cela doit s'acheter, se conquérir, s'amollir à force de palabres et de charme. Ces codes sont lassants. Pour qui se prennent-elles ? Marianne, elle, avait des indifférences orientales. Elle n'aimait pas trop dire « je », le « je » précautionneux, propriétaire, perché sur ses ergots, de la pimbêche française. Tout cela serait jugé par la mort, il n'y avait pas lieu d'en faire une histoire.

Je me repasse comme un film très doux les images de ses après-midi téméraires. Les miroirs des armoires où les corps nus dessinent un passage... Il me revient qu'elle choisissait, tel un photographe, des angles où je ne pouvais voir ses yeux. Un jour, assise à l'envers sur mes genoux, nuque souple, le bassin qui allait et venait. Marianne penchée sur moi, la chevelure masquant ses lèvres. Ou bien prosternée sur le sol, muette et arquée, son visage entre les mains. Elle m'a laissé sa signature : Paris entre chien et loup, les miroirs froids, le moment pour le moment, une certaine façon d'être nue sans visage. Dix ans plus tard, j'ai entendu un mufle murmurer : « Celle-là, elle collectionnait les queues. » Je crois surtout que Marianne avait le sens du temps, ce qu'il promet et ce qu'il mutile, et qu'elle prenait dans sa trentaine les garanties les plus fermes contre les maladies du regret. Je lui sais gré de cette folie, elle avait quelque chose d'honnête. Je me suis souvent demandé pourquoi tant de femmes s'enferment dans ce mensonge qu'elles suscitent, le mariage, et comment elles peuvent s'ensevelir dans ces déserts où la voix ne porte plus. « On peut gâcher sa vie par politesse », a écrit quelqu'un. J'en ai connu qui étaient polies jusqu'à l'asphyxie. Les regards stoïques, le désespoir à ne plus pouvoir parler. Marianne, elle, avait le courage de quelques vérités. Se dire que l'instant est l'instant, qu'un corps est un corps, surmonter la haine qui vient après la passion, laisser derrière soi la petite fille que l'on a été, la tyrannique petite toupie qui pointe son nez et se venge sur l'autre, comprendre avec un peu de générosité que les hommes ont un rêve et qu'il ne faut pas le tuer, ou pas tout de suite – les Françaises qui en valent la peine sont rarement pressées de s'allier avec la mort. Je n'étais pas amoureux de Marianne, et pourtant elle m'a fait rêver.

J'ai des raisons – on verra plus loin lesquelles – de me souvenir de la semaine de décembre 1966 où je fus reçu par André Malraux. Il s'agissait de recueillir quelques considérations du ministre de la Culture sur l'air du temps. Son cabinet m'avait fixé rendez-vous un mardi à quinze heures. Un huissier me fit patienter dans une pièce à caissons, surchargée par les ors et les pourpres du Palais-Royal. On entendait de temps à autre le pas menu des secrétaires, suavement étouffé par les tapis. Puis l'huissier à chaîne réapparut :

— Monsieur le ministre va vous recevoir.

Je lui emboîtai le pas. Il me guida vers une antichambre, frappa à la porte. On perçut un son guttural. L'huissier s'effaça devant moi.

A l'instant où j'entrai, Malraux raccrochait le combiné du téléphone. Il se leva. Tout de suite, je vis les yeux, comme tournés vers l'intérieur. Les cheveux, devenus plus rares avec les années, étaient ramenés en arrière. Il portait un costume bleu sombre, une chemise et une pochette blanches, une cravate assortie au costume. Malraux marcha vers moi – poignée de main saccadée, combattante. Il restait un réflexe de fraternité dans ces phalanges qui avaient touché celles de Gide et de Trotski. Coup d'œil noir de rapace honoraire. Puis Malraux revint s'asseoir derrière son bureau avec le jeté d'épaule du vieux connétable qui rajuste sa cape.

— Que puis-je faire pour vous ?

Il posa brièvement son menton contre ses mains jointes, mais elles s'ouvrirent aussitôt en un papillonnement nerveux. C'était comme si des vanessas invisibles s'étaient échappées de ses doigts pour voleter dans le bureau.

— Je souhaiterais, dis-je, avoir votre sentiment sur le monde tel qu'il va. Les évolutions de la jeunesse...

Malraux leva les bras en un geste d'impuissance. Il écarta au passage d'une pichenette l'un des papillons invisibles qui le tourmentaient. Un autre vint frapper son œil. Un tic tira aussitôt sa joue.

— Vous me faites bien de l'honneur, monsieur. Mais la jeunesse, qu'est-ce que c'est ?...

Malraux s'interrompit, ou plutôt parut rêver. Derrière les fûts de la colonnade, on distinguait les arbres nus du Palais-Royal. J'en profitai pour poser sur le bureau mon Philips à piles. Malraux toisa le magnétophone tel un morceau d'aérolithe. L'œil, dans l'ombre de l'orbite, remontait comme on investit une sape, avec quelque chose venu du fond des âges.

— Si vous permettez, grogna-t-il, je prendrai la question autrement. Il faudrait parler des mérous et des statues. C'est une longue histoire. On me dit que beaucoup de jeunes gens rêvent d'une vie plus proche de la nature et regardent vers l'Asie. Bon. Prenez le goût de la nature. Interrogez-vous sur ses rapports avec les vieilles idéologies. Vous aurez noté la propension de certaines personnes qui se sont mal conduites pendant la dernière guerre à finir sur des pédalos, dans un exotisme à la *Kon-Tiki*. Il semble que la compromission avec l'Axe ait ensuite facilité le rapprochement avec les mérous. Ou avec le Yéti.

— A qui pensez-vous ?

Malraux croisa les mains et y posa sa tête. Il dut aussitôt repousser deux attaques de papillons.

— Les exemples ne manquent pas. Prenez Leni Riefenstahl, actrice et alpiniste au début de sa carrière, devenue ensuite l'Eisenstein du IIIe Reich. Elle se passionne aujourd'hui pour la plongée sous-marine. Il y a aussi cet alpiniste allemand dont m'a parlé Maurice Herzog. Un membre du parti nazi, spécialiste émérite de l'Himalaya, qui est ensuite devenu un adepte du dalaï-lama, ayant apparemment reconnu des svastikas familiers sur les cloches tibétaines. Mais vous avez ça chez nous... Regardez Henry de Monfreid, ce vieux scout du Bab el-Mandeb qui a sorti la tête de ses caisses d'armes pour soutenir le maréchal Pétain, avant de retourner prêcher la Révolution nationale aux raies mantas. Ou bien le commandant Cousteau...

— Cousteau ?

Malraux eut un geste de mime Marceau épileptique.

— Il ne vous a pas échappé que sa famille n'était pas précisément gaulliste pendant la guerre... Les amiraux de Darlan, que voulez-vous, ont cru trouver l'île du capitaine Nemo au milieu du lac de Wannsee ! Bref, Cousteau avait un frère qui écrivait dans *Je suis partout*. Après quoi, les fosses du Pacifique ne sont pas trop profondes pour laver l'honneur de la famille. Les coraux... les moules... les requins-marteaux. Le monde du silence, c'est opportun, non ? Mais prenez Lindbergh. Vous n'imaginez pas ce qu'était Lindbergh en 1927. Icare avait vaincu le soleil. Et puis Icare s'est pris de passion pour Adolf. L'Internationale fatale des amis de Ribbentrop, n'est-ce pas, le duc de Windsor, les Anglo-Saxons blonds aux cheveux crantés... A l'époque, Lindbergh aurait volontiers fait voler le *Spirit of Saint Louis* avec les Dornier de Goering. Eh bien, il paye. Ou il oublie. Vous savez qu'il passe la moitié de l'année à explorer des atolls, et l'autre moitié dans les savanes de l'Afrique de l'Ouest. A force de se prendre pour Odin, Lindbergh est devenu un personnage de Conrad.

— Qu'est-ce que vous en tirez ?

Le regard de Malraux partit vers la fenêtre.

— J'en tire ceci : que Riefenstahl, Monfreid ou Cousteau avec leurs poissons volants, que Lindbergh avec ses orangs-outangs, que l'Allemand de Lhassa avec ses yacks préféreront toujours le règne de la nature à l'esprit des lois. Vous comprenez bien qu'au milieu des squales bleus ou des lapins des neiges, ils retrouvent les gouffres et les cimes, l'élitisme solitaire que les ilotes ne connaîtront jamais, le voyage de Siegfried au Rhin. Car il n'y a pas de doute sur le fait que les poissons-scies ignorent Montesquieu, pas plus que l'on n'explique Condorcet à une murène. Les murènes, si vous voulez, sont naturellement nazies : amies du Tibère qui les nourrit, pas des esclaves qu'elles dévorent. Bon. Tout cela m'a personnellement vacciné contre les excès de bucolisme. Alors quand je vois ces jeunes Californiens qui lisent Hermann Hesse en cultivant les pâquerettes, fût-ce au pays de Walt Whitman et de Davy Crockett, je me demande s'ils n'ont pas tendance à préférer les chevreaux ou les grizzlis au commerce des hommes. Tout est là. C'est une question.

Il s'interrompit. Plus Malraux parlait, plus ses mains de couturière endiablée tramaient et défaisaient dans l'air une invisible dentelle. Les papillons attaquaient toujours.

J'eus soudain l'impression d'être transporté très loin. Ce climat vaticinant, asiate et ténébreux que Malraux installait sous les fresques du Régent m'évoquait une autre rencontre. Un trou s'ouvrait dans l'espace-temps. Il n'y avait pourtant ni perruches ni bouddha dans le bureau du ministre; nul jeu de tarots sur le bureau couvert de parapheurs. Mais je ne pus m'empêcher de repenser à la cartomancienne de Cholon. Pourquoi le destin, à treize ans d'intervalle, envoyait-il ces pythonisses à ma rencontre? Etais-je voué à vivre ma vie entre deux oracles?

— Les jeunes Californiens dont vous parlez refusent la guerre du Vietnam, dis-je en m'efforçant de ne rien laisser paraître de mon trouble. Vous aussi, en votre temps, vous avez combattu la présence de l'Occident en Indochine...

Malraux passa machinalement une main sur son crâne, comme pour repousser une mèche disparue. Au mot « Vietnam », j'avais eu l'impression de lancer un ballon sur le nez d'une otarie. Le ballon se mit à tourner vertigineusement.

— Là, il faudrait voir comment l'appel de l'Orient a joué chez nous depuis deux siècles. La transformation de l'idée chrétienne du salut, si vous voulez, en mythologie de l'exotisme salvateur. L'intéressant est que cela évolue sur deux plans qui ne se confondent pas : celui de l'impérialisme et celui de la vie intérieure. Prenez les premiers colonisateurs, un Lord Cornwallis, un Changarnier. Il n'est pas douteux qu'ils avaient le sentiment de conquérir des duchés en Orient, qu'ils se battaient en Annam ou dans le Brahmapoutre comme l'auraient fait de grands féodaux du XIIe siècle. A cet égard, l'impérialisme comme la critique de l'impérialisme sont des affaires de famille. Ce que les colonisateurs avaient gagné au nom d'une idée occidentale de la gloire, les anti-coloniaux sont venus le contester au nom d'une idée occidentale de la justice. En Orient, d'une certaine façon, nous restions entre nous : en

1925, quand je publiais avec Monin *L'Indochine enchaînée*, notre ennemi juré était le gouverneur général Cognacq. C'était une querelle franco-française. Mais il faut ajouter une chose, qui à mon sens était nouvelle : nous étions animés par l'idée d'une supériorité morale du colonisé. A cet égard, ce qui se passe en ce moment avec l'affaire du Vietnam ou avec la Chine de Mao ne m'étonne guère. La sanctification de l'oncle Ho ou des gardes rouges par la jeunesse n'est pas le contraire du crédit que j'accordais par principe en 1925 aux militants du Jeune Annam. En réalité, je pense qu'il faut interroger la mystique de la libération panasiatique à la lumière de la mort de Dieu. Ce n'est pas Marx qui se tient caché derrière la béatification de Mao par les étudiants de la Sorbonne et de Berkeley, mais Nietzsche. Dieu est mort, soit. La rédemption ne vient plus du ciel, mais des Fils du Ciel. C'est cela que j'appelle mythologie de l'exotisme salvateur. Une laïcisation tropicale du salut...

Malraux fit le geste de s'éponger le front. Il reprit son souffle, et moi aussi. En parlant, ses mains épousaient maintenant le mouvement d'une faux qui jette à terre des brassées d'épis frais coupés. Une mèche paraissait brûler en lui, qui atteignait à chaque minute un nouveau baril de poudre. Je comprenais que l'intelligence, chez lui extrême, se payait sur les nerfs ainsi que l'occupant se paie sur l'habitant. Des arythmies de colonel opiomane l'agitaient, comme si une balle de latex avait rebondi à l'intérieur de son corps, faisant tressauter la paroi aux points d'impact. Il *voyait*. J'étais revenu à Cholon.

— Vous avez évoqué tout à l'heure le plan de la vie intérieure, risquai-je en m'accrochant à la branche.

— C'est un autre axe, en effet. Celui du Voyage en Orient, qui à mon sens relève également d'un ébranlement du Dieu judéo-chrétien. La maladie a d'abord été inoculée par les écrivains, ils ont rêvé de leurs Xanadu, écrit leurs *Vathek*... Pourquoi croyez-vous que Nerval ou Flaubert prenaient le bateau pour Port-Saïd ? Le dégoût de Croisset et l'amour des mousmés n'expliquent pas tout. Mais l'espace intérieur déserté par le Dieu salvateur, laissant place à la seule folie du langage, ça oui. Ils sont allés chercher en Orient les idoles télépathes, les statues parlantes, le Moloch de *Salammbô* et la lumière de Zoroastre. C'est là que l'on retrouve d'ailleurs Nietzsche, Zarathoustra contre saint Jean, Dionysos contre le Crucifié... Le chemin de l'extase, les derviches, le paganisme solaire... Tous ces jeunes gens qui partent en Afghanistan avec des bourses Zellidja refont le chemin, voilà tout. Vous savez, il y avait déjà ça chez le dernier Barrès, son côté fils de Tyr tirant sur le narguilé. Et Huxley, autour de 1929, me parlait déjà de la mystique hindoue... Alors il est intéressant de voir que toutes les personnes que nous évoquons sont en train d'entrer dans la conscience américaine. Le général Westmoreland, c'est le gouverneur général Cognacq. Les jeunes gens qui manifestent contre les USA au Vietnam sont les fils de mes amis Monin et Chevasson. Et ceux qui se baignent dans le Gange sont des lecteurs d'Aldous Huxley. Or il se trouve que j'ai connu Cognacq, Monin et Huxley à peu près à la même époque, il y a quarante ans. On peut dire que j'avais cerné le paysage, non ? On ne va plus jouer Jérusalem contre Athènes, mais Katmandou contre New York.

Malraux s'interrompit. Une tête venait de surgir dans l'embrasure de la porte capitonnée. C'était un visage d'homme maigre, l'œil pétillant.

— Monsieur le ministre, l'ambassadeur d'Egypte va arriver.

Plusieurs papillons du Nil attaquèrent les joues de Malraux. Il riposta.

— Si l'ambassadeur arrive, Holleaux, faites-le patienter cinq minutes. J'en ai pour une seconde.

Malraux se tourna vers moi. La balle de latex qui rebondissait à l'intérieur de lui-même vint frapper la commissure des lèvres, éveillant un demi-sourire. Puis il reprit le toboggan.

— Or si l'on anéantit le Dieu du monothéisme, qu'est-ce qui va rester ? Eh bien, ce contre quoi il a été dressé, c'est-à-dire les statues. Vous remarquerez que le judaïsme et l'islam proscrivent la représentation de la divinité, et que le christianisme la transcende par l'excès. Entrez dans une église italienne, vous trouvez des madones pâmées, des saintes transpercées, c'est le palais de l'extase. Non, quand je parle du retour des statues, je vise les dieux assyriens, les bouddhas de Longmen, les idoles à plumets des îles Nicobar. La grande affaire de notre époque, c'est le réveil des statues. Moinot m'avait parlé de ce feuilleton télévisé, là, avec Juliette Gréco...

— *Belphégor* ?

— Oui. Qu'il faut lire Baal-Phégor. Il paraît que l'on y voit des conservateurs du Louvre courir derrière Mlle Gréco déguisée en golem phénicien... Mais les statues se réveillent partout. Prenez le mythe de Pygmalion et Galatée. George Bernard Shaw a écrit sa pièce, les Américains en font ce film où la statue réveillée est une petite vendeuse de fleurs de Covent Garden...

— *My Fair Lady*, dis-je. Avec Audrey Hepburn.

— C'est ça. La Vénus d'Ille revient. Ce n'est plus la résurrection du Dieu fait Homme, mais la transmutation de la statue en idole vivante. J'avais senti la chose il y a quarante ans, quand je suis allé voir *Metropolis* avec Chamson. Vous aviez la statue de fer incarnée par

Brigitte Helm qui était transformée en femme par un savant fou, à la façon de Pinocchio qui devient un petit garçon.. Et les robots tchèques... Et les statues parlantes de Cocteau... Et ces nymphes réveillées dans les photos de Man Ray. Je l'avais dit à Picasso : en mettant au centre du cubisme les statues de l'Afrique ancienne, il allait réveiller les idoles. C'est fait. Audrey Hepburn et Pinocchio, *Metropolis* et Man Ray, Picasso et Belphégor, Cocteau et les robots... Qu'est-ce que ça veut dire ? Ça veut dire que la prophétie nietzschéenne sur la mort de Dieu s'accomplit par le réveil des statues. Si vous n'en tenez plus pour un Dieu caché, si la transcendance de l'invisible s'efface, alors il faut séculariser les objets de l'adoration. Vous aurez donc, de plus en plus, des hystéries de culte profane qui se porteront sur des statues somnambules. Puisque ces objets ont un prix, des empires vont se constituer sur la simonie des fétiches et le négoce des idoles. Voyez que la jeunesse moderne a un certain avenir. Il faudra...

La porte venait de s'entr'ouvrir de nouveau. La tête de M. Holleaux apparut.

— Dites à l'ambassadeur d'Egypte que je suis à lui, jeta Malraux.

Il se retourna vers moi.

— Toutankhamon a patienté pendant trente-cinq siècles, mais l'ambassadeur d'Egypte ne doit pas attendre cinq minutes. Ça vous va ?

— C'était parfait, dis-je.

Malraux se gratta la tête, puis renifla avec une sorte d'inquiétude.

— Ça aurait pu être mieux, ajouta-t-il. Mais aujourd'hui, je ne sais pas pourquoi, j'étais un peu fatigué.

La rencontre avec Malraux me permet de dater le moment où les New-Yorkaises fatales reviennent dans ma vie. Le ministre du Général m'avait reçu dans les premiers jours de décembre 1966. Un soir de cette même quinzaine, le téléphone sonna chez moi. L'opératrice m'annonça un appel international en provenance des USA, puis me brancha sur mon interlocuteur transatlantique.

A l'autre bout du fil, une voix de femme. Elle se présenta comme Kate Mc Auliffe.

— Ecoutez, disait la voix, je vous appelle à cause de Tina. Elle ne va pas très bien en ce moment. Si vous pouviez venir à New York...

Je restai cloué sur place. Cette voix qui appelait de l'autre côté de l'océan, ce prénom que j'avais voulu oublier. Et aussitôt je sentis en moi une sorte de fièvre froide. Tina. Personne ne m'avait parlé de Tina depuis 1960.

— Pourquoi voulez-vous que je vienne à New York ?

La ligne craquait.

— Tina serait contente de vous voir. Il faut essayer ça.

— Essayer quoi ?

— Vous devriez venir à New York.

La voix me parut oppressée, mais déjà je ne réfléchissais plus.

— Où puis-je trouver Tina ? Elle a un numéro de téléphone ?

— Je souhaiterais vous voir avant, dit Kate Mc Auliffe. C'est vraiment nécessaire.

Sur la ligne, des bips signalaient à intervalles réguliers la liaison internationale. On aurait dit un compte à rebours.

— Je n'ai pas un très bon souvenir de notre dernière rencontre, repris-je.

Il y eut un silence à l'autre bout du fil.

— Nous sommes au-delà de ça, dit Kate Mc Auliffe. Soit vous venez, soit vous ne venez pas. Mais donnez-moi une réponse.

— Je viens.

Elle me laissa un numéro de téléphone et une adresse. Puis je raccrochai.

La presse française était généreuse en ce temps-là. A l'AFP, Claude Roussel trouva opportun d'envoyer une plume enquêter sur la gestion de U Thant à la tête de l'ONU. Et puis il y avait sûrement quelques papiers de fond à écrire sur la nouvelle Amérique.

Une semaine plus tard, je m'envolais d'Orly à destination de New York.

Il neigeait sur New York. Depuis l'aéroport, le taxi avait traversé des banlieues noyées sous un brouillard de flocons. Les lignes dures des usines crachant leurs fumées noires, les flammes lointaines des torchères étaient voilées par un tourbillonnement silencieux. Les automobiles roulaient au long de l'Interstate Highway, chaque roue creusant un sillon boueux sur le revêtement où une pellicule blanche ne cessait de se reformer. Les essuie-glaces de la Chrysler balayaient le pare-brise avec une régularité mécanique. Le chauffeur avait tourné le bouton de la radio de bord. On entendit une voix américaine vanter un détergent comme si elle avait annoncé la victoire de Midway. Puis le speaker annonça avec éloquence le succès de l'été précédent, *smash hit of summer 66*. Des violons, la voix de Sinatra.

*Strangers in the night*
*Exchanging glances*
*Wonderin' in the night*
*What were the chances*

Des inconnus, des étrangers échangeaient des regards dans la nuit en se demandant quelles étaient leurs chances. Je ne savais pas ce qu'était ma chance, je ne l'avais jamais su. Ces neuf heures de vol sans dormir, le grand hall de l'aéroport, l'énergie américaine qui vous sautait au visage... Des hommes à la nuque rase, les femmes serrées dans leurs anoraks, un peuple d'astronautes qui sentait l'after-shave et la fibre synthétique. Sur des panneaux jalonnant l'autoroute, on voyait se répéter l'affiche de *Comment voler un million de dollars*, les visages d'Audrey Hepburn et Peter O'Toole alignés en perspective. Le retour des idoles, m'avait dit Malraux une semaine auparavant...

Les périphéries du Queens se dessinaient derrière la vitre, compactes et désolées. La Chrysler tressautait parfois, mais le moteur tournait, puissant, régulier. La neige n'atténuait pas tout à fait ce que le paysage avait de métallique, poutrelles de soutènement des trémies, chromes des énormes camions, silhouettes d'Eskimos près des réservoirs Esso. On avait la sensation de glisser au milieu d'une dangereuse douceur, en route vers les falaises blanches d'une planète désertée par les dieux.

Au loin, derrière l'écran de millions de flocons, les gratte-ciel de Manhattan venaient d'apparaître. Quelque part dans la ville, Kate Mc Auliffe devait m'attendre. D'une certaine façon, je venais d'abord à New York pour régler des comptes. Je la revoyais à Rome, ce jour de septembre 1960, si arrogante, prête à tout pour récupérer sa sœur. Elle devait avoir vingt-sept ou vingt-huit ans, maintenant. Et Tina, autour de vingt-cinq ans. Au moment où la Chrysler entrait dans le tunnel de l'East River, un sentiment d'irréalité m'envahit. Tina. Comment imaginer de la revoir, de lui parler ? *Elle ne va pas très bien en ce moment*, m'avait dit sa sœur au téléphone. Mais pourquoi m'appeler, moi, des années après ?

La Chrysler s'était engagée dans l'East Side. Les automobiles roulaient au ralenti. Sur les trottoirs, les cantonniers déblayaient des passages à la pelle. Les flocons valsaient à travers les canyons de Manhattan, dansant autour des aigles de fer et des drapeaux piqués sur les corniches. Il émanait de la rue cette odeur sucrée et carnassière, mélange de pop-corn et de grillades, qui est celle du pavé de New York. La Chrysler s'arrêta devant l'hôtel où une chambre m'avait été réservée.

Un taxi me déposa une heure plus tard à l'adresse indiquée par Kate Mc Auliffe. La nuit était tombée sur New York. Je m'engouffrai sous le porche de l'immeuble, un building résidentiel qui devait dater des années 1930. Le gardien, vêtu de l'un de ces uniformes qui évoquent à la fois le dresseur de cirque et le factionnaire austro-hongrois, s'enquit de l'objet de ma visite. Il y mettait une politesse inquisitoriale et vaguement supérieure. Après avoir décroché le combiné d'un téléphone qui traînait sur la table de merisier, il prononça quelques mots à voix basse, raccrocha et se tourna vers moi.

— Mlle Mc Auliffe vous attend. Dixième étage.

Il m'accompagna sans excès d'amabilité jusqu'à la porte de l'ascenseur. La cabine était un habitacle d'acier tapissé de peluche rouge. Le miroir me renvoyait le reflet d'un journaliste français de trente-cinq ans.

La porte coulissante s'ouvrit sur un palier à trois portes de chêne massif. Des appliques éclairaient les murs tendus de cretonne. Je cherchai l'appartement 102 ; il correspondait à la porte de droite. Je sonnai. J'entendis des pas, un verrou qui jouait. La porte s'ouvrit.

Je crus rêver. La femme qui apparut était sans nul doute Kate Mc Auliffe. Je reconnus immédiatement les yeux marron, la chevelure brune, ces traits qui de façon si bouleversante se superposaient à ceux de sa sœur, ou du souvenir que j'en avais. Mais il émanait de son allure une telle liberté, de son expression une telle absence de comédie que je sentis dans l'instant, sans comprendre, qu'un séisme avait dû traverser sa vie.

Comme je la suivais dans un petit corridor, je notai le pull-over à grosses mailles, les blue-jeans, les bottes de cuir noir. Malgré ses vingt-huit ans, Kate Mc Auliffe était vêtue comme une étudiante de campus. Elle me fit entrer dans un salon qui avait dû être la pièce noble de l'appartement autour de 1940. Les rideaux drapés, les murs rose pâle, la fausse cheminée *streamlined* en témoignaient. Mais le climat de la pièce était celui d'un campement dont chaque détail châtiait l'esprit d'origine.

Tandis que je m'asseyais sur l'un des deux canapés, je découvris sur une table basse un fatras de journaux, de bulletins ronéotés, de livres de poche. Près du manteau de cheminée, d'autres livres montaient en tas. Des affiches punaisées sur les murs annonçaient des réunions du Free Speech Movement et des Students for a Democratic Society. Une statuette d'idole mexicaine, une sorte de Quetzalcoatl polychrome, soutenait des disques 33 tours posés à même le plancher près d'un pick-up à enceintes stéréophoniques.

Kate Mc Auliffe avait dû remarquer mon coup d'œil circulaire et l'expression de surprise que je n'arrivais pas à masquer. En s'asseyant dans le canapé qui faisait face à celui où je me tenais, elle dit :

— J'habite encore ici. C'est un appartement qui vient de ma famille.

Y avait-elle mis une nuance de justification ? Le halo de deux lampes montées sur des jarres sud-américaines posées à même le plancher laissait la pièce dans une semi-pénombre. Je distinguais pourtant le visage sans fard, l'expression intense de Kate, une façon d'être qui me laissa totalement désarçonné. Que lui était-il arrivé ces six dernières années? Où était la jeune peste de 1960, serrée dans son tailleur de parade? Kate Mc Auliffe parut deviner mes pensées.

— Je suppose que je vous dois quelques explications, Jacques. Et d'abord je vous remercie d'être venu jusqu'ici.

— Ne me remerciez pas, rétorquai-je. Je suis à New York pour Tina.

Kate Mc Auliffe hocha la tête.

— Vous la verrez. Dès ce soir si vous voulez... Vous savez, je ne me pardonne pas d'être allée la chercher à Rome. Bien des choses ont changé depuis lors. Je voulais tout de même vous le dire.

— Nous changeons tous, répliquai-je. Personne n'a besoin de se justifier.

Une expression de contrariété assombrit son visage. Elle accentuait le dessin des pommettes, rendait l'œil plus farouche. Je ne me souvenais pas qu'elle ressemblât à ce point à Tina.

— Je ne me justifie pas, protesta-t-elle. J'ai passé l'âge d'obéir à ma mère.

— Vraiment? dis-je.

Je sentais monter en moi la douleur de septembre 1960. Un désir de vengeance.

— Ma mère est morte il y a deux ans, lâcha-t-elle d'un ton neutre.

— Je suis désolé, dis-je. Je ne...

— Ne le soyez pas, coupa-t-elle. Ma vie de toute façon avait changé avant ça.

Je ne pus m'empêcher de jeter un nouveau coup d'œil au salon. Les livres en désordre, les affiches, les meubles mexicains, les disques sur le plancher. Cela n'échappa pas à Kate.

— Je sais, reprit-elle, que cet endroit peut vous paraître bizarre. Un de mes amis dit que j'ai aménagé une cave vietcong dans un boudoir. Je n'ai pas le temps de faire autrement, on m'a laissé cet appartement, j'y habite, c'est tout.

Elle s'exprimait si simplement que je me sentis encore plus désarmé.

— Qu'est-ce que vous faites de vos journées ?

Kate se redressa et dit avec une sorte de fierté :

— Je suis journaliste au *New York Times*. Je couvre les affaires intérieures. Les mouvements de la Nouvelle Gauche, pour être précise.

— Qu'est-ce que vous appelez la Nouvelle Gauche ?

Kate eut l'air étonnée par ma question. Mais elle répondit d'un ton égal :

— Les mouvements étudiants. Les militants des Droits civiques. Les groupes féministes. Les Français sont au courant, non ?

— Oui, dis-je un peu stupidement.

— Au fait, vous voulez boire quelque chose. Un thé ?

— Volontiers.

— Je reviens, dit-elle.

Kate se leva. Comme elle se dirigeait vers la porte du salon, son allure me frappa. La petite snob pète-sec de Rome se déplaçait avec une souplesse d'Indienne.

Je me penchai vers la table basse. Un bulletin des étudiants de Berkeley, imprimé sur une pulpe grossière, y côtoyait un recueil de poèmes signé Lawrence Ferlinghetti. Mes yeux revinrent vers la fenêtre derrière laquelle la neige tombait toujours. Autour de ce salon paisible, une ville glacée s'enfonçait dans la nuit. Je n'avais rencontré la femme qui était en train de faire bouillir de l'eau dans la cuisine qu'une demi-heure de ma vie, un après-midi de septembre 1960. Qui était Kate Mc Auliffe ? Le sentiment d'irréalité qui vous saisit après un long vol, lors des premières heures du séjour dans une ville lointaine, m'envahit comme une angoisse. Où était Tina ?

Kate Mc Auliffe réapparut. Elle avait disposé sur un plateau une théière, deux tasses et un sucrier. Elle déplaça quelques papiers sur une table basse et y déposa le plateau. Lorsqu'elle s'inclina pour verser le thé, les cheveux noirs masquèrent son regard. Elle les ramena en arrière d'un mouvement gracieux. C'était comme si le carcan invisible qui l'enserrait six ans plus tôt avait éclaté.

Elle reprit sa place sur le canapé.

— Vous m'avez appelé à cause de Tina, lui dis-je d'un ton sans doute trop pressant.

Kate Mc Auliffe me regarda sans sourire. Le ton de ma voix devait lui dire : il est toujours amoureux de Tina.

— Oui, reprit-elle après un instant de silence. Elle a de gros problèmes de drogue. Lorsqu'elle est rentrée de Rome, j'ai cru que cela allait se calmer. Tina a arrêté la cocaïne, mais elle s'est liée aux gens les plus cinglés de la ville. Elle a commencé à prendre des amphétamines il y a trois ans. Tina est accrochée.

— Accrochée à quoi ?

— Aux amphés. Le Tuinol, l'Obétrol, ces trucs-là. Mais elle reprend de la cocaïne, et d'autres choses encore. Elle court à travers New York, elle ne dort jamais, c'est infernal. Tina a eu des passages dépressifs, des phases de paranoïa, puis elle repart chargée par ses doses de cheval. Elle a été hospitalisée deux fois depuis un an. En ce moment, il y a un répit.

— Un répit ?

— Une cure de désintoxication. Ça a l'air de marcher.

Le thé me brûlait la gorge. A chaque phrase de Kate, je recevais un coup de boutoir dans la poitrine. Une jeune fille, un soir d'avril 1960, dans les jardins du palais Biondani. La terrasse du Strega-Zeppa, la plage de Forte dei Marmi... Et maintenant, cette neige qui tombait sur New York.

— Elle ne fait rien d'autre ?

Kate Mc Auliffe eut un geste d'impuissance.

— Non, pas grand-chose. Elle a hérité de notre mère, comme moi.

Kate détourna la tête. Je sentais soudain le poids de ce qui l'avait mûrie. Le fantôme de cette sœur vivante, le remords qui devait lui coller à la peau comme une sangsue. Le tourment l'acculait et la faisait tenir debout.

— Qu'est-ce que vous voulez de moi ? lui dis-je. Tina, je l'ai perdue il y a longtemps.

— Elle ne vous a jamais oublié, Jacques. Elle le dit.

— Elle dit ça ?

Kate me regarda dans les yeux.

— Oui.

Je restai silencieux. La neige tombait derrière la fenêtre. Kate Mc Auliffe restait immobile dans le canapé, ses longs cheveux noirs encadrant des traits pâles.

— Je voudrais voir Tina, dis-je à brûle-pourpoint.

Kate esquissa un sourire confiant.

— Elle est toujours très belle, vous savez. C'est à l'intérieur que tout s'est détraqué. En ce moment, j'ai un peu d'espoir avec ce traitement. Quoi qu'il en soit, je suis sûre qu'elle serait contente de vous voir.

— Vous pouvez l'appeler ?

Kate Mc Auliffe consulta sa montre.

— Je ne pense pas qu'elle soit chez elle à cette heure-là.

— Où est-elle ?

Le visage de Kate se ferma.

— Dans un endroit de fous, à vingt-cinq rues d'ici. Si vous voulez, je peux vous y accompagner.

Le taxi s'engagea dans la 47e Rue Est. La neige n'avait pas cessé de tomber. Nous avions longé des avenues encombrées par des voitures avançant au ralenti. Les lampadaires éveillaient des reflets dorés sur les trottoirs. Sous les falaises des gratte-ciel, le tourbillon des flocons paraissait menacer la ville d'un ensevelissement inexorable, ouaté, comme si l'on était entré dans un purgatoire blanc. Aux carrefours, les gyrophares des voitures de police tournaient sans répit. Des quartiers entiers se recroquevillaient sous la lumière d'une lune pâle.

Le taxi se rapprochait de l'East River. Kate Mc Auliffe se tenait assise près de moi, enveloppée dans un manteau gris sombre. Je ne voyais que son profil. Il me rappelait celui de Tina. Un froid piquant pénétrait la coque d'acier de la Ford jaune. On distinguait les alignements de buildings dont le faîte se perdait parmi les nuées du blizzard. Peut-être l'Apocalypse serait-elle cette lente pétrification, cette nuit blafarde s'abattant sur les tours de Manhattan ?

On entrait dans une section basse de la rue. A travers le rideau de flocons, je distinguais la brique noircie d'anciens entrepôts, la cime des réservoirs sur leurs pilotis métalliques. J'eus soudain le sentiment, en pleine ville, d'avancer vers l'obscurité magique d'un cimetière indien.

— C'est là, dit Kate.

Le chauffeur freina doucement. Je lui glissai quelques dollars. Kate me désigna un vieux bâtiment où s'accrochaient les armatures obliques des escaliers de secours. En dix pas, on était sous le porche. Un corridor sommairement éclairé par des ampoules électriques s'ouvrit devant nous.

— Par ici, dit Kate. L'ascenseur.

Une odeur de peinture fraîche et de bois moisi imprégnait les murs. L'ascenseur ressemblait plutôt à un monte-charge d'usine dont on distinguait les vérins et les câbles graisseux. Il avait été repeint en couleur argent. Kate appuya sur le bouton correspondant au niveau 5. Le bâtiment était chauffé, on sentait les émanations caloriques jusque dans la cage où s'élevait le monte-charge secoué de grincements. Plus l'on montait, plus l'on percevait l'écho d'une musique lointaine, jouée probablement sur un tourne-disque. Les madriers et les armatures du bâti suggéraient l'ancienne destination du lieu, entrepôt ou fabrique des années 1920, pareil à ces *speakeasies* où l'on montre, dans les vieux films de gangsters, des girls à plumets penchées sur la roulette et le champagne qui coule à flots.

Le monte-charge se bloqua soudain avec une secousse. Niveau 5. La musique devenait plus précise. Sur le palier, un spot lumineux nous aveugla. Il surmontait un panneau où l'on avait écrit en lettres rondes : « Entrée interdite à qui n'est pas attendu ». Une rumeur de voix s'échappait d'une porte entr'ouverte, un babil bourdonnant de cocktail en ville. Kate s'avança vers la porte, je la suivais, et j'eus soudain devant les yeux l'un des plus curieux spectacles qui se puisse imaginer.

C'était une pièce aux dimensions d'atelier où évoluaient une cinquantaine de personnes. L'espace avait dû être conçu autrefois pour accueillir des métiers à filer ou des machines à coudre, dans l'esprit de ces manufactures des temps héroïques où l'on voit des contremaîtres à longue barbe poser devant les opérateurs de la Keystone. Les pilastres de soutènement, le carrelage nu, les fenêtres masquées portant la mention « Fire Exit » suggéraient le climat industrieux d'une entreprise qui avait dû prospérer sous la présidence Coolidge. Mais les machines-outils avaient disparu de cette friche. Nous étions sur la lune.

Car les murs, le plafond, les meubles avaient été tantôt bombés à la peinture argent, tantôt recouverts par pans entiers d'un papier aluminium, plissé, bouillonné, dont le pigment granuleux évoquait l'emballage d'une gigantesque plaquette de chocolat. Des spots accrochaient sur les surfaces d'alu des moirures scintillantes qui transformaient la pièce en réflecteur géant, alliant la luminescence d'une capsule spatiale aux distorsions d'un palais des mirages. Les silhouettes se reflétaient sur les murs, cassées et amplifiées par la réverbération, comme prisonnières d'un kaléidoscope chromé.

Un grand canapé à trois coussins trônait au milieu de l'atelier. Plusieurs fauteuils à pivot passés au spray argent, pareils à ceux sur lesquels des cadres de la Rank Xerox auraient pu tenir leurs *brain-trusts*, étaient essaimés dans la pièce. Une grande armoire industrielle occupait un flanc de mur. Non loin d'un téléphone mural accroché à sa fourche, on avait branché une platine avec ses deux baffles stéréo qui, à l'instant où nous entrions, diffusait une musique noire et sucrée. Je remarquai, dans un angle, des instruments de musique, guitares, batterie, entourés de pieds de micros et de câbles électriques. Presque symétriquement, du matériel cinématographique avait été posé à l'autre angle de la pièce : caméra, trépied, parapluie, boîtiers de pellicule. Mais c'étaient les tableaux qui donnaient à l'ensemble une note à la fois bizarre et violemment colorée. Certains étaient rangés à même la paroi argentée, non loin de fioles d'encres et de bacs à sérigraphie. D'autres accrochés en l'air sur des fils tel du linge qui sèche. D'autres encore fixés au mur par des crochets d'exposition. On voyait des bouteilles de Coca-Cola peintes sur des fonds rouge éclatant. Des vaches en suspension aérienne, dupliquées et rassemblées comme un essaim de bombardiers. Une Jacqueline Kennedy traitée par dégradé de mauves et verts profonds. Et des fleurs qui ressemblaient à des têtes de pavots, toujours les mêmes, mais variées par le contraste, bigarrées par le coloris, comme si un horticulteur fou avait teint ses parterres avec la bombe du magicien d'Oz.

Je restai vissé sur place. Cette grotte argentée, la brillance des parois, les spots éblouissants, tout cela vous faisait entrer dans la projection mentale d'un Martien invisible, l'antre d'une Circé de la NASA. Comme si une psyché luminescente, froidement chosiste, avait dessiné un échiquier de correspondances glaciales où le téléphone et les guitares, les caméras et les tableaux, Jacqueline Kennedy et les fleurs de pavot composaient un musée d'énigmes extra-terrestres. La neige tombait dehors, mais elle glaçait la pièce. Vous étiez à l'intérieur d'une boîte crânienne dont les méandres cervicaux s'étaient déployés, retenant prisonnier dans leurs neurones d'aluminium tout être humain qui s'aventurait là.

Des corps bougeaient aux quatre coins de ce laboratoire. Trois filles se déhanchaient près de l'électrophone, minces, blondes avec des mèches argent. L'une portait un boléro imprimé panthère et des boucles d'oreilles en plumes de perroquet, l'autre un pull noir à col roulé et une casquette à la *Jules et Jim*, la troisième un T-shirt marin avec un collier de chien. Elles arboraient toutes des bottes de cuir, des collants *fishnet*, et s'agitaient sur des musiques de rhythm n'blues, non pas à la manière souple de Harlem mais avec des gestes désarticulés, les cheveux dans les yeux, quelque chose d'anguleux et d'égaré. Un ballet de petits groupes se défaisait et se reformait sous les parois métallisées. Jeunes hommes en T-shirts noirs, filles en mini-robes à sequins, bourgeois en col roulé, ils paraissaient obéir aux règles d'une étiquette dont on ne percevait pas le sens. Même s'il y avait sur des tables pliantes des gobelets de carton et des bouteilles d'alcool ou de Coca-Cola, ce n'était pas le climat d'un vernissage ou d'un cocktail. On aurait dit les adeptes d'une secte spatiale évoluant en apesanteur, libérés de leurs scaphandres. Les spots éclairaient un plateau rempli d'acteurs, mais les caméras ne tournaient pas. Des fleurs s'ouvraient au milieu de l'hiver, mais leurs tiges étaient acryliques. Des guitares attendaient la main d'un instrumentiste absent. Cette cérémonie n'avait pas de centre. Les corps obéissaient à une loi orientale et glacée, cela tenait du théâtre kabuki et de la chambre froide.

Kate Mc Auliffe me toucha le bras.

— Tina n'est pas là, dis-je.

— Il faut attendre un peu.

A notre arrivée, plusieurs têtes s'étaient tournées en notre direction, comme si les personnages d'un tableau avaient enregistré l'entrée de nouveaux sujets dans le cadre. On n'y lisait ni antipathie ni chaleur. Des regards d'astronautes décérébrés.

— Allons saluer Andy, suggéra Kate. On est tout de même chez lui.

— Où est-il ?

— Vous voyez le type maigre, là, avec la perruque ?

A sept ou huit mètres de la porte d'entrée se tenait un personnage de taille moyenne, tout en angles, portant un blouson de cuir noir sur un maillot de marin à bandes bleues et blanches, un pantalon tuyau noir, des godillots argentés à la bombe. Le visage, blême, était mangé par une paire de lunettes fumées. La perruque à raie latérale, aux crins lissés tels des cheveux synthétiques de poupée, avait elle aussi été passée au spray argent. La tête fixe, comme soutenue par une minerve, il écoutait sans la regarder une grosse fille agitée qui riait toute seule de ses plaisanteries. Un brun ombrageux entièrement vêtu de cuir noir se tenait près d'eux, mauvais sourire sur les lèvres, une lanière enroulée autour du bras – un fouet de cuir. Un autre acolyte les flanquait, trentenaire joufflu en costume trois-pièces de bonne coupe, le geste précieux, qui ressemblait à un jeune Charles Laughton.

A bien observer la scène, l'homme à la perruque argentée donnait la clef de ces évolutions déroutantes. Si éloignées qu'elles soient de lui, les personnes présentes dans l'atelier le scrutaient à distance, cherchaient insensiblement à se rapprocher de lui. Mais une barrière de préséances électrifiées paraissait entourer le sphinx albinos. On aurait dit le monarque d'une cour sous-marine, une sainte andalouse rayonnant depuis sa châsse.

— Allons-y, dit Kate.

Elle franchit sans ciller le cercle des sujets subalternes et marcha droit vers l'icône. Des yeux se braquèrent sur nous comme si l'on avait violé le sanctuaire de l'Emeraude sacrée. Kate Mc Auliffe n'avait manifestement rien à faire des hiérarchies locales.

— *Hello, Andy,* lança-t-elle.

Le sphinx albinos resta immobile.

— *Hi, Kate,* dit la grosse fille.

— *Hi, Brigid,* répondit Kate.

— *Hi, Kate,* dit le jeune sosie de Charles Laughton.

— *Hi, Henry,* répondit-elle.

Quant au tortionnaire ténébreux avec le fouet autour du bras, il resta silencieux.

Une fois échangées ces politesses japonaises, Kate se tourna vers moi et dit :

— Andy, je te présente Jacques Carrère. C'est un journaliste français.

Le sphinx albinos, au mot « français », plissa les lèvres. Il ne me tendit pas la main, mais la détacha légèrement du corps en pointant l'index vers le sol. Cela devait valoir signal, car un esclave qui se tenait derrière lui partit aussitôt vers le fond de l'atelier.

Je me sentis humé comme un arrivage de chair fraîche.

— Vous êtes à New York pour longtemps? interrogea la grosse fille.

*Aw yo in Nu Yaak fo' a long time?*

— Je ne sais pas.

— Jacques est un ami de Tina, précisa Kate.

La tête du sphinx albinos se déplaça légèrement.

— *Really?* dit-il d'une voix neutre.

J'eus l'impression d'être observé par un spectre de plastique qui émettait des rayons X. La peau blafarde, peut-être poudrée de blanc, avait le teint d'une marquise du XVIIIe siècle ou d'un vampire sorti du cercueil. Un personnage d'Edgar Poe s'était rematérialisé pour vous accorder une audience éphémère, indifférente et cruelle.

Les acolytes de l'empereur blanc regardaient Kate sans sympathie manifeste. Il me sembla qu'elle les narguait. Qu'elle les détestait.

— Connaissez-vous Andy en France ? demanda le jeune Charles Laughton.

— Oui, dis-je. Il y a des articles sur le Pop Art dans la presse.

— Andy doit aller en Europe au printemps prochain, dit la grosse fille.

— *Aough yes*, confirma Andy. *But I hate Jean-Luc Godard.*

Les trois courtisans opinèrent du chef devant cet oukase inattendu. De nouveau, la lèvre d'Andy Warhol se plissa légèrement. L'esclave qui avait réagi au signe de son maître revenait vers nous, muni d'un appareil Polaroïd au soufflet déplié. Il le tendit avec déférence à Andy.

Warhol se recula d'un pas – ce mouvement fut remarqué par l'assistance –, porta l'objectif à son œil sans retirer ses lunettes fumées et cadra mon visage. Un éclair de flash grésilla, puis Warhol remit le Kodak dans les mains de son assistant qui repartit aussitôt vers le fond de l'atelier, avant même que le tirage n'ait séché.

— Tina n'est pas encore là ? interrogea Kate.

— *Aough no*, dit Warhol avec une voix métallique et languide.

— Tu crois qu'elle va venir ?

— *Aough yes*.

A cet instant, le niveau sonore monta. Quelqu'un avait poussé le volume de l'électrophone et de nouveaux danseurs rejoignaient les trois filles. Warhol se déplaça vers la scène avec le mouvement mécanique et lent d'une machine de Vaucanson. Ce faisant, il nous tournait le dos. Cette posture valait congé.

La musique jouait très fort. Plusieurs garçons venaient d'entrer dans la danse. *You keep me hangin'on,* chantaient les voix sorties de la stéréo. Les jeunes types, T-shirts et bottes western, ne cherchaient pas à guider les filles, mais se tenaient à distance, seuls, en essayant d'imiter les saccades des danseuses. Je regardai Warhol du coin de l'œil. Impassible, détaché, il suivait l'expérience en cours : comment faire passer une transe féminine dans un corps masculin, comment catapulter les hormones de Cléopâtre dans un cortex mâle. Les murs argentés, les spots, les tableaux sur les murs composaient un fond de scène plus ténébreux qu'on ne l'aurait d'abord cru. Les silhouettes des danseurs prenaient graduellement un tour expressionniste, charbonneux – je songeai soudain aux extases bouche ouverte des actrices suédoises de 1920. Comme contaminée, la petite foule qui se tenait dans l'atelier s'animait. Une odeur de cannabis monta. Une femme trop blonde était entrée, qui se déhanchait à l'excès : elle avait les traits d'un homme. Deux garçons passèrent en se tenant par le cou. Dans un coin, je vis une fille en mini-jupe, du genre débutante de l'année, sortir une fiole de sa poche, l'inhaler avant de rejeter la tête en arrière.

Kate Mc Auliffe leva vers moi des yeux fatigués.

— *They're creeps,* dit-elle.

J'avais soif. Je pris Kate par le bras et nous nous rapprochâmes de l'une des tables où l'on pouvait boire.

— *Got some speed?* me dit au passage un jeune homme au visage d'ange.

Je ne compris pas la question.

— Il cherche des amphétamines, traduisit Kate en lui faisant signe de dégager.

Tout en remplissant de Coca-Cola et de whisky deux gobelets cartonnés, je remarquai sur le mur un panneau où l'on avait punaisé des photos du vieil Hollywood. Fatty Arbuckle souriant près d'une nymphette aux yeux cernés. Marilyn Monroe et Jane Russell. Errol Flynn portant le costume de Captain Blood. Lex Barker ceint du pagne de Tarzan, la guenon Cheeta sur l'épaule.

Je tendis un verre à Kate. A peine l'avait-elle porté à ses lèvres qu'un drôle de lutin s'approcha de nous. Un jeune homme maigre, l'œil allumé, les mèches de cheveux dressées sur la tête telles des cornes de diable.

— Salut, Kate, claironna-t-il.

— Salut, Ondine, dit-elle avec agacement.

Il nous toisa comme un elfe tourne autour des fées, puis pointa théâtralement son index vers moi.

— C'est un nouveau ? Le-tout-nouveau-gentleman-à-canadienne-Biggles-de-la-RAF ? Escadrille-des-héros-Icare-darling-les-grandes-ailes ?

Il venait de lâcher une cascade de mots à la façon d'un chanteur de jazz en plein *scat*, d'un Noir de l'Apollo faisant swinguer le dialogue.

— Fiche-nous la paix, dit Kate.

Il fit un sourire faunesque.

— Non, non, non, dit-il en agitant l'index. Vous-êtes-chez-Drella-welcome-les-loopings, uh ! Kate-avaler-tout-cru-le-pilote-RAF-Biggles-Townsend, yeah, mais Ondine-très-gentille-elle-a-de-belles-ailes-fait-des-œufs-dans-tous-les nids... Sweetie sweetie, sweetie...

Il variait la cadence comme un saxophoniste place un *break* dans son solo, tout en ne me quittant pas des yeux.

— Tire-toi, Ondine, répéta Kate.

Il fit une profonde révérence, mais ne décampa pas. Il se tourna de façon appuyée vers les filles qui dansaient près de l'électrophone

— Tu as vu, Kate, reprit-il sur un autre rythme. Les filles de Drella ? Feux d'artifice dans la têêête... Anniedu-Far-West-à-Manhattan, yeah... Elles chevauchent le grand bronco dans leur tête. Rodéo-Cochise-America ! Je fais la guerre avec des petites pilules, sachem. Yeah. Eau-de-feu, calumet, Drella se venge... Cerveau bouffé ! Drella, elle a le visa-le visage du medicine man... Ketchup, Heinz ! Alors Drella peint, baby, les séries-de-dollars-les-séries-de-pénis... Les chaises électriques... Orange Marilyn ! 300 000 volts sous les fesses ! Hollywood-Seconal !

— Tire-toi, Ondine !

Il se mit sur les pointes telle une danseuse de Balanchine, cligna de l'œil et se laissa retomber en tire-bouchonnant le pelvis.

— Ondine-dit-la-vérité, uh ! Je suis le Pape ! Le Pape Ondine ! Ils s'inclinent tous devant moi ! Oscar Wilde... Mary Pickford... Jasper Johns... Le Général Custer ! Ondine est italien... Ils viennent me voir au Vatican, toutes les filles de Drella... Naomi ! Baby Jane ! Edie ! Tina ! Nico ! Je-suis-le-pape-Ondine-et-je-dis-la-messe-avec-Andy... Catholique romain... Il connaît le Diable... Pas-de-soucoupes-volantes-pas-de-rayon-de-la-mort... Le Dogme ! Le Dogme ! Le cardinal Spellman est un sosie ! Astaroth ! Belzébuth-aux-pieds-fourchus ! Andy est le seul saint... Il dit la messe au bord du Gange sous les pétales de rose... Le Dogme ! Ondine est le Dogme !

Brusquement, le petit Joker pivota sur ses talons et nous planta là.

— Tina vient souvent ici ? demandai-je à Kate.

Elle leva vers moi ses beaux yeux las.

— Elle y a passé sa vie. Maintenant, elle vient moins. Ils se connaissent trop.

— Qui sont ces gens ?

Elle jeta un regard circulaire sur l'atelier.

— Ce sont les ministres d'Andy, en quelque sorte. Le fou qui vient de nous parler se fait appeler Ondine. Il vient là avec ses copains, ils se baptisent eux-mêmes la bande des Taupes... La grande méchante est la fille de Richard Berlin, le patron de la Hearst Corporation. Le type au fouet, Gerard, est l'assistant d'Andy... Le joufflu intelligent, Henry Geldzahler, un conservateur du Metropolitan Museum, une sorte de chapelain... Il y en a d'autres encore qui ne sont pas là ce soir, Chuck, Paul, Lou...

— Qu'est-ce qui se passe ici dans la journée ?

— Des choses, dit Kate. Andy fait des sérigraphies. Il y a un groupe de rock qui répète. Andy tourne des films.

— Et les acteurs ?

Kate Mc Auliffe me désigna l'assistance.

— Beaucoup sont là. Des amis d'Andy. Presque tous *A-heads*.

— Presque tous quoi ?

— *A-Heads*. Bourrés d'amphétamines.

— Warhol aussi ?

— Non. Pas en ce moment.

Mon regard flotta sur cet étrange spectacle. Les baffles du gros électrophone crachaient la bande sonore d'un film de James Bond. La voix de Shirley Bassey...

*Goldfinger*
*He's a man*
*The man with the mightiest touch*
*A spider's touch*

Warhol restait immobile, un doigt posé sur la bouche. Peut-être contemplait-il, lui aussi, le ballet de ses ilotes tel le maître d'une base secrète enfouie dans le cratère d'un volcan. La fosse aux requins blancs... Le maître des atolls réincarné au pôle Nord... Une base d'argent sous la neige de New York... Silverfinger...

C'est alors que je la vis.

Elle venait d'entrer dans l'atelier, accompagnée de deux jeunes gens maigres portant des manteaux bleu sombre. J'aurais reconnu sa silhouette sur la lune. La dégaine longiligne, cette façon d'avancer à travers une pièce en pliant devant elle des obstacles invisibles. Un tailleur-pantalon noir épurait son apparence comme un coup de ciseaux. Les cheveux coupés au carré encadraient ce visage que je n'avais revu qu'en rêve. Si une mélodie chante à travers toute vie et revient parfois s'accorder au présent, alors elle résonna à cet instant. Elle me parlait du parfum des cyprès et des nuits sans sommeil, de la brise de printemps et du temps des regards, elle me parlait de cette année où j'avais marché avec Tina sur les plages du soleil.

Kate Mc Auliffe me toucha le bras.

— Voilà Tina, me souffla-t-elle.

— Je l'ai vue. Elle sait que je dois venir ?

— Non.

Tina progressait lentement. On aurait dit qu'elle croisait des êtres sans visage. Elle se dirigea vers le point qui paraissait l'aimanter, le lieu où se tenait Andy Warhol. Les deux garçons qui l'accompagnaient s'étaient déjà perdus dans la petite foule.

Warhol bougea à peine lorsque Tina arriva près de lui. Tina se pencha légèrement et il murmura quelque chose à son oreille. Puis, d'un mouvement de tête, il lui indiqua une direction. Elle correspondait à l'endroit où Kate et moi nous trouvions.

Je n'oublierai jamais l'expression de Tina à cet instant-là. Elle vit sa sœur. Elle me vit. Son visage se marbra, comme pétrifié par une apparition. J'étais l'apparition. Puis elle se détacha de Warhol, fit quelques pas incertains, je sentis mes pieds qui s'arrachaient du plancher, j'avançais moi aussi vers elle.

— Jack ?

Elle avait prononcé mon prénom d'une voix incrédule, comme on tire du sable un vieil objet enfoui.

— C'est moi, Tina.

Je la dévisageai. Sous le casque de cheveux, ses traits étaient plus minces, plus ombrés. Des cernes ourlaient ses yeux ; le modelé des pommettes avait fondu. A quelque chose de fatal et de désarmé, on sentait qu'elle avait abdiqué : le visage de Tina était passé au-delà des questions. Cette évidence me ravagea instantanément.

— Qu'est-ce que tu... tu fais là ?

Elle avait trébuché sur un mot.

— Je suis venu te voir.

— Me voir ?

Elle me regardait comme si j'avais proféré une énormité.

— Je ne t'ai pas oubliée, Tina.

Elle baissa les yeux.

— Tu n'aurais pas dû revenir, Jack. Pas pour moi... C'est Kate, non ? C'est elle qui t'a retrouvé ?

Je ne répondis pas, mais me retournai pour voir où était Kate. Elle avait disparu. La musique jouait de plus en plus fort.

— Oh, Jack, dit-elle. Tu vois, le monde a changé.

Peut-être le monde avait-il changé, en effet. La femme que j'avais rencontrée à Rome en 1960 était-elle celle qui réapparaissait au milieu de cette bacchanale glacée ? Ce n'étaient plus les pierres de l'Aventin exhalant au crépuscule la chaleur du soleil, ni les salons des palais où l'on dansait. C'était un atelier argenté où les tableaux démultipliaient les bouteilles de Coca-Cola au milieu de spectres aux lunettes fumées ; non plus le flash joyeux du paparazzo, mais le Polaroïd qui vous radiographiait sur pied. Peut-être avais-je trop vécu et regretté selon les lois du vieil amour. Mais Tina était devant moi.

Dans l'atelier, les succubes de Warhol continuaient leurs trafics; j'ai fait la chose la moins adaptée à l'endroit où je retrouvais Tina, la plus accordée au temps où je l'avais connue : je l'ai prise par la main et l'ai entraînée vers la sortie. Je vis aussitôt les regards des Taupes sous pilules, la lippe ironique de quelques autres; une chape d'opprobre dense, de désir négatif, de rancœur palpable. Warhol nous regarda passer. J'eus le temps de relever son expression, ou plutôt son absence d'expression. Derrière ses lunettes noires, il avait l'air de paramétrer des jeux d'espace. Tina Mc Auliffe quitte l'atelier entraînée par un journaliste français. Donnée inscrite. Trajectoire archivée.

La tempête avait cessé. Les trottoirs étaient couverts d'une couche de neige fraîche aux cristaux brillants. En quittant l'atelier de Warhol, Tina avait enfilé un gros anorak rouge. Je lui proposai de prendre un taxi jusqu'à mon hôtel.

— Non, Jack, allons chez moi. Beekman Place, c'est à deux pas.

Elle s'accrocha à mon bras. Je la sentais titubante, mais décidée à marcher. Nous avons tourné dans la 1re Avenue. Quelques rares voitures passaient au ralenti. Tout était calme. Près de l'East River, on distinguait la haute masse du building de l'ONU. En passant devant les halls éclairés des immeubles, on voyait les sapins en pots, lourds de guirlandes électriques, qui promettaient au passant un rêve de chaleur et d'enfance.

— Oh, Jack, c'est si bon de marcher avec toi, dit Tina.

Je n'avais pas dormi depuis des heures, mais le froid me tenait debout. Je n'avais pas besoin de mots, j'avançais dans ce paysage de neige avec la femme qui m'avait blessé et que la vie blessait, peu importe, je ne regrettais rien, l'instant éclatait, je sentais ma joie chanter, l'exultation d'être vivant quand le temps s'ouvre en vous, que cela soit, que je marche encore une fois avec Tina dans les avenues du monde, il faut la sentir contre moi pour savoir que j'ai vécu et que je vis encore.

Nous sommes arrivés à l'entrée de Beekman Place, une enclave de villas géorgiennes au bord du fleuve. Les toits pointus ensevelis sous une cape neigeuse, les arbres aux fuseaux gelés, les plombs des fenêtres ourlés de givre évoquaient un village de conte nordique. Les guirlandes de houx qui ornaient les heurtoirs s'étaient cristallisées. Tina s'est arrêtée. Sous la capuche de l'anorak, son visage rougi par le froid avait pris une couleur sanguine.

Je l'ai attirée vers moi. Ses beaux yeux fatigués, un peu perdus, semblaient me regarder depuis un autre monde. La neige l'éclairait de sa lumière. Elle pouvait bien être tout ce qu'on voudrait, inconsistante et fatale, muette et camée, et même complètement cinglée, personne ne m'avait jamais envoyé si loin vers le ciel.

— Jack, a-t-elle demandé, tu me trouves toujours belle ?

J'ai serré Tina très fort contre moi.

— *Sei la più bella, Tina. Nessuna a Roma è più bella di te.*

Une sonnerie de téléphone me réveilla. Je consultai ma montre : dix heures du matin. Autour de moi, le salon du petit appartement de Tina. Je me levai du fauteuil où j'avais passé la nuit. Pas un bruit dans l'appartement. Je fis quelques pas et frappai à la porte de la chambre de Tina. J'actionnai la poignée et ouvris la porte. La chambre était vide.

Je repassai dans le salon et allai me préparer un café dans la cuisine. Un épais tapis de neige recouvrait toujours Beekman Place. Une vieille dame promenait son chien sous les arbres gelés.

Une fois assis devant une tasse de café, je commençai à récapituler les événements de la veille. L'étrange atmosphère de l'atelier de Warhol. Cette promenade à travers un quartier endormi sous la neige. Puis l'attitude erratique de Tina à peine franchi le seuil de son appartement. Après avoir préparé deux verres de whisky, elle m'avait fait asseoir dans un fauteuil du salon.

— Attends-moi, dit-elle, je vais chercher quelque chose dans ma chambre.

Tina avait disparu. Cinq minutes passèrent. Elle ne revenait pas. J'avais alors poussé la porte de la chambre, pour la trouver profondément endormie sur son lit. Elle avait gardé ses vêtements. Tina respirait lentement, la bouche entr'ouverte. La lampe de chevet restait allumée. Elle s'était écroulée là comme si le reste du monde n'avait aucune importance.

J'avais éteint la veilleuse, puis avalé les deux verres de whisky avant de m'écrouler, mort de fatigue, dans le fauteuil du salon.

La pièce où je me trouvais portait la marque du style qu'un certain vieux New York avait aimé : plafonds lambrissés, cheminée ouvragée, fenêtres à l'anglaise. Une fille comme Tina n'aurait jamais choisi d'habiter un endroit pareil. Cela se sentait. Autour d'une table basse de plastique, elle avait essaimé des tabourets en forme de bulles. Le fauteuil de cuir blanc où j'avais dormi était une sorte de bibendum. Deux lampadaires d'acier chromé pointaient leurs têtes en corolle. Des coussins à motifs géométriques étaient dispersés sur une moquette blanche çà et là calcinée par des brûlures de cigarettes. Il n'y avait pas d'autres meubles, sinon un électrophone stéréo et un téléviseur ovoïde posé sur un pied de plastique transparent. Des exemplaires de *Vogue* traînaient à côté de bougies roses et mauves. On sentait que cette pièce avait été l'amusement d'une saison, avant de devenir invisible à ceux qui la traversaient. Sur les murs, deux affiches identiques étaient punaisées :

*COME BLOW YOUR MIND*

*The Silver Dream Factory Inevitable*

*With*
*Andy Warhol*
*The Velvet Underground*
*And*
*Nico*

*The Dom, April 1966, 19-27*

Un bruit parvint de la porte d'entrée. On tournait une clef dans la serrure. Je me levai. La porte venait de claquer, Tina était déjà dans le salon.

— Bonjour, Jack.

Elle tenait à la main un gros sac de papier.

— Où étais-tu ?

— Tu dormais, Jack, je suis allée acheter des bagels et des muffins.

Tina posa le sac sur la table basse. Elle avait changé de vêtements. Un manteau bleu, un pull à col roulé, des pantalons évasés. Je retrouvais le visage de Rome, un peu plus émacié, très pâle, avec quelque chose d'égaré, comme si sa beauté subissait l'affront d'une effrayante débâcle intérieure. Sous la lumière blême de l'hiver, on sentait qu'elle avait basculé du côté de la nuit. Et pourtant cette allure féline, les seins arrondis sous le pull collant, la bouche sensuellement dessinée éveillaient toujours en moi le même désir.

Je m'approchai de Tina et la pris par les épaules.

— Non, pas ça !

Elle avait détourné la tête en refusant ses lèvres.

— Pas ça ! répéta-t-elle. Pas avec toi.

— Pourquoi, pas avec moi ?

— Non, Jack ! Tu m'as fait trop de mal.

Je reçus sa réponse comme un coup de poing en pleine figure.

— Comment, trop de mal ?

— Tu ne peux pas comprendre, Jack. Tu as réveillé toutes ces choses en moi. Je ne veux pas recommencer...

Je sentis mes mains se crisper sur ses bras. Elle ne cillait pas.

— Quelles choses ? dis-je sur un ton pressant.

— Les démons.

Tina n'avait pas baissé les yeux.

— Quels démons ?

— Une chose à l'intérieur de moi. Ça m'a rendue folle, Jack. Si tu m'aimes un peu, reste avec moi et ne recommençons pas. Pas comme avant.

— Tina, c'est toi qui étais le démon.

Je vis sa lèvre trembler.

— Non, cria-t-elle, ce n'était pas moi.

Elle se dégagea d'un mouvement brusque, fit deux pas avant de se laisser tomber dans le gros fauteuil. Elle sortit fébrilement de sa poche de pantalon un paquet de Marlboro et alluma une cigarette. Ses mains tremblaient.

— Assieds-toi, Jack, je t'en prie. Assieds-toi.

Je tirai à moi l'un des tabourets de plastique. Tina baissa la tête, puis la releva. Elle avait les yeux brouillés de larmes.

— Il ne faut pas m'en vouloir, reprit-elle. Ils me traitent à la Thorazine. Ils me donnent des barbituriques et des calmants. Avec tous ces trucs que les médecins me font avaler, je devrais être triste à mourir...

Tina rapprocha d'elle un cendrier qui traînait sur la moquette. Sa main tremblait toujours.

— Je sais ce que tu penses, Jack. Je parle plus qu'avant, non ? C'est le speed. Ça vous rend éloquent, on ne dort pas, il faut tout le temps faire quelque chose. Même quand j'arrête, ça reste en moi. On parle trop. On voit affreusement clair dans le jeu des autres.

Chacun de ses mots me transperçait. Je sentais que Tina voulait parler. J'étais là pour me taire.

— Ils disent que je suis une droguée, continua-t-elle. Ils ne savent pas ce que c'est que de chercher sa dose et d'avoir besoin de ça pour tuer ses démons pendant quelques heures, et de payer comme je paye... Il y a longtemps que j'ai essayé de prendre le plaisir là où il était, parce que mes parents ne m'en ont jamais donné... J'ai voulu faire du cinéma pour que ma mère sache que j'étais vivante et que je gagnais de l'argent avec le beau petit corps qu'elle voulait vendre à n'importe quel idiot de Boston... Elle méprisait le cinéma, mais ça l'impressionnait aussi parce qu'il y a beaucoup d'argent derrière. Les acteurs sont la meilleure part de l'Amérique, Jack, ils sont aimés et apportent de la joie, et ça c'est insupportable à leur monde... Quand j'étais petite et que j'avais fait une bêtise, ma mère disait : *You are evil.* On ne dit pas à une enfant qu'elle est le mal parce qu'elle a cassé une assiette. On ne dit pas ça...

Tina alluma une autre cigarette. Bien que ses cheveux soient taillés plus court, elle avait toujours ce geste, la main portant la cigarette qui vient rejeter la frange de cheveux en arrière. Elle aspira une bouffée.

— Tu peux comprendre ça, toi. Je voulais sortir de mon enfance parce qu'elle était si triste. J'étais la fille qui ne dit jamais rien, j'ai toujours eu peur des mots et d'être idiote, tout le monde voulait que je me taise et je me taisais. Je haïssais mes parents de m'avoir obligée à les détester autant, j'ai pris des trucs pour les fuir et je les retrouvais parce qu'ils sont toujours là, au fond de la tombe, en train de me punir. Ils sont cachés dans le speed et ils m'attendent derrière la porte, tu comprends ? Mais ils ne m'auront pas, Jack. Je suis partie trop loin. Ils ne me toucheront plus. J'avale tout ce que me donnent les médecins, je veux arrêter cette vie. Tu sais comment ils m'ont appelée l'autre jour dans un journal ?

— Non, dis-je, tout en sachant que Tina n'avait pas besoin de ma réponse pour continuer.

— Un jouet qui danse. *A dancing toy.* J'ai toujours attiré les types, je n'y peux rien. Ils veulent me sauter, et si ça peut leur faire plaisir, si ça m'évite la douleur d'être amoureuse, alors pourquoi pas ? J'ai pensé ça pendant longtemps. La came aide à devenir aveugle. Tu ne sais plus très bien avec qui tu passes la nuit, tu ne dors pas et tu touches des corps. Tu aimerais bien en distinguer un, mais on n'y arrive plus. Je sais tout ça par cœur, Jack. La construction de la poupée... Tu veux que je te montre ? Viens, je vais te montrer.

Elle écrasa sa cigarette, se leva en direction de la chambre. Je la suivis.

Là, Tina ouvrit grand sa penderie. C'était un fouillis de caracos en fil d'argent, de soutiens-gorge bandeaux, de mini-robes en tissu éponge, de collants colorés. On distinguait des étiquettes, Fourbi, Kenneth Jay Lane, Lord & Taylor. Il y avait des faux cils, des boucles d'oreilles en plastique, des vestes en jersey scintillant, des perruques.

— Tu vois ? dit-elle avec une pointe d'agressivité. Je sais parfaitement me servir de tout ça. Ce n'est pas parce que je suis à côté de mes pompes (elle employa le mot *sidetracked*) que je ne peux pas faire la poupée. Je porte une perruque blond argenté, des bottes de cuir qui brillent, et ils galopent. En ce moment, ils aiment qu'on soit maigre comme les petites chanteuses noires, tu vois, Mary Wells ou Florence Ballard.

J'écoutais Tina. Je l'écoutais avidement et mon cœur se serrait. Elle avait vingt-cinq ans et elle tripotait ces fétiches comme des linceuls.

— Tu devrais jeter tout ça, dis-je. Il y en a trop.

Tina haussa les épaules.

— Hey, c'est seulement ce qui reste. Mes copains ont pris le reste.

— Quels copains ?

— Les speed-freaks. Ils piquent mes vêtements pour acheter leurs pilules. Je m'en fous.

Elle referma la porte de la penderie et reprit le chemin du salon. Je n'essayai même pas de la retenir dans la chambre. Un souvenir était venu se superposer à cette jeune femme en train de détailler des vêtements dont elle n'avait que faire. Je la revoyais marchant à Rome sous la façade futuriste d'un immeuble des Parioli. Ce jour-là, j'avais songé que les points de repère, les lignes de fuite, la perspective n'étaient plus les mêmes pour elle et pour moi. C'est une affaire étrange que de voir un être changer d'espace. La Tina que j'avais connue frémissante sous l'objectif de Bragaglia était déjà devenue une effigie de polaroïd. Et si j'avais recherché chez Tina, dès 1960, la fêlure qui ne demandait qu'à s'élargir, la maladie de l'âme ? Etre retourné, traversé, ravagé par une évidence vide ?... Me regardait-elle encore comme un homme, ou bien étais-je devenu, moi aussi, une icône d'aluminium, un tissu de molécules dansant devant ses yeux au milieu d'un brouillard argenté ?

Tina avait repris sa place dans le fauteuil. Elle alluma une nouvelle cigarette.

— Tu sais, reprit-elle comme si elle avait suivi son inexplicable logique, presque tous les types qui entourent Andy sont pédés. Ils ont leurs chevalets, leurs colliers de chien, leurs trucs orthopédiques. Ils voudraient que tout le monde baise comme eux, en un clin d'œil, dans tous les sens, comme ils font quand Andy les filme. Il y a un type à la Factory, Chuck Wein, qui dit que c'était comme ça chez les Romains, Néron, Caligula...

— Tu devrais le savoir, Tina. Tu as vécu à Rome, non ?

Elle parut ne pas entendre.

— Toutes ces histoires de couples, de fidélité, de ventre rond, ça révulse les gens de la Factory, continua

Tina. Je comprends bien ça, en un sens. Ils ne veulent pas d'enfants, et moi je ne peux pas en avoir. Chuck dit qu'il y a de plus en plus de gens qui vivent comme s'ils ne devaient jamais avoir d'enfants, comme s'ils étaient la dernière génération, celle qui enterrera toutes les autres, juste avant le Paradis... Je sais que tu me regardes bizarrement et que je ne devrais pas parler autant, j'ai arrêté le speed, mais je n'y peux rien, je suis si contente de te revoir... J'ai été amoureuse deux ou trois fois – en fait j'ai été amoureuse de toi, Jack, et ça fait trop mal... J'étais contente aussi l'année dernière, j'ai passé un mois à Londres, il y avait ce guitariste qui est si élégant, si célèbre. Il m'emmenait dans la campagne, avec ces grands arbres et ces prairies, c'est un vrai chevalier anglais. Il avait plein de pilules dans une petite boîte, il me chantait des blues... C'est bizarre, parce qu'il peut avoir toutes les filles qu'il veut, vraiment toutes, mais s'il pleurait ça serait pour des choses de son enfance. Tu n'as pas froid ?

— Non.

L'appartement était surchauffé.

— Moi j'ai un peu froid. Tu sais ce que dit aussi Chuck Wein ?

— Non.

Elle désigna son téléviseur..

— Il dit que Walter Cronkite envoie des messages télépathiques à travers la télévision.

— Cronkite, le présentateur ?

— Oui. Quand il annonce toutes ces nouvelles, le Vietnam, les discours d'Humphrey, les affaires des Russes, il est tenu par des extra-terrestres. C'est ce que dit Chuck. Si tu regardes l'écran, tu reçois les ondes. Ils se servent de Cronkite comme transmetteur. C'est pour ça qu'il est un peu raide, comme un robot.

— Et qu'est-ce qu'il transmet ?

— Les messages des Martiens. Il envoie des radiations à tout le pays. Ils provoquent des émeutes dans les ghettos, des grèves sur les campus, des batailles entre générations. Ils veulent détruire l'Amérique en utilisant Cronkite comme antenne.

— Et tu crois à ça ?

— Non. Mais c'est vrai que Cronkite est bizarre. On a dû lui greffer quelque chose.

J'étais en train de perdre pied. Par quelles métamorphoses Tina était-elle passée, jusqu'à m'accueillir avec ce monologue égaré ? Il lui vint soudain, de façon inattendue, une expression de tendresse triste que je ne lui connaissais pas.

— J'espère que tu ne me détestes pas, toi aussi. Je sais que je suis infernale... J'espère que tu vas rester, Jack, on ne réveille pas les démons mais je voudrais que tu restes un peu... Tu sais, quand je pense à toi, ce n'est pas à Rome que je te retrouve. C'est dans mon enfance. Tu n'étais pas là, mais c'est comme si je l'avais vécue avec toi : la meilleure partie...

— C'est quoi, la meilleure partie de ton enfance ?

— La musique.

— La musique ?

— Oui, les soirs de musique. Mon père écoutait des concerts à la radio. Il éteignait presque toutes les lampes et allumait le poste. Pour moi, le meuble de la radio était une grosse chose bizarre, avec ses boutons blancs, les lampes qui rougeoyaient, le nom des stations. Je me disais que des lutins habitaient à l'intérieur. Les soirs de concerts, il y avait une voix qui annonçait le programme, elle prononçait des noms magiques, les noms de ceux qui allaient nous envoyer la musique, je les entends encore, Eugene Ormandy, Pierre Monteux, et puis les compositeurs, Sibelius, Tchaïkovski, Ravel... *Vous allez entendre, dirigée par*

*Leopold Stokowski, la troisième symphonie de Brahms*, des choses comme ça. Je ne savais pas d'où venait cette voix, je croyais que la radio de mon père était le haut-parleur des morts. Et alors la musique commençait, des vagues de violons, une musique qui réchauffait l'obscurité comme une bête chaude, un animal rouge... Une grande bête chaude endormie au fond de la forêt, tu as envie de te cacher dans son pelage, de te nicher en rond contre elle. C'est ce que me faisait la musique quand je fermais les yeux...

Tina parlait maintenant avec une sorte de douceur. Elle était partie dans son rêve.

— Tu voyais quoi, en fermant les yeux ?

— Rien. Je ne savais pas pourquoi j'habitais cette maison. Les immeubles de mon quartier étaient de grands châteaux à étages et j'imaginais la vie des gens à l'intérieur, j'imaginais qu'elle était plus excitante, plus heureuse que la mienne. Je pensais qu'il existait des caves, des souterrains sous les maisons, que des familles entières vivaient sous la terre. Je ne voyais pas comment je sortirais un jour de ce monde, ma chambre, la couverture rouge sur le lit, le coffre à jouets... Ce sont les parents qui préparent les chambres pour les enfants, mais toi tu grandis là comme si c'était le seul décor qui puisse exister. Tu as le sentiment d'appartenir à cette chambre, d'y être pour toujours, alors que ce sont quatre murs, des papiers peints, un lit. Une petite cage, en fait. Mais c'est la tienne, celle où tu t'endors, tu caches ta tête sous les draps et il fait chaud, et tu te dis que les lutins vont venir, tu attends les lutins.

— Et ils viennent ?

— Non. Tu vas à l'école, on te fait asseoir avec d'autres petites filles. Elles ne savent pas très bien pourquoi on les rassemble là, mais elles essaient d'être gentilles. Les mères les conduisent, viennent les chercher, parlent entre elles, et les petites filles croient que les mères sont des adultes, alors qu'il n'y a rien de pire qu'une femme de trente ans, elles sont tellement folles... Pourtant tu crois que les autres petites filles sont parfaites, qu'elles ont des mères parfaites, et tu te demandes pourquoi la tienne est comme ça. Et puis un peu plus tard tu comprends, en parlant avec elles, que les filles que tu admirais, les plus jolies, les plus soignées, celles qui ont le nœud qu'il faut dans les cheveux les mieux peignés, sont aussi perdues que toi, et parfois plus. Mais elles serrent les dents, elles font ce qu'on leur demande de faire, personne ne sait pourquoi. Ça peut durer des années. Ça peut durer toute une vie. Je crois que...

La sonnerie du téléphone venait de retentir. Tina se leva et partit vers sa chambre. Je l'entendis prononcer quelques mots, puis elle raccrocha aussitôt.

— Kate, dit-elle en rentrant dans le salon. Je sais que c'est Kate qui t'a fait venir à New York. Tu étais avec elle hier soir.

— Peu importe, répondis-je.

— Non, Jack, tout le monde me croit folle, mais je sais très bien ce que Kate fait pour moi. Elle vit pour deux, Jack, elle veut donner le meilleur de ce que j'aurais pu être. C'est elle qui est ma vie, et moi...

— Et toi ?

— Et moi, je n'ai jamais su lui dire merci. Je ne saurai jamais dire merci.

## KATE MC AULIFFE
## (Insert I, 1990)

Je voudrais ajouter ici quelques pages au récit de Jacques. Rien de ce qu'il écrit ne me paraît erroné. C'est l'optique d'un Français qui savait sortir de son pays. Je ne peux démentir ni l'amour qu'il portait à Tina, ni son effarement lorsqu'il arriva à New York en décembre 1966. J'ai vu Jacques ce jour-là. Nous nous sommes parlé. A plus de six années de notre première rencontre, il m'a paru plein d'une humanité inquiète et séduisante. Je l'avais appelé, il était venu. Sa réapparition me faisait mesurer combien j'avais moi-même changé, jusqu'à lui être apparemment méconnaissable. Nos vies sont écrites sur du sable. Des tempêtes en bouleversent le profil.

La contrainte dont j'ai usé contre ma sœur en septembre 1960 est la honte de ma vie. Jacques en a été le témoin, et, autant que Tina, la victime. J'étais arrivée à Rome comme une mécanique bien remontée, toutes garanties prises par ma mère auprès des autorités des deux pays. Ce n'était même pas un enlèvement ; tout juste le départ d'une mineure assommée par une piqûre de tranquillisants, montant dans l'avion avec sa sœur sous la garde de la police italienne. Je pensais arracher Tina au désespoir, à la folie, à la drogue. Si je songe à cet épisode, je me détourne des miroirs et ils se détournent de moi. Rien ne me justifiera, sinon le cours que j'ai tenté de donner à ma vie. A partir de 1962, je l'ai voulue autre pour que son mouvement efface son origine.

Je tenterai seulement de consigner ici quelques repères. Le récit de Jacques les a suscités. Ils n'élucident en rien le mystère de Tina, mais diront peut-être comment je l'ai vécu.

Lorsque Tina est rentrée de Rome en 1960, ma mère l'a obligée à suivre une cure de désintoxication dans une clinique de Philadelphie. Elle en est sortie apparemment délivrée de son addiction à la cocaïne. Pendant quelques mois, elle a paru reprendre pied à New York. Elle claquait l'argent de la famille en robes achetées sur la 7e Avenue, en limousines de louage, en restaurants chers. C'est tout ce que ma mère souhaitait : que sa fille rencontre un joueur de polo inscrit au *Social Register* avec bureau à Wall Street et portraits des patriarches sur le mur. A ce moment-là, il n'était plus question pour Tina de cinéma et de défilés. Ou il en était question autrement. Car Tina, évidemment, ne s'est pas attardée à fréquenter les jeunes clubmen à mâchoire bleue qui regrettaient déjà les bonnes heures de la présidence Eisenhower. Elle voyait la frange la plus excitée de la bourgeoisie new-yorkaise, celle où se mélangeaient les rejetons en vogue des vieilles fortunes classiques, un Carter Burden, un John Hay Whitney, et les raffinés de l'argent nouveau, les Holzer, les Engelhard, les Wrightsman.

Il faut avoir senti de l'intérieur le climat qui s'installa dans une partie du vieux New York pendant la présidence Kennedy. Rétrospectivement, on peut sourire de ce folklore non dénué de vanités. Il était bien porté de voter démocrate, d'être ami de Pierre Salinger et Lee Radziwill, prêt à financer le Negro American Labor Council ou le SNCC [1]. Les écarts sociaux avec l'ancienne mode se marquaient par des affectations aujourd'hui dérisoires. On quittait les manoirs de la 70e Rue pour un duplex du West Side décoré par Parish-Hadley, celui qui avait travaillé pour Jacqueline Kennedy et vous troussait des intérieurs artistement dépouillés en remplaçant les portraits de John Sargent qui venaient du grand-père par de petits Rauschenberg. On n'allait plus au Russian Tea Room, mais au Kettle of Fish. Les escarpins n'étaient plus signés Perugia, mais Margaret Jerrould. On a commencé à voir des types en col roulé, pipe au bec et verre de gin-tonic à la main, qui vous parlaient savamment de JK Galbraith et avaient lu dans le *New York Times* des choses intéressantes sur ce psychiatre, un certain RD Laing, qui considérait la schizophrénie comme une attitude devant la vie. Kennedy avait lancé la course à la lune. Nous avons été frappés par la maladie sublunaire, le Grand Syndrome de la Fusée. Tout était possible au milieu de cette ivresse cosmique, et même dans *Playboy* on parlait de Tycho Brahe. Des millions d'Américains se sont alors sentis habités par une infinie puissance d'être. Nous étions malades de la lune. Tandis que les ménagères adeptes du *Reader's Digest* regardaient encore Lucille Ball sur leurs téléviseurs, on testait dans les laboratoires secrets de l'US Army les psychotropes d'où sortiraient bientôt des bataillons de monstres hallucinogènes, papillons géants, lézards rampants. Tout était promis, tout devait sauter. Le temps de la fêlure revenait. Mais qui le savait ?

A New York, Tina dansait. La confusion de ce temps-là noyait dans l'optimisme toutes les blessures

1. Comité non violent de coordination des étudiants

cachées. La présidence Kennedy accentuait le positif. Il fallait expérimenter, se connaître, créer, et ce n'était plus la bonne vieille méthode Dale Carnegie, les cours de diction et l'apprentissage de la robotisation domestique. C'était le twist avec Carter Burden, le règne de la fille qui arrivait avec une micro-jupe, des collants rouges et des boucles d'oreilles à plumes. En un sens, Tina avait senti avant Warhol que tout le monde aurait son quart d'heure de gloire. En 1959 et en 1960, elle avait connu la couverture des magazines italiens et les plateaux de Cinecitta. Quand elle a retrouvé New York, remplie de tristesse, elle a eu la surprise de découvrir que la folie européenne, la décadence du Vieux Monde où elle avait rôdé n'était peut-être rien au regard de la ville où elle revenait. La terre de son passé était secouée par un séisme imprévu. De nouveau la conquête, les flèches colorées, les caravanes de pionniers s'enfonçant dans la psyché américaine.

Tina est devenue l'une des vedettes du Peppermint Lounge : on cessait de claquer des doigts en écoutant Art Farmer dans un club de jazz de la 13e Rue pour se secouer toute la nuit sur les twists de Chubby Checker. En 1955, les femmes à la mode s'appelaient Margaret. En 1962, elles s'appelaient Amanda. Les pages de *Harper's Bazaar* ou *Vogue* ont commencé à montrer des filles en robes trapèzes avec des motifs Pop Art et des bottines de rodéo. Il fallait fonder sa vie sur le style. Etre son propre écrivain, son propre cinéaste, le photographe de ses journées. Un chevalier servant par soir, dix milieux différents. Chacun tourne son film, mais sans caméra. Chacun écrit son livre, mais les pages s'envolent. La substance est l'attitude. L'attitude est la substance. Je me fournis chez Bloomingdale's, chez le concessionnaire de la General Motors, chez le disquaire de la 44e Rue, puis je décide de retourner le bas de mes blue-jeans, de dorer un élément de calandre, de jouer la face B du 45 tours plutôt que la face A. Ma vie est mon œuvre, mon œuvre est ma vie. Je suis libre.

En 1962, Tina est devenue majeure. Elle n'a pas épousé Carter Burden ou John Hay Whitney. Ma mère avait cru que tout ce pandémonium finirait comme dans *New York-Miami*, lorsque la jeune héritière vagabonde rentre au bercail de l'amour conjugal. Mais nous n'étions plus en 1934. Tina a déménagé dans un petit appartement de Beekman Place. Pendant deux ans, elle a vécu là avec Tommy Mulloy. C'était un grand échalas du New Hampshire qui travaillait comme agent à Broadway. Tom a réveillé la dinguerie de Tina. D'abord, le rêve de cinéma est revenu. Elle écoutait sans cesse des musiques de Henry Mancini. Elle s'était mis en tête de tourner avec Paul Newman ou George Segal. Mais Tom Mulloy n'avait pas de pouvoir à Hollywood. Il n'en avait d'ailleurs guère sur lui-même. Tom était l'un des meilleurs spectres de cette bande de New-Yorkais qui ne rêvaient que de Londres, arboraient des chemises à jabot et des coiffures au bol, aimaient les décapotables italiennes et les bottines de cuir, et pour finir circulaient flanqués de filles superbes pour qui tout était *groovy* ou *smashing*. A la place de l'Empire State Building, ils voyaient Big Ben. Saint Patrick était leur Winchester Cathedral. Ils préféraient les chansons de Chuck Berry jouées par les Rolling Stones plutôt que par Chuck Berry. Pour eux, la vie était ronde, tout devenait rond, les lampes blob avec leur mélasse fluorescente, les carrosseries haricot, les lunettes de plastique orange. Même leur boîte de nuit préférée, sur St Mark's Place, s'appelait le Dôme. Tina a encore beaucoup dansé. On était sans prise sur elle.

Tom Mulloy, avec ses costumes Cardin et ses favoris de colonel de l'armée des Indes, avait la tête un peu fêlée. On m'a raconté que sa bande organisait des chasses aux mutants dans Central Park : ils étaient persuadés que des hybrides de loups et de lynx se cachaient près de la grande pelouse, des bêtes nyctalopes aux yeux phosphorescents. En 1964, il y avait trois indices pour reconnaître à New York les jeunes consommateurs d'amphétamines, ceux que l'on commençait à appeler les *speed-freaks* ou les *A-Heads* : l'hyperactivité euphorique, le goût des couleurs argentées, l'amour effréné des disques de soul music. Celui qui adorait les reflets aluminium, les sprays argent, les teintes chromées avait quelques chances d'être un speed-freak, sans doute parce que l'iridescence, le scintillement des apparences procurés par les amphétamines se retrouve dans le moiré des surfaces métalliques. Les A-Heads écoutaient sans cesse des disques de rhythm n'blues, enivrés par le tempo des grands batteurs noirs, les éclats des cuivres, les voix de ces types qui chantaient comme l'on boxe.

A cette époque, j'ai vu Tina porter les premières robes argentées de Rudi Gernreich. Elle écoutait sans relâche des 45 tours de Wilson Pickett. En deux attitudes, tout était dit. Ma sœur, autrefois muette, devenait soudainement éloquente. Les A-Heads adorent fabuler et s'attendrir sur des anecdotes insignifiantes. Ils regardent sans cesse la télévision avec la conviction illuminée de participer à des actions passionnantes. Deux speed-freaks ont le sentiment de se fondre l'un dans l'autre, ils se sentent briller, le geste se confond avec la sensation. L'accoutumance psychique débouche assez vite sur des crises de paranoïa, des chutes dépressives vertigineuses. Le cœur est exposé. Les neurones dansent le boogaloo.

Au demeurant, les petits anglomanes survoltés de l'Upper East Side agissaient en bons écuyers du nouveau roi Arthur, le président Kennedy lui-même. La cour de Camelot se peuplait de chevaliers argentés. Car le président dépendait des injections d'amphétamines et de stéroïdes pratiquées à doses de cheval par le Dr Max Jacobson, son Mister Magic à seringue. Les pulsions sexuelles du premier des Américains s'en trouvaient d'autant augmentées. Entre 1961 et 1963, les USA furent dirigés par un érotomane amphétaminé. Le président des Etats-Unis était un speed-freak.

En 1961, j'avais déjà vingt-trois ans. J'étouffais de mots rentrés et de culpabilité sans objet. Ma vie ressemblait à une vitre fendillée. Je trouvai toute seule l'adresse du Dr Grunberg. Il me reçut dans son cabinet du West Side, 80e Rue. J'y suis retournée presque chaque semaine pendant quatre ans. Karl Grunberg m'a sauvée.

Je revois ses yeux brillant d'intelligence derrière les lunettes cerclées d'argent, ses costumes trois-pièces avec la montre-oignon bombant le gousset, comme s'il avait voulu tenir le temps au bout d'une chaîne : un reste d'élégance Mitteleuropa dans le New York de 1960. Ses biographes le font naître en 1898 à Lodz. Karl Grunberg avait connu le numerus clausus, la fin d'un empire, Berlin et Paris. Analysé par Abraham, il s'était formé auprès du Viennois Hans Sachs, grand maître de la psychanalyse moderne. Grunberg ouvrit un premier cabinet à Paris autour de 1930 avec le soutien de Laforgue et de Marie Bonaparte. Il gardait sur le mur de son cabinet du West Side une photographie de Kertész représentant les rives de la Seine au printemps. En 1940, il quitta Marseille pour Lisbonne avec des passeurs du réseau de Varian Fry. New York était la destination finale.

Je refais le calcul : le Dr Grunberg avait soixante-trois ans lorsque je le rencontrai. Il parlait un anglais distingué, germanique d'accent, avec quelques tournures qu'un jeune Américain de 1961 n'aurait rencontrées que dans les tragédies de Shakespeare. Il était aigu par mécontentement, sachant discerner en toute chose la pente grotesque, l'élément de comédie. Mais charmeur par mansuétude, ressentant en tout être la fragilité de ce qui doit finir. Dès 1925, il s'était donné pour objet l'analyse de la barbarie qui le rattraperait en 1940. Les psychanalystes de première et deuxième génération avaient une lucidité d'avance sur le cours du meurtre.

Ce qui a pu se passer entre lui et moi se raconte mal. Peut-être ai-je senti passer le souffle d'une très ancienne haine à laquelle le Dr Grunberg opposait la civilisation de l'esprit. J'avais grandi parmi des êtres qui se définissaient volontiers par le patrimoine, les alliances, la reproduction. Karl Grunberg m'a ouvert des clairières – le Moïse des temples de la 72e Rue n'est pas celui de la Berggasse. La psychanalyse m'a fendue comme une noix, faisant craquer la coquille, mettant à nu le fruit. Pendant les quatre années où je l'ai vu, les silences du Dr Grunberg n'ont pas seulement désarmé ma cécité. Ils m'ont rendue à ma véhémence. Je n'ai jamais cru à la supériorité des hommes américains. Je ne pense pas que les pasteurs qui avalent des muffins dans leurs cuisines en formica parlent au nom du vrai Dieu. Je n'ai jamais rêvé d'élever des enfants déguisés en Heidi ou en petit Lord Fauntleroy. Je n'ai jamais demandé à être la fille de ma mère, et je ne comprends toujours pas pourquoi elle n'a pas été davantage transformée par ses enfants.

Ma mère a-t-elle jamais été jeune ? A-t-elle vu Lester Young jouer au Famous Door, son saxophone feulant, la cigarette de colombienne piquée dans la pince du cornet ? Je ne le pense pas. Elle avait été adolescente au milieu du New York de 1933, lorsque l'élégance était incarnée par Mrs Harrison Williams, nimbée de make-up blanc, entoilée dans ses arabesques. Sa conception de la vie aurait pu se résumer en deux données simples : elle était née Longworth et elle avait épousé un Mc Auliffe. Autour de 1840, un aïeul avait bâti une première fortune à partir de rien. Un siècle plus tard, l'argent n'était plus un combat mais un décor. Des directeurs d'usine, des courtiers lointains le faisaient prospérer tandis que le haut de New York, avec ses laquais poudrés et ses toiles de Fragonard, s'enfermait dans un Trianon imaginaire. Je suis née en 1938, et Tina en 1941. Si je songe à ma vie autour de ma dixième année, je revois le clan des nurses de la 75e Rue, les poneys des Hamptons et l'arbre de Noël installé dans le grand salon. Tout un protocole européen, nuancé d'esprit *Mayflower*, présidait aux apparences. Les hôtesses, en élégantes robes Dior, pivotaient sur elles-mêmes comme des derviches. Je surprenais dans les miroirs leurs reflets rendus fantomatiques par la lueur des chandelles. Etait-ce cela, une femme ? Mon image succéderait-elle à la leur dans le palais des glaces ? Non merci.

Suis-je restée la fille de ma mère ? Si le mouvement qui m'a projetée loin d'elle est né de l'allergie qu'elle m'inspirait, alors je suis sa fille. Si l'argent dont j'ai bénéficié est le produit de sa lignée, alors je suis sa fille. Si les quelques livres que j'ai écrits portent le nom de l'homme qu'elle avait épousé, alors je suis sa fille. Je me suis construite contre ma mère : en ce sens, elle est la pierre d'angle de ma vie. Il fallait arracher le ciseau de mes mains pour sculpter un autre visage. Je n'ai guère de mérite à l'avoir tenté ; le mouvement d'une génération m'a insufflé la force que je n'aurais pas trouvée en moi-même. Rien n'oblige à considérer ses parents avec gratitude : leur existence est un fait.

Vers 1961, j'ai cessé d'être otage de l'image que ma mère avait de moi. Si je m'y étais abandonnée, je serais morte d'asphyxie lente. Le moment où je reviens de Rome avec Tina est celui de ma honte. J'étais la poupée d'une mère ventriloque, je ramenais Tina vers New York en pensant la sauver alors que j'ouvrais la trappe d'un nouvel enfer. Dans l'avion, elle pleurait en silence. Peut-être suis-je née de ce voyage. Six mois plus tard, j'étais sur le divan du Dr Grunberg. Tina et moi avons suivi des lignes de fuite différentes en partant de la même question. Cela s'appelle une famille, avec tout ce qu'elle inspire, tout ce qu'elle rebute, tout ce qu'elle détruit.

J'ai parlé de ma véhémence. Elle trouva bientôt à s'exprimer dans des combats pieux. En 1963, alors que je fréquentais le divan du Dr Grunberg, je rencontrai Dwight Taylor. C'était un garçon de vingt-deux ans, natif de l'Ohio, qui suivait des cours d'anthropologie à l'université Columbia. Dwight venait d'une famille d'enseignants pénétrée d'idéalisme rooseveltien. Son père vénérait Thomas Jefferson et Abraham Lincoln. Cette intransigeance me frappa. J'avais été habituée à penser en termes d'aristocratie sans avoir la moindre idée de cette Amérique fervente, farouchement égalitariste, qui relit chaque année le discours de Gettysburg comme un Décalogue démocratique. Dwight ne me jugeait pas selon la place qu'occupaient mes parents dans les loges du Metropolitan Opera. Il ne l'enviait pas plus qu'il ne la critiquait : seuls comptaient pour lui la conscience et les actes. Cette pureté d'allure me décrassa. Comme Dwight m'aimait avec une simplicité de pionnier, je tombai dans ses bras. On peut se moquer – à Tina les flamboyances, à moi les naïvetés, l'une est brûlée et l'autre cruchette. Peut-être ai-je maintenu une certaine idée du devoir contre la classe pharisienne où j'étais née et qui la prônait. Peut-être ai-je rencontré avec Dwight une aristocratie de l'innocence qui me poussait à agir et m'aidait à oublier. La petite pimbêche que Jacques a vue à Rome en septembre 1960 devenait une exaltée du bien, de la justice, du droit. J'ai essayé de décrire tout à l'heure les audaces auxquelles la présidence Kennedy ouvrit le champ. Les maximes progressistes fournissaient de l'oxygène aux solitaires. Des millions de jeunes gens les ont embrassées pour ne pas mourir. J'ai alors signé mes actes avec une plume dont je n'avais pas hérité, certes, mais pour une fois je les ai signés.

Dwight militait au SDS, une organisation fondée deux ans auparavant à l'université d'Ann Arbor. Les Students for a Democratic Society s'en prenaient à la guerre froide, au racisme, à la bureaucratie. Ils prônaient la participation démocratique et décentralisée, la résorption des ghettos, la citoyenneté vigilante. L'antenne new-yorkaise, où surgissait parfois le leader du mouvement, Tom Hayden, était un creuset somme toute extraordinaire. Les idées qui allaient proliférer pendant les deux décennies suivantes bouillonnaient sous le couvercle. Mouvement pour la Paix, contrôle des multinationales et de l'environnement, piratage des médias, rénovation urbaine, mélanges ethniques, libéralisation de la contraception et de l'avortement, esprit communautaire, tout cela germait, prospérait, diffusait. Des étudiants pressés quittaient le laboratoire pour l'expérimentation sociale immédiate avec d'autant plus d'efficacité que le scoutisme les avait rendus experts en nœuds de ficelles. C'était aussi enivrant que si j'avais partagé un pot de confiture d'airelles avec les Pères Fondateurs. L'ensemble, sonorisé par le « Freewheelin' » de Bob Dylan et les comptines édifiantes de Richard Fariña.

Les filles étaient enthousiastes : elles aimaient des héros. Eux s'accommodaient très bien des squaws admiratives qui leur faisaient cortège. « Par rapport aux problèmes du moment, la question féminine est secondaire », ai-je entendu dire lors d'une réunion publique. Leurs pères avaient combattu sans femmes sur les plages de Normandie, ce n'est pas Betty Friedan qui allait leur dire où placer leurs affûts. La bonne militante faisait cuire les hamburgers et tenait la ronéo. Rien ne m'avait préparée à ces deux emplois ; ils avaient pour moi le prestige absolu de la découverte. Que je sois descendue des hauts quartiers de la ville n'embarrassait ni ne fâchait personne. Mes nouveaux amis ne cultivaient pas les préjugés européens sur l'origine sociale. Si une militante avait du bien, ils s'efforçaient pragmatiquement, en jouant d'une intimidation convaincante, d'en capter une partie pour la Cause. Plusieurs de mes amies de l'Upper East Side étaient dans leurs bras. La bonne vieille technique du *fund-raising* et des *charities*, qui avait servi pour les éclopés de Guadalcanal et les orphelins de l'Arkansas, prenait une délicieuse nuance belliqueuse quand on envoyait des chèques pour la caution d'un agitateur incarcéré ou la rénovation d'un ghetto du Michigan. J'ai l'air de me moquer. Tout est ensuite allé si vite que cette aube du Mouvement ressemble presque à un aimable pique-nique Mais la fièvre était là *aussi*. Nous avons été portés, ahuris, outragés, sublimés, révoltés, déchaînés par : l'arrivée des Beatles à New York ; la victoire de Mohammed Ali sur Sonny Liston ; *Pour comprendre les médias* de Marshall Mc Luhan ; l'assassinat de trois jeunes militants noirs du Mississippi par le Ku Klux Klan ; les premières frappes américaines sur le Nord-Vietnam ; *L'homme unidimensionnel* d'Herbert Marcuse ; le prix Nobel de Martin Luther King ; *Dr Folamour* ; l'assassinat de Malcolm X ; la première manifestation non violente contre la guerre du Vietnam à Washington DC ; les émeutes de Watts ; *Blonde on Blonde* ; l'overdose de Lenny Bruce. C'étaient nos années 1964-1966, la présidence Johnson, mes années Dwight Taylor.

J'ai commencé à écrire dans des bulletins de la Free Press. Le tract était une école de l'article. L'article, une école du livre. C'est le début d'un métier. Un jour de 1964, la rédaction de *Ramparts* m'a demandé une chronique. D'autres ont suivi. Les grands journaux américains étaient alors traversés par de violentes tensions internes. On sentait que l'époque Hyannisport, tailleurs Chanel et stéroïdes avait vécu. Une fracture géologique s'élargissait dans la conscience américaine. J'ai su plus tard quel calcul avait imposé, contre l'avis de plusieurs chefs de service, l'idée de ma collaboration au *New York Times* : je savais à peu près écrire, j'étais une femme, portant un nom honorable, par ailleurs proche de la Nouvelle Gauche, « avec une tête de pasionaria andine, de l'énergie et des couilles », selon l'un des directeurs. Je le cite. Bienheureux les admirateurs des Andes et de la testostérone, ils m'auront permis d'entrer au *New York Times*.

Je reviens à Tina. Sa liaison avec Tommy Mulloy n'a pas duré si longtemps. Il a disparu en Arizona au bras d'une stupéfiante Mexicaine. Ils ont dû partager leur speed avec les serpents à sonnettes. Tina, elle, est repartie au bras de Greg Chandler, un jeune architecte de la bande du Peppermint Lounge. Greg était inventif, frappé, totalement A-Head. Chez lui, il y avait des chaises longues en vinyl, des tabourets en mousse, des fauteuils ovoïdes. Il adorait les nouveaux matériaux aux noms pleins de X et de Y, le plexiglas, l'inox, le polyuréthane. Greg peignait sur les robes blanches de Tina des motifs inspirés de Mondrian ou des Delaunay. Il esquissait des spirales sur ses seins, à même la peau. Greg amusait beaucoup Tina. Ses projets n'étaient pas des plus modestes. Il avait dessiné un projet d'île artificielle, avec héliport et forêt de séquoias, qu'il aurait voulu ancrer au large d'Amaganssett. Il voulait couvrir les monts Ozarks de dômes géodésiques et travaillait irrégulièrement à son grand œuvre, un réseau de mégastructures à maillage régulier qui aurait permis de construire des villes sur pilotis au-dessus des métropoles américaines. Greg disait que la perfection avait été atteinte avec la pyramide maya que Frank Lloyd Wright avait dessinée pour Bela Lugosi. Un joyeux dingue, toujours en cuir et col roulé, une coupe de cheveux à la Brian Jones. Il hantait avec Tina le magasin Paraphernalia et l'emmenait danser au Dôme. Leur vie passait de plus en plus par le téléphone : les appels se succédaient, parfois pendant des heures, puis ils enchaînaient fête sur fête au cours de la soirée. Greg adulait les Who, les Pretty Things, les Rolling Stones. Mais il n'aimait guère son père, pas plus que Tina n'aimait sa mère.

Je songe en écrivant ceci au malheur de nos parents, à celui de leurs enfants éblouissants et mortifères. Nous avons haï les parfaites ménagères des années 50 qu'étaient nos mères, détesté avec amour ces pères qui vénéraient le général MacArthur et Milton Berle. En 1965, chacun voulait effacer les traces de la famille par la politique de l'excès. Je me souviens de Tina et de ses copines avec leurs lunettes fluo, leurs mini-jupes, leurs amphés. Un étranger y aurait vu des signes d'extravagance. Or c'étaient des armes de guerre destinées à tuer leurs mères. Le problème est le suivant : les mères américaines résistent toujours. Tina et ses amies pouvaient bien lancer du napalm, le noyau tenait bon et le napalm leur revenait dans la figure.

C'est vers cette époque que Tina a rencontré Warhol. Je pense que Greg l'a emmenée à la Factory et qu'ils ont été comblés. En somme, on trouvait condensée dans cette ancienne fabrique de chapeaux de l'East Side toute la charge noire et blanche de leurs psychés dévastées. Un jour, j'écrirai mon essai sur Warhol. Je dirai pourquoi cette goule géniale a laissé les seules images animées de Tina qui vaillent pour moi, celles des vingt minutes de l'unique film qu'elle ait tourné avec lui, *Pearly Queen n° 2*. En regardant ces séquences saccadées où l'on voit Tina se parler à elle-même face à un miroir, puis scruter silencieusement l'objectif pendant de longues minutes, avec en fond le tapis sonore d'un New York endormi par la neige, des rumeurs de klaxons venues d'un monde blanc, je sais que la caméra qu'il laissait tourner a mécaniquement capté l'image la plus vraie, la plus énigmatiquement révélée de ma sœur. Je dirai aussi ce que j'ai vu autour de la 47e Rue Est les soirs de 1966 où je suis allée ramasser Tina dans le caniveau, je dirai la fange et les flétrissures et les fleurs mortes. Je raconterai d'autres nuits, dix ans plus tard, lorsque je croisais Andy sur les banquettes du Studio 54 et qu'il me disait, parce que je m'étais fait une teinture blonde : « At last you look like Tina. » Pour moi, il était resté celui que ses esclaves de 1966 appelaient *Drella*, un mixte de Dracula et de Cinderella qu'ils évoquaient toujours en le féminisant. Drella, elle pense que tu es mauvaise. Drella, elle dit que Bob Dylan n'existe pas... Et puis je raconterai les cocktails de vitamines et de méthédrine, les mélanges amphé-alcool, les vodka-Seconal, la colle et le nitrite d'amyle, le moment où il faut une piqûre dans chaque bras pour faire entrer la coke, l'héroïne et le speed, j'essaierai une dernière fois de décrire la douceur bleue des filles qui savent quelque chose sur l'enfer.

J'ai eu bien des raisons, depuis ce temps-là, de penser à Andy. J'ai vu la beauté américaine travaillée par un désir de mort, les bras amaigris, les yeux perdus des petites filles de Nouvelle-Angleterre, tandis que Drella l'Innocente, Drella le Diable encrait suavement les écrans de soie pour ses sérigraphies de fleurs. Warhol disait que sa musique préférée était le ronronnement d'un réfrigérateur. Le réfrigérateur est la mort. Drella est le réfrigérateur. J'avais remarqué dès 1964 sa façon particulière de lire un document : il collait le nez sur le livre ou le journal en approchant le grain du papier au plus près de sa pupille. Son œil cherchait la vérité dans la trame. La vérité ? Il n'y a pas de profondeur, juste une surface. S'il peignait un tableau, ce n'était que l'image d'une image, le duplicata d'une photo. Lorsqu'il tournait un film, il voulait des angles décadrés et flous pour faire sentir que le réel n'est qu'une pellicule de celluloïd. Il adorait les polaroïds parce qu'ils tuent immédiatement la profondeur. A l'instant où l'on presse le déclencheur, le relief s'aplatit, l'image sort. Que dit le polaroïd? Quel est ton prisme? Drella l'établit. *Drella, elle dit toujours la vérité.* Warhol a peut-être été le plus grand coloriste depuis Matisse, mais sous la couleur on trouvait le pigment de l'encrage au noir.

La première fois que j'ai vu Andy, ma conviction instantanée, mon absolue certitude fut que j'avais en face de moi l'un des visages de la mort. Un leurre acnéique coiffé d'une perruque d'épouvantail blanc, sortant son Polaroïd pour vous pétrifier gentiment, avec un côté vieille poupée sur qui souffle un vent invisible. A cette époque, il vampirisait les débutantes de l'Upper East Side, Baby Jane Holzer, Edie Sedgwick, Tina White. Il attirait toute une faune de noctambules, de snobs, d'actrices perdues, d'évadés des Poulo-Condor sadomaso de Christopher Street. Quand je suis arrivée à la Factory, un soir où Greg et Tina voulaient me présenter à leur gourou, j'ai eu le sentiment d'entrer dans un film berlinois de 1925. C'était comme si la lumière de Josef von Sternberg avait éclairé une grotte argentée au bord de l'East River. Il me semble que Noureïev était là ; et pas mal de crétins chics, de jeunes types dans les vapes. L'ensemble très défonce, et très homo. Vous mettiez le pied sur un échiquier nocturne avec ses reines, ses fous, ses cavaliers, ses soldats. Il y a un noir et blanc new-yorkais, métallique, hanté, qui s'accorde aux visages creusés par la nuit.

Je crois qu'on l'avait déjà baptisé saint Andy. La Factory ressemblait à une église de sacrifices humains avec ses reliquaires, ses diacres, ses béatifications. Les fidèles pouvaient bien se promener amphétaminés jusqu'à l'os, il leur fallait leur dose d'étrange religion. Qui adoraient-ils ? Essentiellement eux-mêmes en train de mourir. Avec l'œil écarquillé du bovin d'abattoir, beaucoup vénéraient l'icône qui incarnait la mort, élégante, narquoise, laconique. Ils avaient eu l'honneur d'être présentés à la Mort, elle leur avait dit deux mots tranquilles, ils n'en revenaient pas d'être admis au bal. Les disciples étaient prêts à tout pour faire plaisir à Drella, un shoot, un couteau sur les veines, le grand saut depuis le dixième étage. Le Styx coulait là, un Styx de métal et de speed. Warhol repérait les sources d'énergie et s'y alimentait jusqu'à épuisement des batteries. Ensuite, il jetait. *Trash.* Il avait ses pauvres, et le sens de la pompe. C'était l'archevêque au milieu des gueux.

Sur les toiles de Drella, on voyait les objets promis à la déjection, des boîtes de soupe, des canettes de Coca-Cola. A la porte de la Factory, on trouvait des épaves humaines vidées de leur sang. Elles avaient dû payer un tribut au Minotaure – Picasso aussi faisait cela avec ses femmes. Du point de vue de Drella, ça n'avait probablement aucune importance. Qui connaît le nom des ouvriers qui ont bâti les échafaudages de la Sixtine ? Mais il avait besoin d'un clergé à rotation rapide. Seuls les plus exploitables, les plus en prise sur la nouveauté étaient promus : mais pour les délester de leur argent, de leur influence, de leur vie. Warhol était un tueur en série conséquent – la mort elle-même peut se démultiplier. Il sérigraphiait des images de chaises électriques, de suicides, des portraits de Marilyn Monroe en fantôme orange. Il envoyait des sosies tenir des conférences de presse à sa place, laque argentée sur la perruque talquée, lunettes et chewing-gum. Parfois, il communiquait avec les visiteurs par l'intermédiaire de ses esclaves : les courtisans colportaient la parole du roi.

Drella, il ne fallait pas la toucher; elle se rétractait aussitôt. Peut-être Warhol était-il devenu chaste, une sorte de prêtre polonais au milieu de l'enfer organisé, multipliant autour de lui la mise en scène d'actes sexuels pour en faire sentir l'insignifiance. *Sex is so nothing.* Il lançait l'une sur l'autre, l'un sur l'autre, les corps devaient s'essayer pour qu'il procède au relevé d'expérience. Un étalon du Bronx et une starlette camée ? Il faut voir. Un mâle incertain et une drag-queen explosée ? Allons-y. Ondine et Freddy ? Procédez. L'œil de Drella les châtiait s'ils n'entraient pas assez vite dans l'action. Il fallait payer comptant, d'autant que Drella aimait les corps jeunes et disponibles. Les mannequins, par exemple. Une fille qui défilait pour Gernreich ou Halston vivait sous les regards de Méduse de l'envie, de la jalousie, du désir de viol. Elle était le catalyseur vivant de ce qui allait se flétrir, la mode du jour, les accessoires de la saison, les beautés de la jeunesse : Drella savait que les cover-girls sont les alliées de la mort. New York baptise exubérance de vie tous les jeux éperdus avec l'abîme. Warhol se contentait de dire la vérité. La Factory était une maison de verre, la maquette de l'Amérique à venir, parce qu'à la fin Andy avait tout anticipé : les saccades du rock, le règne de la pharmacologie, le sexe dépressif, la puissance diffamatoire des caméras, l'amour oblique de la mort. Vers 1965, nous avons tous été warholisés, généraux du Pentagone en tête. Au Vietnam, on verrait bientôt une armée entière sous psychotropes, des bataillons décimés jour après jour, les hélicoptères argentés volant au-dessus du Mékong, les langues orange du napalm, les trouées tachistes que les défoliants dessinaient sur la jungle verte, les micros et les caméras captant le spectacle en direct. Le Vietnam serait la première guerre Pop Art. Le général Westmoreland ressemblait à une créature de Drella.

J'insère ici l'extrait d'un entretien avec mon amie Edith Gerber, paru dans un numéro récent de *Rolling Stone*. Il donne un autre éclairage sur Tina :

*Edith Gerber, membre de la US League for the rights of gay women.*

J'avais vingt-six ans en 1965. J'étais alors l'une des animatrices de la Ligue pour les droits des femmes homosexuelles. C'étaient encore les temps héroïques, personne ne voulait entendre parler de nous, à part quelques baptistes du West Side qui nous prêtaient des salles pour nos réunions. Notre siège, un petit appartement, se trouvait dans un *brownstone* de Greenwich Village, un quartier avec une ancienne tradition gay. Je dois dire que les références dominantes restaient les grandes figures des années 20, Gertrude Stein, Djuna Barnes, Janet Flanner. Comme par hasard, elles s'étaient toutes exilées à Paris. Rien n'avait été plus censuré en Amérique que l'homosexualité féminine. Même s'il existait des filles installées en couple, la plupart vivaient leur désir clandestinement. Notre mouvement voulait faire sauter toutes ces barrières. Nous avons travaillé à une explosion positive.

Un des effets de la quasi-clandestinité était la création d'icônes. Certaines d'entre nous, par exemple, faisaient une fixation sur Greta Garbo. Elles se postaient sous ses fenêtres en espérant la voir apparaître. D'autres avaient stimulé leur désir avec les magazines de *pin-up* des années 50, le genre Betty Page. Elles transposaient cette fascination sur les bimbos du moment, et pas n'importe lesquelles. Jane Fonda ou Nancy Sinatra étaient des icônes pour certaines filles. Leur mode de vie résolument hétéro, leur côté bottes de cuir, le fait qu'elles étaient à cause de la célébrité de leurs pères des princesses américaines, les vraies infantes de la monarchie Kennedy, tout cela en excitait plus d'une. Coucher avec Jane Fonda, ç'aurait été comme graver son nom sur le Mémorial de Lincoln.

C'est là qu'intervient Warhol. On peut dire que la Factory a été le premier endroit où se côtoyaient des classes et des sexualités différentes. Une préfiguration des grands night-clubs des années 70. L'atelier de Warhol était une *performance* perpétuelle qui avait lieu avec le concours et à l'insu de la plupart des visiteurs. Seul Warhol possédait toutes les clefs. A mon avis, sa malice était de traiter la traditionnelle *party* new-yorkaise comme une boîte de soupe Campbell. Dans les deux cas, il les transformait en œuvre d'art, ce qui est d'ailleurs le rêve de toute bonne maîtresse de maison. Warhol, en un sens, était la meilleure hôtesse de Manhattan. Une vraie grande dame.

Je reviens à mon affaire d'icônes. Warhol ne voulait pas seulement rivaliser avec Picasso, il voulait devenir Jack Warner. Faire concurrence à Hollywood, c'était son rêve parodique et royal. Après tout, Walt Disney avait débuté en dessinant une souris dans un hangar de Burbank, et il avait bâti un empire. L'idée du Warholand dont la Factory aurait été le premier train-fantôme n'est pas si absurde. Bref, il a ironisé avec un certain sérieux sur le système hollywoodien en inventant ses superstars. Les actrices de la Factory avaient vocation à devenir les nouvelles Lupe Velez, les nouvelles Jean Harlow, les nouvelles Garbo. D'ailleurs les jeunes rockers ne s'y trompaient pas. Bob Dylan, Mick Jagger et Jim Morrison préféraient tourner autour d'Edie Sedgwick ou Nico à New York plutôt que de courir derrière Suzanne Pleshette ou Jill St John à Los Angeles. En allant à la Factory, tu retrouvais la culture hollywoodienne de la star. Sauf que ces filles étaient là, accessibles, on pouvait leur parler ou prendre un hamburger avec elles au bar du coin. Cela a eu des effets rapides sur la culture gay. A quoi sert de guetter Garbo sous son porche si vous avez à deux pas des Garbo de vingt-cinq ans certifiées superstars par Warhol ?

Je suis beaucoup allée à la Factory à cette époque-là. On voyait passer de stupéfiantes Anglaises en mini-jupe et collants noirs qui te vaccinaient à jamais contre le style Alice Toklas et Gertrude Stein. Je ne suis pas sûre que Warhol ait tellement aimé nous voir là. Il devait pressentir que l'une d'entre nous, Valerie Solanas, lui tirerait bientôt trois balles dans la couenne. Un jour où j'essayais de lui parler d'une actrice française, il a lâché dédaigneusement : « Les Françaises, quand elles sont chics, ont le style gouine. » Et ça voulait dire : « Tire-toi. » Moi, j'étais fascinée par Edie, et j'étais fascinée par Tina. Les nouvelles icônes. Evidemment, tu aurais pu faire de la politique et dire qu'elles représentaient les parfaites estampes pour un chauviniste mâle, des petites filles riches, des mannequins, des objets. Mais tu n'avais pas besoin de justifier par trois pages d'Anaïs Nin le fait que tu avais envie de coucher avec Tina. Ce n'est pas seulement qu'elle était sexuellement désirable, c'est que l'on tombait amoureux d'elle. Elle était tellement vénusienne... Alors, bien sûr, il y a la tristesse de ces affaires de came. Je dois dire que je n'ai pas trop réfléchi à ça sur le moment. Tout le monde était plus ou moins défoncé à la Factory. J'ai compris le problème vers 1970 quand je me suis occupée du Health Center for Gay Women. L'expérience massive des drogues a été faite par ma génération à partir de 1966 ou 1967, un peu avant pour les précurseurs. Au début, c'est toujours extraordinairement euphorique, avec un sentiment de puissance et de libération. Il faut des mois pour que la dépendance physique se manifeste, parfois des années pour que la destruction arrive à son terme. Ma génération a gobé l'euphorie sans anticiper la destruction – en n'y croyant tout simplement pas. Vers 1969, les effets sont devenus monstrueusement visibles. Un vieux jazzman mettait trente ans à tomber par terre, c'est le temps qu'il a fallu à Billie Holiday. Hendrix, lui, s'est bousillé en cinq ans. Cette accélération-là, on ne la voyait pas venir.

J'ai passé le mois de janvier 1967 à New York, entre ma chambre d'hôtel et l'appartement de Beekman Place. J'essayais d'être à toute heure auprès de Tina. Elle tenait bon : ses fioles de médicaments, une visite hebdomadaire dans une clinique du West Side, les barbituriques qui la rendaient somnolente. Parfois, nous marchions à travers les rues comme deux amoureux de carte postale. Souvent, Tina retombait dans le mutisme d'autrefois. Elle s'animait quand le soir venait, lorsque les néons flambent et que les bars ouvrent. Je sentais la folie derrière la cloison. Tout était fragile. Tina refusait toujours de coucher avec moi, c'était un supplice et puis cela devint une douceur, une étrange douceur accordée à l'hiver. Je l'emmenai plusieurs fois au cinéma, mais elle ne supportait pas de voir un film jusqu'à la fin. Il nous restait les rues de la ville, la Chevrolet de location avec laquelle nous avons roulé pendant des heures, errant d'un quartier à l'autre.

Peut-être ai-je tenté de retrouver le rythme de nos anciennes promenades dans Rome. Ce lent déphasage qui naît de la succession des lieux, une place, une perspective, une avenue où l'on se perd comme dans les décors d'un film que personne ne dirige plus. Le miroir avait changé. La Chevrolet tournait en vain dans ces labyrinthes de neige grise. Au long des après-midi blêmes, je guettais à travers les canyons de Manhattan le débouché de la piazza Navona, la haute rambarde effondrée du Palatin. Mais les villes ne se ressemblent pas plus que ne reviennent les saisons du passé. Tina était assise à côté de moi, enveloppée dans un manteau bleu, les yeux perdus. Une blancheur de neige croupie montait de l'asphalte. Je dirigeais la voiture vers les blocs de la ville basse, là où les alignements de maisons évoquent une banlieue de Manchester, les allées noircies d'une cité d'Europe. Des silhouettes en anoraks et bonnets, appuyées sur de vieilles bicyclettes, apparaissaient aux carrefours. *Drive on*, disait Tina. On longeait les échoppes lépreuses, les hangars rouillés des bords de l'Hudson. Des ouvriers de la compagnie ATT éventraient la chaussée au bord du fleuve : la langue rouge des lampes à souder brûlait la neige. Tina me guidait d'un geste, à droite, à gauche. On changeait de quartier. Broadway South... Mulberry Street... Mott Street... Lafayette Street... Des odeurs de chop-suey et de poisson fumé, les visages de ceux qui marchent vers leur fin comme s'ils n'avaient jamais vu la lumière. Je devinais que tel bouge de la Bowery avait dû abriter des transactions, dollars contre poudre, que telle rue de l'East Village servait d'impasse aux écroulés. Tina avait glissé comme une princesse blessée vers ses frères de la nuit. En tournant autour de Washington Square, elle me désigna le côté des junkies, rôdant à la recherche d'une dose, et celui où les femmes venaient chercher les femmes. *Hard-core dykes*... Aux heures où les derniers rayons du pâle soleil hivernal argentaient les fenêtres par milliers, la ville scintillait comme un massif glacé. *Drive on*, disait Tina. Je ne savais pas que mon cœur pouvait être si amer. En retrouvant Tina, j'avais effacé les illusions d'un été – Rome en 1960, c'était si loin. Tina s'affaissait sous le poids d'une fatalité inexplicable. Tout ce que l'on attend des femmes, aussi... Elles avancent comme elles peuvent, avec leurs ruses, leurs chansons, leurs vêtements décrochés des cintres. On leur colle sur le dos des fables, des enfances, un désir d'aurore. Il faut qu'elles éclairent le temps où on les aime, qu'elles hantent celui où on les perd.

Tina m'était restée présente par la blessure et je la voyais infiniment plus blessée que moi, ayant tout brûlé, cherchant à se dissoudre au cœur des choses, dans ces zones où la voix ne porte plus. Je ne savais plus si j'accompagnais la femme qu'elle était devenue ou si je portais en terre l'époque où je l'avais aimée. Et même cette exultation qui éclaire les jeunes femmes au réveil parce qu'elles ont pris un plaisir qui les étonne, les illumine, les jette ferventes et délassées vers le jour qui commence, même cela Tina l'avait perdu. La came parlait à travers elle. Une armée de lézards avides circulait dans ses veines et réclamait sa pitance, une pilule, un shoot, une inhalation. Tina n'était plus que l'arc nerveux, le tissu de cellules où la dope s'était diffusée comme un poison létal. Je ne la sauverais pas. Mais je pouvais encore la suivre dans son cauchemar comme elle était entrée dans mon rêve, une nuit de 1960 au fond d'un jardin romain. Puisque j'étais son amant de l'autre côté du monde, je ne quitterais pas Tina.

Rondes la nuit dans le Village, bars remplis d'étudiants écoutant des disques des Byrds, élèves au fond très sages qui la suivaient des yeux comme une reine noire... Rues huileuses de Soho, ombres titubantes aux yeux rouges, les vêtements passés au Day-Glo, et ce clochard qui hurlait... Restaurants de Chinatown où l'on regardait de travers les Longs-Nez... Promeneurs furtifs de Battery Park dispersés par le projecteur des voitures de police... Et cette petite boutique près de Tompkins Square où elle me fit acheter un vieux 78 tours de Robert Johnson. Un guitariste du Delta, en 1936, qu'est-ce qu'il savait des Blanches ? Des épouses de *rednecks*, des chanteuses pour bateaux à aubes... Et pourtant Tina paraissait attendue par cette musique, le tesson de bouteille glissant sur les cordes, les sorciers du bottleneck éveillant d'un glissando l'électricité de leurs guitares. Elle appartenait comme eux au monde des fleuves qui roulent dans la nuit.

Comment retrouver le fil de ces errances, la photographie exacte des lieux où j'ai suivi Tina ? C'était il y a si longtemps... Parfois, lorsque je sors de chez moi pendant un crépuscule de printemps, lorsque la brise tiède diffuse dans l'air un parfum de feuilles vertes, je comprends qu'une ville est aussi cela, des fenêtres donnant sur un jardin dérobé, une vieille dame qui promène son chien, des placettes calmes. Des vies s'écoulent en silence. Et pourtant mes yeux qui s'arrêtent sur un détail, l'ombre d'un arbre, la robe d'une jeune fille, ces yeux ont vu d'autres visages. Parfois, avant de plonger tout à fait dans le sommeil, un bruit me libère du temps. Une voiture qui passe au loin, la sirène d'une voiture de police. Je retourne vers les villes d'autrefois.

Dans le bar Kettle of Fish, il y avait ces garçons portant des vestes à rayures et des disques des Kinks, on leur servait des cocktails avec des coupelles blanches pleines d'olives, des petits riches qui avaient suivi les cours de Richard Alpert à Cambridge et parlaient de synchronicité, de Yi-King, de soucoupes volantes et d'Aldous Huxley à des filles de vingt ans enveloppées dans leurs manteaux de chez Zuckerman. Au Ginger Man des silhouettes efflanquées, cette jeune femme dont les vêtements laissaient saillir la clavicule. Un type était passé en sortant d'une enveloppe des photos pornographiques. Hommes entre eux, filles enroulées sur un matelas, trios et quatuors. Une série de clichés avec la même fille faisant des choses incroyables dans les toilettes publiques. Tina avait nommé certains d'entre eux. Des gens connus, apparemment. Elle s'en foutait. Au Harlow, des Californiens étaient assis autour d'une table, barbes et cheveux longs, tuniques indiennes, les filles ressemblaient à des personnages d'Audrey Beardsley, je crois bien que c'est la première fois que j'ai entendu le mot « hippie »...

Les matins froids, les arêtes des gratte-ciel découpés sur un horizon gris, tous ces New-Yorkais qui marchaient vers Grand Central, les journaux annonçant que trois astronautes venaient de griller comme des bonzes dans leur capsule d'entraînement. Sur les écrans de Times Square, la bande lumineuse signalait des raids de Phantom et de Skyhawk du côté d'Hanoï... Le général Ky dans son palais blanc... La Flak vietcong se déchaînant au nord du 17$^{e}$ parallèle... Les radios jouaient sans cesse une chanson qui disait *Break on through to the other side,* et moi aussi j'avais envie de franchir le skyline de Manhattan pour passer ailleurs. Le visage de Tina me revient du fond des années, elle est assise dans un bar de Mc Dougall Street et dit : « J'ai toujours cru que Walt Disney était le nom de Mickey, Mickey ne peut pas mourir, donc Walt Disney n'est pas mort. » Mais Disney, le pharaon de Burbank, attendait désormais dans sa chambre de cryogénisation la pioche d'un Lord Carnavon venu des étoiles,

Walt Disney venait de mourir... Tina, un autre jour, m'entraînant dans les bureaux de *Vogue* à je ne sais quel étage du Graybar Building... la moquette étouffant les bruits, les allures de crevettes supérieures des rédactrices, leurs regards sur Tina qui voulaient dire : « quand est-ce qu'elle va tomber ? »

Je me souviens des reportages que j'écrivis au milieu de ce chaos... L'après-midi où j'avais laissé Tina dans le hall de l'hôtel Chelsea, le curieux endroit avec des tableaux paysagers, des fauteuils de cuir, des arbustes en pots, et le petit fourgue noir en pantalons violets qui rôdait, Tina lui a tout de même demandé le prix, 100 grammes d'amphés pour 300 dollars... Cet après-midi, donc, où j'avais laissé Tina au Chelsea pour aller rencontrer à l'ONU l'adjoint de U Thant, ascenseurs, couloirs, policiers badgés, et ce fonctionnaire gris comme le mur, un Yougoslave qui m'avait dit : « Savez-vous ce que Chou En-lai vient de déclarer ? », eh non, je ne savais pas que « la Chine est aussi proche du Vietnam que les dents des lèvres », puisque telle était la maxime que le Yougoslave m'avait commentée pendant vingt minutes, à moi qui avais la tête bouffée par l'angoisse et l'insomnie, là, dans un vingtième étage au-dessus de l'East River... Et ces articles que j'ai écrits sur l'affaire Kennedy... Trois ans après Dallas, le fantôme de JFK hantait New York... Radios, journaux, experts en balistique sur les télévisions... Jack Ruby venait d'être enterré près de sa mère, à Chicago, mort d'un cancer généralisé... Dans les vitrines de Brentano's, sur les affiches de la 7e Avenue, dans le métro, on voyait des publicités pour le livre de William Manchester sur le crime de Dallas... Tout était passionnant, en fait... Les prémonitions, le rôle trouble du clan Johnson, le film de Zapruder, la thèse des tueurs multiples... M'intéressaient surtout les derniers gestes d'un président qui va mourir, le futile du tragique... Dans le code des services spéciaux de la Maison-Blanche, Kennedy était *Lancer*, le lancier, et Jackie était *Lace*, la dentelle... Kennedy portant une attention extrême aux vêtements de son épouse, lui téléphonant pour faire rectifier sa garde-robe parce qu'il faisait chaud au Texas... Arrivée à Dallas le 21 novembre, Jackie porte un ensemble robe et manteau en lainage bouclé blanc... A la réception du soir, tailleur de velours frappé noir, double rang de perles, boucles d'oreilles en diamants... Le 22 novembre, elle monte en voiture avec tailleur et chapeau tambourin rose, corsage bleu marine, sac bleu marine... Deux heures plus tard, le rose est éclaboussé de rouge.

Dire que j'ai écrit là-dessus des articles d'un incroyable fétichisme, en plein marasme. Touché extrêmement par la scène des adieux... Le 21 novembre au matin, le président prend son petit déjeuner à la Maison-Blanche avec ses enfants. Il bavarde en parcourant les journaux. A 9 h 45, Caroline doit partir à l'école et l'embrasse : « Au revoir, papa. » Le président emmène John à l'aéroport, l'enfant veut monter dans l'avion avec ses parents, le père refuse et John pleure. Le président embrasse pour la dernière fois son fils en larmes et le confie à un agent de la sécurité : « Prenez bien soin de John. » Je ne sais pas pourquoi cette scène me serre la gorge. Elle me fait penser à Tina, au temps qui ne reviendra pas... Cette nuit aussi dans un appartement de Soho où j'ai retrouvé son visage romain. Il y avait là des filles rieuses avec leurs pulls collants, leurs mini-jupes de velours côtelé à grosses ceintures, leurs bottes italiennes. Et des types au sourire gentil qui ne cessaient d'écouter le dernier disque des Beatles en y cherchant des messages cachés. Une musique bizarre, des guitares saturées, des bandes magnétiques passées à l'envers... des ballades avec clavecin et sitars... l'écho spatial... un quatuor à cordes et des chœurs à la Dowland... *Tomorrow never knows*... On buvait du thé à l'orange et ils vous donnaient des petits gâteaux faits maison. J'ai regardé Tina. Elle avait soudain l'air libérée de tous les cauchemars. Fluide et légère. Partie du côté de l'arc-en-ciel. Je ne sais pas ce qu'ils avaient versé dans mon verre.

## KATE MC AULIFFE
(Insert II, 1990)

Il y avait deux façons de sortir de soi, l'altruisme et la destruction. Tina est allée droit vers le soleil italien et elle a trouvé les rivages de la cocaïne. Rien ne le laissait prévoir. Quand elle avait dix ans et que j'en avais treize, les compliments se dirigeaient toujours vers elle. La parfaite petite fille à rubans, la porcelaine française pour goûters d'enfants. Plus tard, dans les soirées dansantes de l'Upper East ou de Cape Cod, des garçons arrogants et un peu gauches venaient l'inviter, parce qu'elle était l'idéale cavalière américaine pour comédies de collège. J'aurais dû avoir l'indulgence d'une aînée. Mais la jalousie m'a plus d'une fois tourmentée. Je n'en suis pas fière. Cette jalousie-là relève de la chanson sucrée : ce n'est rien, sinon le narcissisme cambré des petites idiotes qui tournent le dos à la vie. D'une certaine façon, j'aurais été préservée si j'étais restée jalouse. Ma vie aurait suivi son cours. Un mari qui récite les cours du Dow Jones, la nurse promenant les enfants, l'œil des amies à la sollicitude venimeuse.

Tina a déchiré tous les paravents de la discrétion. A Rome, elle s'étalait sur la couverture des magazines. A New York, en 1963, elle était l'une des Filles de l'Année. Là, j'ai encore été jalouse, mais de sa liberté. Je constatais la facilité avec laquelle Tina passait d'un homme à l'autre, j'imaginais leur corps sur le sien. Le bon Dr Grunberg m'a fait entrevoir deux ou trois vérités. Les puritains vénèrent l'intégrité du corps féminin autant qu'ils sont fascinés par sa divulgation effrénée. Pasteurs et dollars, temples baptistes et cinémas glauques de la 42e Rue, ils sont religieusement possédés par la liberté sexuelle des autres. C'est le temps où ma jalousie est devenue douleur de perdre. A l'époque de Tom Mulloy et de Greg Chandler, lorsque Tina se transformait en speed-freak, je ne riais plus et je ne jalousais rien. Dans l'entourage de Warhol, elle a goûté à toutes sortes de potions. Cela ne m'amusait pas de récupérer une Tina inhalante, piquée, amphétaminée, cocaïnée. Je n'aimais pas que le corps de la petite sœur avec laquelle je prenais autrefois mon bain devienne cette batterie sans cesse rechargée par sa dose de came.

L'année 1966 a été effroyable. Les images si douces, nimbées d'une lumière neigeuse, du film qu'elle tourna avec Warhol montrent une beauté intacte, d'une blancheur de lys éclos. Les traits de Tina étaient destinés à impressionner une pellicule de celluloïd, un jour de sa vingt-sixième année, comme autrefois une idole du cinéma muet. Un critique a fait remarquer que les pupilles de Tina, dans ce court métrage, sont anormalement dilatées. Peut-être suis-je allée la chercher à la Factory un jour du tournage, comme il arrivait lorsque j'essayais encore de la tirer de l'ornière, de la raisonner, et pour tout dire de me substituer à notre mère. On a parfois décrit Tina comme une victime de Drella. Mais je n'estimais pas assez Andy pour lui reconnaître le pouvoir de détruire ma sœur. Tina a trouvé le miroir que New York lui tendait, voilà tout, et ce miroir s'appelait Andy Warhol. D'ailleurs Drella, à l'époque où il tournait *Pearly Queen n° 2*, avait d'autres envoûtements en cours. Il venait d'excommunier sa grande favorite, Edie Sedgwick, coupable de rapprochement suspect avec l'entourage de Bob Dylan. Il préparait son nouveau film, *Chelsea Girls*, où Tina n'apparaît pas. Warhol n'a jamais eu de prise profonde sur Tina. Elle s'est servie de lui autant qu'il s'est servi d'elle.

Parfois je revisionne *Pearly Queen n° 2* sur mon magnétoscope. Le moment surtout où Tina, cadrée en plan rapproché, est assise face à l'objectif de la caméra Bolex. Elle bouge à peine, comme s'il fallait atteindre à l'immobilité avant que ne crépite le flash d'une cabine de photomaton. Elle pourrait se contempler dans un miroir sans tain, je l'attends depuis toujours derrière le miroir. Le grain de la pellicule floconne en noir et blanc charbonneux, strié d'éclairs gris. Une pellicule d'atomes, un éclairage paléolithique, celui des films vampiriques de Dreyer. Une onde lumineuse semble entourer le visage de Tina, pareille au halo d'une sainte. Elle va disparaître ou elle va renaître. Tout se tient au plus près du contraste élémentaire, jeux d'encre sur un papier, contours d'une forme qui émerge du bain d'acides révélateurs. Je la regarde comme une première image, une naissance de Vénus photographiée par Nadar. La bande sonore capte un arrière-fond velouté de ville endormie par l'hiver. Tina tourne insensiblement la tête, l'ombre se déplace lentement sur son cou. Elle est la dame blanche d'un univers ouaté, neutre, délivré du langage. Sous la surface, l'ossature appelle le Rien. *The Skull*. Le mouvement du visage fait ondoyer le halo, on dirait maintenant un acte spirite où la caméra tente de saisir le passage des spectres. A-t-elle été ce fantôme ? Tina reprend sa pose de statue. Si je touche l'écran, je n'effleurerai qu'une surface. Tina esquisse un sourire. Elle se fond dans l'immaculé. Elle disparaît du monde.

New York, février 1966.

A l'automne 1966, un soir où Tina était tombée en syncope après avoir absorbé je ne sais quel mélange de came, j'ai dû l'accompagner en ambulance dans un hôpital du West Side. L'interne m'a demandé l'autorisation de fouiller son sac. Nous en avons sorti des seringues, des tampons de coton, des ampoules d'alcool à 90°, des cachets de Benzédrine. Parmi les bâtons de maquillage, les chéquiers, les agendas, il y avait une photographie en noir et blanc. Le cliché avait été pris sur une place de Rome que je n'aurais su nommer. J'ai reconnu le visage de l'homme qui se tenait debout près de Tina. Elle le regardait avec un sourire de petite fille contente. La honte est revenue en moi comme une onde de chaleur brûlante. Six ans plus tôt, j'avais expulsé Tina de la photo. Entre elle et moi, c'était la scène cruciale de notre jeunesse.

Quelques jours plus tard, j'ai évoqué devant Tina le journaliste français. Ses yeux se sont emplis d'une sorte de tristesse lumineuse. Elle a dit :

— Jacques... celui-là, je l'ai aimé.

Tina n'employait jamais ce mot-là avec moi. Ni avec personne, d'ailleurs. Je connaissais par cœur les commentaires malfaisants qui couraient sur ma sœur. Tina ne parle pas. Elle ne s'intéresse à rien. Elle fait peur. Elle aime trop les beaux gosses. C'est une femme-enfant. Avec elle, on ne sait jamais ce qui va se passer. Elle a peur d'elle-même. On ne sait pas d'où elle vient. Elle cherche à voir quelque chose qui n'existe pas. Elle est seule. On la regarde comme un objet, et pourtant elle n'est pas un objet. Personne n'aime Tina et Tina n'aime personne.

Mais c'est cette photo-là qu'elle avait dans son sac.

Lorsque j'ai appelé Jacques à Paris, j'étais envahie par la douleur de voir ma sœur plonger de plus en plus bas. Mon idée absurde était de lui rendre le journaliste français. J'ignorais ce qu'il avait pu devenir depuis Rome. Pour être honnête, son retour n'était pas seulement l'une des dernières cartes que je pouvais jouer à la place de Tina ; il me lavait, dans une mesure que j'aurais voulue totale, de mes démarches honteuses à Rome en septembre 1960. L'époque où je circulais avec un détective payé par ma mère...

Jacques est arrivé à New York une semaine après mon appel. Lorsqu'il a sonné à ma porte, j'étouffais de mauvaise conscience et m'efforçais de n'en rien laisser paraître. Il a semblé étonné lorsqu'il m'a vue, il a même dû lâcher un mot comme « transformation ». Que pouvait-il comprendre ? Mais j'ai tout de suite senti qu'il était repris par la fièvre de Tina. Six années avaient passé et il se tenait là, sous mes affiches du SDS, un homme de trente-cinq ans habité par son vieux rêve. En même temps, je distinguais ce que mes yeux de 1960 n'avaient pas su voir. Tout en lui, à vrai dire, me semblait mieux dessiné que six ans auparavant. Les traits, la voix, je le découvrais autrement. J'avais changé. En 1960, je regardais les êtres comme un résultat. En 1966, je les considérais comme un mouvement. Le journaliste français ne manquait pas de charme. Qui a vu des photos sait que Jacques avait un côté aviateur sensible. Ma sœur avait aimé cet homme. A sa façon, elle l'aimait peut-être encore. Je savais que je ne resterais plus très longtemps à New York. Mon histoire avec Dwight Taylor touchait à sa fin. Il achevait des études d'anthropologie dont, somme toute, j'avais peut-être été le principal cobaye. Bien des couples rassemblés par les combats angéliques de 1963-1964 éclataient alors sous l'effet du réel, du désir, de la nuit. La pilule contraceptive circulait partout. Le paysage se durcissait. En octobre 1966, le parti des Black Panthers fut fondé à Oakland. Le même mois, de jeunes féministes créèrent à Washington DC le NOW, National Organization of Women. Quelques semaines plus tard, Timothy Leary et Allen Ginsberg organisèrent dans le Golden Gate Park le premier *Human Be-In* avec un concert du Grateful Dead et du Jefferson Airplane. Il y avait 385 000 soldats américains au Vietnam. Tandis que ma sœur rôdait dans les souterrains du pape Warhol, un vent nouveau soufflait sur New York. Je l'ai respiré.

Si j'écris cela, c'est pour mieux retrouver l'état des choses. Que se passait-il dans ma tête en janvier 1967 ? L'angoisse extrême où Tina me jette, la fin de mes amours avec Dwight, l'agitation au *New York Times* autour de l'affaire vietnamienne, certains de mes amis lâchant les drapeaux du SDS pour leurs premiers voyages au LSD, tout entre en déflagration. J'ai vingt-huit ans. Dans une existence, c'est souvent l'âge du dernier désir de violence. Je ne doute pas aujourd'hui que le sens de ma vie ait été de réduire par la ferveur de l'intelligible le perpétuel mensonge qu'avait été l'existence de ma mère. J'ai probablement écrit pour brider en moi sa déraison. Mais j'ai voulu aussi, à un certain moment, qu'elle éclate et me traverse, qu'elle advienne et me retourne, j'ai voulu être la fille de l'amour et de la guerre. Ou plutôt je ne l'ai pas voulu : cela est arrivé.

En janvier 1967, j'ai demandé à partir comme envoyée spéciale au Vietnam. La facilité avec laquelle la rédaction a accédé à ma requête m'étonne encore. « Je pense qu'il y avait au moins trois raisons pour que vous obteniez une réponse favorable, m'a dit un jour ce vieux réactionnaire de Norman Podhoretz. Primo, on se débarrassait de vous à New York pour un moment. Secundo, vous étiez une femme et ils voulaient leur cantinière sur le front avec une vision, très important, la vision. Tertio, vous représentiez la sensibilité de la Nouvelle Gauche et ça les émoustillait comme un délectable supplice de la chèvre. Comme il y a toujours quatre raisons quand on en annonce trois, la dernière n'est pas la moins déterminante : c'est que vous étiez une fichue patricienne et que les gens du *New York Times* n'ont jamais résisté à ça. »

L'épisode que je redoutais survint vers le 25 janvier. Un soir où je venais rejoindre Tina dans l'appartement de Beekman Place, elle m'ouvrit la porte, surmaquillée, les yeux brillants. La télévision était allumée mais le son coupé. Le pick-up du salon hurlait des chansons de Martha & the Vandellas. Très excitée, Tina dansait sur place. Elle avait passé une robe à sequins dorés.

— Oh, Jack, dit-elle en se précipitant dans la cuisine, je vais te préparer un scotch. On pourrait aller danser au Dôme... Et puis j'ai envie d'aller voir Andy, il paraît qu'il a fait de nouveaux films... Tu veux des glaçons ? Tu en veux combien ?

Je passai la tête dans la cuisine. Elle remplissait fébrilement deux verres, mais une partie du liquide était répandu sur le carreau. Tina se battait avec un moule à glaçons qu'elle venait de tirer du réfrigérateur. De guerre lasse, elle balança le moule dans l'évier et me tendit un verre. Sa main tremblait. La musique hurlait toujours.

De retour dans le salon, elle se planta devant le téléviseur, son verre à la main. C'était l'heure des actualités.

— Regarde, Jack, dit-elle d'un air illuminé. Tu vois le halo autour de Cronkite ? Le truc qui brille ? Chuck a raison, on ne sait pas de quoi il parle mais il t'envoie des ondes dans le cerveau.

Elle se dandinait devant le téléviseur, portée par la musique des Vandellas. A l'évidence, Tina avait repris des amphés.

— Arrête, Tina !

Elle ne répondit pas.

Je fis trois pas et soulevai l'aiguille du pick-up. La musique cessa.

— Eh, Jack, dit-elle vivement. Remets la musique ! Remets *Heatwave*. Encore !

— Non.

Tina se jeta sur le téléviseur et tourna à fond le bouton du volume. La voix de Walter Cronkite satura aussitôt l'appareil. Mais Tina continuait à danser, comme si la voix du présentateur l'avait envoûtée.

— Tina, arrête ça !

Elle se tourna vers moi, fit une moue lascive et passa la main dans ses cheveux.

— Eh, Jack, tu n'es pas drôle...

— Tu as repris tes pilules de merde ! criai-je.

— Non, Jack.

Elle avait dans les yeux la lueur folle du mensonge.

Je m'avançai vers elle et tentai de l'attraper par le bras. Elle fit un pas de côté, se déroba, j'avançai encore d'un pas et elle se mit à hurler hystériquement :

— Ne me touche pas, Jack ! Ne me touche pas ! Même toi, tu ne sais pas qui je suis... Même toi, tu ne m'as jamais regardée... Tu es comme les autres, tu veux seulement me baiser et te rouler sur moi... Ils ne comprennent pas qu'il ne faut pas me toucher. On ne me touche jamais, personne !

Elle me regardait comme un monstre. Un tueur. Je ne pouvais pas savoir ce qui se passait dans sa tête, mais je voyais ces yeux égarés, sa lèvre tremblante ; les lézards de la paranoïa étaient revenus dans la pièce. Le monde scintillait. Des milliers de petits papiers sortaient du téléviseur comme pour une parade sur Broadway, ils voletaient en lançant des éclats métalliques, se posaient sur les meubles et les soulevaient dans un ballet papillonnant d'atomes argentés, de lamelles iridescentes happées par des trous d'air, recrachées en colonnes tourbillonnantes comme des flocons dans le blizzard, la voix de Cronkite faisait danser les molécules d'argent, des rayons de lumière sortaient de sa tête et pénétraient les cervelles irradiées, éblouissantes, des confettis anti-DCA brillaient sous les projecteurs, un ballet de lunes de métal et de comètes d'aluminium se déchaînait, un feu d'artifice de lames d'épée en fusion, des ruisseaux argentés coulaient des murs et rentraient dans les veines de Tina.

Ce fut plus qu'un réflexe. Je lui balançai soudain une gifle à pleine volée. Elle alla valdinguer sur le canapé. Tina ne cria même pas, mais je vis la haine dans ses yeux. Puis elle se cassa en deux, la tête entre les bras.

Je coupai le son de la télévision et revins vers elle. Elle restait prostrée sur le canapé.

— Tina ?

Elle ne répondit pas. Je fis glisser ma main sur ses cheveux. Elle releva la tête ; ses yeux étaient brouillés de larmes.

— Assieds-toi, Jack. Viens là.

Je me coulai dans le canapé. Elle posa aussitôt la tête contre mon épaule. Je la serrai contre moi.

— Il ne faut pas m'en vouloir, articula-t-elle. L'homme est revenu cette nuit.

Je sentis qu'elle tremblait.

— Quel homme ?

— Je ne sais pas. Son visage est brouillé. C'est dans une chambre, la nuit. On dirait qu'il y a des objets sur le lit... Il s'approche du lit où je suis couchée. Je n'arrive pas à reconnaître son visage, mais je n'ai pas peur de lui. Il s'assied sur le bord du lit. J'ai confiance en lui... Il commence à me parler doucement... Sa main passe lentement dans mes cheveux, je suis contente... L'homme me flatte le cou, sa main descend, je la sens caresser mon dos, cela me fait frissonner...

Elle s'exprimait lentement, d'une voix hypnotique et vague, comme plongée dans un rêve.

— Qui est cet homme, Tina ?

— Je ne sais pas. Je porte une chemise de nuit et c'est bizarre de sentir cette grosse main sur moi. Il me dit d'être calme. Sa main revient, cette fois devant, elle effleure mes jambes, jamais on ne m'a touchée là, je sens une chaleur étrange et je ne comprends pas pourquoi il fait ça...

Sa voix se faisait plus oppressée. Elle était en train de changer de timbre, avec quelque chose de flûté, presque enfantin.

— Tu ne vois pas son visage ?

— Non. Je ne vois pas son visage mais je connais cet homme... Il me dit de ne pas avoir peur, il embrasse mes cheveux et mes épaules... Il relève ma chemise de nuit, pourtant ce n'est pas un docteur. Maintenant... pourquoi se tourne-t-il vers moi ? On dirait qu'il veut m'étouffer... Et je... je ne veux pas... je ne veux pas ça ! Je ne...

Elle avait crié. Tina se détacha brusquement de moi et me regarda avec une expression effrayante.

— Je vois son visage, Jack, je le vois... Oh non...

— Qu'est-ce que tu vois, Tina ?

Elle me fixa avec des yeux fous.

— C'est toi, Jack. C'est toi !

En une semaine, j'ai lâché prise. Je pouvais bien accepter d'être le visage de l'un de ses cauchemars si telle était sa folie. J'aurais même pu aimer cette folie. Mais Tina devenait complètement ravagée. Les tirades paranoïaques, le choix maniaque des robes, les rires idiots, les coups de téléphone à toute heure, l'excitation chimique qui la soulevait, les hurlements, tout cela me dévasta. Pour la rejoindre, il aurait fallu avaler les mêmes pilules, danser au-dessus des mêmes gouttières. Elle était reprise par la grande famille argentée, avec ses rites, ses sales petits secrets, ses arrogances, ses surveillances. Tina parlait un idiome incompréhensible et me tenait à distance comme si nous avions appartenu à deux planètes, deux races, deux tristesses différentes. Je voyais son désir se fixer ailleurs, dans la came, plus impérieux que celui qu'elle éprouverait jamais pour moi. Le speed me niait. Il se plantait comme un croc dans ses chairs, traversait le système nerveux, secouait Tina comme un mannequin de chiffon. Un serpent argenté se lovait en elle, la possédait, crachait le venin par sa bouche. Je haïssais ce parasite. Il la dévorait de l'intérieur jusqu'à ne laisser qu'une enveloppe de peau palpitante, un magma de molécules dérangées. J'éprouvais une colère contre l'esclave que je devenais, asservi aux progrès des amphés dans son corps. J'avais toujours cru qu'il existait un point de passage entre deux êtres, si dissemblables soient-ils, comme un poste-frontière ouvert entre deux pays. Le speed annulait le passage.

Tina voulut retourner à la Factory. Je refusai de l'accompagner. Cela dura plusieurs jours. Elle me faisait la guerre et d'une certaine façon elle allait la gagner. Je ne veux rien écrire contre Tina. J'ai même envie de tirer le rideau. Un hiver de ma vie, j'ai tenté d'aller chercher une femme d'entre les morts. Elle était vivante, pourtant, comme une Eurydice peut vivre dans les zones sombres de son enfer. Je sais qu'il y a des amours qui recommencent et des guerres qui reprennent. C'est une façon d'habiter le temps, la séparation et le hasard, les retrouvailles et la volonté. Vous pouvez vieillir auprès d'une femme sans la quitter. Et vous pouvez l'aimer un jour, la perdre, la retrouver et recommencer. Mon aventure avec Tina, je ne la souhaite à personne. C'est un gâchis et une souffrance, voilà tout.

Un coup de téléphone arriva à mon hôtel. Kate Mc Auliffe désirait me voir. En mon absence, la standardiste avait noté un lieu de rendez-vous : le lendemain dans un bar de la 66e Rue.

Je m'y rendis à l'heure dite. L'endroit était sans grâce. Kate Mc Auliffe était déjà assise à une table. Elle me gratifia d'un beau sourire, mais je la sentais tendue. Elle portait un pull-over informe.

— Je suis content de vous voir, Kate, lui dis-je.

— Moi aussi, Jacques. Vous n'avez pas très bonne mine. Vous voulez un café ?

— Volontiers.

Un garçon prit la commande.

— Je vous ai appelé, attaqua-t-elle avec hésitation, parce que... ne croyez pas que je cherche à contrôler Tina, mais je...

— Personne ne peut contrôler Tina, dis-je en l'interrompant.

Elle hocha doucement la tête.

— Vous la trouvez comment ces jours-ci ? demanda-t-elle à brûle-pourpoint.

— C'est une drôle de question. Vous pouvez y répondre aussi bien que moi.

Kate me jeta un regard las et triste.

— Cela fait vingt ans que je cherche la réponse, lâcha-t-elle.

— Vous ne la trouverez jamais, Kate.

— Je sais. Je crois que j'ai compris ça.

Le serveur déposa deux tasses de café brûlant sur la table. Il observait Kate avec envie.

— Du sucre, proposai-je.

— Non, merci. Je voulais vous dire une chose, Jacques.

— Oui ?

Kate me regarda dans les yeux.

— Je voulais vous remercier d'être resté à New York.

— J'avais des articles à écrire.

Kate fit une petite moue.

— Je n'en doute pas. Mais vous comprenez très bien ce que je veux dire.

Je ne répondis rien. Le café était bon, presque aussi serré qu'un espresso italien. Une radio jouait dans la rue.

— Je dois vous parler d'autre chose, reprit Kate. Je vais quitter New York.

— Où allez-vous ?

— Je pars en reportage pour le *New York Times.*

— Où vous envoient-ils ?

— Au Vietnam.

Je restai bouche bée.

— Vous !

Elle me regarda sans tendresse. Vexée.

— Oui, moi. Il ne vous a pas échappé qu'il y a une guerre en cours. C'est votre métier, non ?

Le ton devenait cinglant. J'étais stupéfait. Kate Mc Auliffe quitte la 5e Avenue pour Tan Son Nhut.

— On vous envoie dans quel coin ?

— Saïgon. Ensuite, je verrai sur place.

— Mais c'est...

— ... dangereux, c'est ça ? Ce sont des choses qui me regardent, Jacques.

— Vous partez pour combien de temps ?

— Pas de limite. J'espère que ça servira à quelque chose.

— Parce que vous ne servez à rien ici ?

Elle eut un petit geste découragé.

— Honnêtement, je pense que je ne sers plus à grand-chose. Et vous savez très bien pourquoi..

Je restai silencieux. Au-dessus de la tête de Kate, il y avait une photographie de Cassius Clay punaisée sur le mur. Short rouge, ceinture Everlast.

— Elle vous vole votre vie ? explosai-je. C'est ça ? Dites-le-moi, Kate, dites-le au moins une fois, ça vous fera du bien et à moi aussi.

Kate porta la tasse de café à ses lèvres, la reposa sur la soucoupe.

— Personne ne vole la vie de personne, fit-elle doucement. Nous sommes là pour choisir. Tina est libre, Jacques, dites-vous bien qu'elle est aussi libre que vous et moi. J'ai mis du temps à accepter ça.

— Quand partez-vous ?

Elle parut hésiter.

— Je dois partir dans cinq jours. La rotation des correspondants passe par San Francisco. Et vous ?

— Moi ?

— Oui. Qu'est-ce que vous allez faire ?

Elle guettait ma réponse.

— Je ne sais pas. Je ne sais vraiment pas.

L'AFP m'appela deux jours plus tard. Ils étaient satisfaits de mes reportages américains, mais je n'avais plus guère de prétexte pour rester à New York. Je leur demandai de me trouver de nouveaux sujets. Ils rechignaient. Je les menaçai de prendre un congé. Ils n'aimaient pas ça. On promit de se reparler.

Dans l'après-midi de ce même jour, le téléphone sonna de nouveau dans ma chambre d'hôtel. C'était

Tina. La veille, elle m'avait traîné dans un bar de la 17ᵉ Rue, le Max's Kansas City, une auge fluorescente pour noctambules défoncés. Ils machinaient leurs trafics de dope dans l'arrière-salle. Ecœuré, je l'avais plantée là.

La voix de Tina me parut lointaine. Il y avait de la réverbération sur la ligne. Tina, manifestement partie, m'expliqua qu'elle avait sauté le matin même dans le Cessna de deux amis (quels amis ?), qu'ils avaient fait un vol génial jusqu'à une petite ville du Maine (ils avaient dû avaler un stock de pilules en l'air) et qu'elle resterait sur place pendant deux ou trois jours. Tout à trac, elle enchaîna :

— Tu sais que Kate s'en va au Vietnam ?

L'angoisse était soudain perceptible dans sa voix.

— Oui, répondis-je. Et alors ?

Il y eut un silence. Puis :

— Tu es journaliste, Jack. Il faut que tu partes avec elle.

— Comment, partir avec elle ?

— Fais-le, Jack. Fais-le pour moi. Je ne supporterais pas qu'il lui arrive quelque chose.

Répercutée par l'écho, la voix paraissait hantée.

— Quand reviendras-tu à New York, Tina ?

Pas de réponse. Je crus que la ligne était coupée. Mais la voix revint :

— Jack, va là-bas. Je ne t'ai jamais rien demandé, mais fais-le pour moi.

— Pourquoi ferais-je ça, Tina ?

La ligne grésillait. La voix de Tina s'éloignait.

— Parce que... parce que tu m'as aimée, Jack. Souviens-toi de ça. Parce que tu m'as aimée...

Il y eut un craquement. La ligne était coupée. Ou Tina avait raccroché.

Le lendemain matin, j'allai marcher dans Central Park. Des jeunes gens couraient au long des grilles du Réservoir. Ils arboraient la nuque rase des GI's que l'on voyait aux actualités de la NBC. Qu'allais-je faire en rentrant à Paris ? Quelle image me renverrait le miroir ? Celle de l'homme qui, quatorze ans plus tôt, s'était acquis à bon compte le prestige des anciens reporters d'Indochine ? Celle de l'indolent qui, à Rome, avait sorti de son axe une jeune femme que la vie naufrageait ? J'allais avoir trente-six ans et j'étais dans l'impasse. Les circonstances qui m'avaient poussé là devaient beaucoup au hasard et peu à la volonté. Une nuit d'avril 1960, j'avais croisé une beauté blonde dans un jardin italien. En janvier 1967, je me retrouvais entre deux sœurs qui, d'une façon ou d'une autre, jouaient avec leur vie. La lente descente de Tina me crucifiait. J'avais trop mal. Puisqu'il fallait faire rouler les dés encore une fois, qu'au moins le hasard ressemble à son visage. A New York, j'avais retrouvé dans les ruelles de Chinatown cette odeur de soupe et de thé vert qui avait imprégné mes premiers mois de métier. Elle réveillait dans ma mémoire les espaces de la guerre. Vous reviendrez à Saïgon, m'avait dit la cartomancienne de Cholon. Avais-je rencontré la Dame Bleue et la Reine de Xian ? Connaissais-je le visage du Mauvais Danseur ? Ce jour-là, il bruinait sur Central Park.

Je suis rentré à l'hôtel. Le standard de l'AFP me passa Claude Roussel. « Que puis-je pour vous, cher ami ? » furent ses premiers mots lorsqu'il prit la ligne. Je me demandai s'il cesserait un jour d'être ironique.

Trois jours plus tard, j'embarquai sur le long-courrier pour San Francisco. J'attendrais là-bas les accréditations. En septembre 1960, un avion s'était envolé de Rome. Dans les premiers jours de février 1967, je quittais New York sans avoir revu Tina.

Lorsque le Boeing s'arracha de la piste, je regardai machinalement ma montre. Il était un peu plus de vingt heures.

A la Factory, Ondine devait déjà danser.

# DMZ

D'abord il y avait cette odeur que je reconnaissais et que je ne reconnaissais pas, et qui dès les premiers mètres hors de l'aéroport de Tan Son Nhut vous disait que Saïgon avait changé. C'était toujours ce mélange de soupe chaude et de fruits frais, des fumées de camphre montant des baraquements, les effluves citronnés et le parfum de lard grillé. Mais il se noyait dans un nuage de gasoil, de benzine mal brûlée, un air lourd et visqueux qui vous asphyxiait.

Je crus d'abord que la périphérie de l'aéroport était seule concernée. Le Hercules C-130 en provenance de Wake s'était posé sur une piste d'où l'on distinguait des aires nouvelles, des hangars flambant neufs, une flotte d'appareils comme je n'en avais jamais vu. Le petit aérodrome de l'Empire français, conçu pour accueillir les Caudron et les Dewoitine de l'avant-guerre, avait été remodelé aux dimensions d'une base américaine du Pacifique. Des véhicules de maintenance et d'énormes camions à plateau étaient rangés non loin de la piste principale. On faisait descendre des jeeps et des chars rutilants de la gueule ouverte d'un gros-porteur. Plus loin, des camions-citernes stationnaient près d'une dizaine d'avions Phantom. Les mécaniciens vérifiaient l'état des pneus tandis que des containers de munitions arrivaient sous bonne garde. Mais c'étaient surtout les hélicoptères qui vrombissaient, se posaient, redécollaient comme un essaim de guêpes géantes. J'aperçus deux Chinook tournant au-dessus de la piste avant de piquer vers le sud-ouest, et les petits Loach de patrouille qui partaient survoler la ville. L'écho transformait en grondement permanent ce vacarme de moteurs et de pales. Et toujours cette puanteur de kérosène, âcre et suffocante. Pendant ces jours de Saïgon, elle ne me quitterait jamais.

Au long de la route qui menait vers le centre-ville, des half-tracks stationnaient sous des portraits de Thieu. Le chauffeur de la vieille 4 CV écoutait la radio des Forces Armées, l'AFVN, qui annonçait des pluies pour les jours suivants. Il fallut passer plusieurs barrages : sacs de sable et hérissons barbelés. De tous côtés, de petites Honda pilotées par des Saïgonnais en chemises blanches à manches courtes, certaines bâtées de gros baluchons, pétaradaient et vous narguaient d'un tête-à-queue périlleux avant de disparaître. Mais on voyait aussi au bord de la route des enfants réfugiés dans des abris de cartons, de vieux Annamites écroulés sur leurs nattes misérables. Les palmiers avaient jauni : une poussière visqueuse levée du sol s'agglutinait sur leurs feuilles. Lorsque j'y étais arrivé quatorze ans plus tôt, Saïgon ressemblait encore à l'une de ces cités d'administrateurs coloniaux que la France bâtissait du Maroc à la Cochinchine, avec le même palais du Résident général, la même grande poste, les mêmes cafés où l'on buvait des Mandarin-curaçao sous le casque à élastique. En 1967, j'avais l'impression de me retrouver à Manille. Tout était monstrueusement accéléré, branché sur un cœur de *Motortown* américaine, une orgie de rock n'roll malade.

Brovelli, le correspondant permanent de l'AFP, aurait dû m'accueillir à l'aéroport. Mais il avait quitté Saïgon deux jours plus tôt en direction de Bang-Son : une journaliste française, Michèle Ray, venait d'être relâchée après trois semaines de captivité dans les maquis vietcongs. Une chambre m'était tout de même réservée au Continental.

Je m'y retrouvai une heure plus tard, aussi seul qu'au premier jour de 1953. Les chambres avaient été repeintes. Mais le ventilateur à courroie, le miroir à pied, les cancrelats hôtes de la baignoire me parurent les mêmes qu'autrefois. Je pris une douche, puis étalai sur le lit les pièces d'uniforme – battle-dress, rangers, casquette, T-shirts, musette, ainsi que le kit pharmaceutique et la lampe de poche reçus en dotation à l'escale de Honolulu. J'appelai le garçon d'étage et lui demandai de faire coudre sur la poche de vareuse un carré de tissu portant mon nom, le sigle AFP et les mots *Bao chi Fap*, journaliste français. Puis je contactai par téléphone le bureau saïgonnais du *New York Times*. Un certain Bernie Weinraub m'indiqua que Kate Mc Auliffe était partie avec un responsable du JUSPAO, le centre de presse militaire de Saïgon, vers le Delta : elle avait appelé depuis le camp lacustre de My An et ne rentrerait pas à Saïgon avant quatre ou cinq jours.

Je décidai d'attendre Kate.

Saïgon, février 1967. Je retrouvais le clocher en brique de la cathédrale en faux style gothique où de vieilles catholiques aux dents laquées égrenaient leur chapelet. Il y avait encore quelques négociants corses et ces palmiers du Plateau qui promettent mille saisons brûlantes au sein de l'été. Mais les Américains, comme autant de bernard-l'hermite, s'étaient installés dans les coquilles du passé. Le gouverneur Letourneau ne régnait plus sur le palais Norodom. La rue Catinat était devenue Tu Dô. En face du Continental, l'ancien Opéra abritait désormais la chambre basse du Parlement. J'allai rôder autour de la résidence de l'ambassadeur US Ellsworth Bunker : des GI's armés jusqu'aux dents promenaient un miroir sous chaque véhicule. Le jardin était bastionné de guérites, de murs de sable, de mitrailleuses étincelantes. Autrefois, j'avais rencontré dans cette même villa des agents du Deuxième Bureau.

Il suffisait de circuler à travers la ville pour comprendre que Saïgon, désormais jumelée avec Los Angeles, était devenue une fiction américaine. Les épiceries portaient l'enseigne « Deli-shop », les juke-boxes jouaient « Sloopy John B » au fond des bars rebaptisés le New York, le Broadway, le California. Dans les rigoles, on ramassait des canettes de Pepsi-Cola et des exemplaires de *Stars and Stripes*, le journal de l'US Army. Tout vous sautait aux yeux, aux narines, vous laissant nauséeux, surexcité, déjà corrompu. Tout : les panneaux de signalisation bilingues, l'odeur de hamburger mélangée à celle du poisson fermenté, les cartouches de Marlboro et les Rolex venues de Taïwan, les milliers de transistors à piles et les photos de Johnson sur les cyclo-pousse, les affiches annonçant la venue de Bob Hope, les centaines de *Playmates of the month* punaisées dans les bars. J'arrivais de New York où ces signes s'inséraient dans le tissu conjonctif d'une grande ville qui sait ménager aussi des ruptures, des havres, parfois de mystérieux silences. A Saïgon, ils étaient compressés, exprimés de la façon la plus criarde, la plus urgente, la plus concentrée. On aurait dit un Coney Island improvisé au milieu de la jungle, nourrissant son propre tumulte pour mieux tenir en lisière les ombres mouvantes de la nuit. Car la peur rôdait. Si le Saïgon de 1967, aussi crasseux que les bouges de la 42e Rue, aussi poisseux qu'une bourgade du Nouveau-Mexique, pouvait se rattacher aux années de l'Indochine française, c'était moins par ses rues et ses immeubles que par le sentiment qui oppressait de nouveau ses occupants. J'avais perdu des repères mais je reconnaissais un climat : la peur, les tripes nouées, la violence érotique des Occidentaux acculés.

Je me rendis le deuxième après-midi au centre de presse de l'US Army. Après le briefing quotidien, les officiers annoncèrent qu'ils allaient projeter des films saisis dans une cache vietcong. Ils insistaient avec une certaine arrogance sur le caractère archaïque de ce que nous allions voir. La lumière s'éteignit. Sur l'écran apparurent des images en noir et blanc – la pellicule venait d'Allemagne de l'Est, nous avait-on dit. Pas d'autre bruit dans la salle que le ronronnement du projecteur : le film était muet. On voyait d'abord des dignitaires de Hanoï rassemblés sur une estrade couverte de drapeaux frappés de l'étoile nord-vietnamienne. Serrés dans leurs vareuses, les hiérarques applaudissaient mécaniquement. L'image floconnait, puis l'on passait à des vues d'une piste boueuse où des camions tchèques avançaient sur des étais de bois posés mètre après mètre par les sapeurs. Les camions continuaient leur ascension vers un col, entourés par des maquisards en pyjama noir, le fusil sur l'épaule. Puis venaient des scènes de DCA, tourelles dissimulées sous des treillages de palmes. Les tubes crachaient des rafales de balles traçantes vers le ciel. On voyait les visages des servants, mâchoires serrées sous la jugulaire du casque à bouton.

Je restai saisi. Ces scènes tournées quelques semaines plus tôt auraient pu dater de 1953. L'impénétrable manteau de jungle abritait toujours les soldats de Giap. Les silhouettes des hommes arc-boutés sur leurs machines, les contrastes héroïques du noir et blanc évoquaient d'autres époques aux fusils dressés vers le ciel. J'avais sous les yeux le rêve d'un Eisenstein tropical, les B-52 bombardaient une armée qui avait l'âge du siècle, l'âge des wagons plombés et des artilleurs de Teruel.

Et cette armée allait gagner.

Ce soir-là, je dînai dans un restaurant de la rue Le Loi avec David Greenway, de *Time*. Je l'avais connu à Paris en 1964. Il me décrivit, non sans humour, les visites des sénateurs et des présidents de réseaux télévisés débarquant à Saïgon avec leurs costumes de lin blanc, tel Fred Astaire dans *Carioca*. La Cavalerie aéroportée les promenait au-dessus du Delta en expliquant qu'il ne fallait pas écouter les oiseaux de malheur de la gauche radicale, tous ces types de Berkeley qui avaient du lait au nez et rien dans les pantalons. On leur montrait des hôpitaux et quelques paillotes enflammées. Ils repartaient à Washington rassurés.

En réalité, ajoutait Greenway, la situation était plus que préoccupante pour l'état-major américain. Le Nord-Vietnam tenait bon sous les bombardements. On pouvait bien pilonner les ponts sur la Duong, arroser les ateliers ferroviaires de Gia-Lan, faire sauter les usines de Haïphong, l'armée régulière nord-vietnamienne alignait toujours ses divisions prêtes au combat. Mais le plus inquiétant restait la guérilla vietcong sur le territoire même du Sud-Vietnam. Le pays ressemblait à une peau de léopard. Greenway me décrivit les bases enterrées, les colonnes fantômes, les combattants enchaînés à leurs mitrailleuses brûlantes pour s'interdire la fuite. Les Vietcongs creusaient des fosses pleines de pieux enduits de datura, minaient les corps de leurs morts, préféraient blesser plutôt que tuer – au combat, un soldat blessé en immobilise deux autres. J'avais déjà entendu ces récits : quatorze ans plus tôt. Les Américains avaient dû attendre 1965 et les terribles combats de la Drang pour prendre la mesure de leur adversaire. Ils avaient répondu par le *search and destroy*, les colonnes infernales qui ratissaient et nettoyaient les zones suspectes. Mais les combattants vietcongs repoussaient sur la terre brûlée.

Je demandai à Greenway s'il était informé de l'arrivée de Kate Mc Auliffe, du *New York Times*. Il eut un sourire entendu :

— Non seulement j'en suis informé, mais je vous signale que les officiers du JUSPAO sont en train de la mener en bateau. Ils l'ont transportée dans le Delta, elle verra peut-être quelques mitrailleurs d'hélico se faire la main contre des sampaniers, mais tout ça est sous contrôle. Ils se vengent de Salisbury.

Six semaines plus tôt, un rédacteur en chef adjoint du *New York Times*, Harrison E. Salisbury, avait décroché un scoop fumant en devenant le premier journaliste américain reçu au Nord-Vietnam. Il était arrivé à Hanoï dans un quadrimoteur de la Commission internationale de contrôle acheminant des victuailles pour le réveillon des diplomates, vins bulgares, harengs de la Baltique, charcuterie polonaise, dinde spéciale du consul de Grande-Bretagne. Salisbury était reparti avec la preuve que les B-52 visaient des objectifs *civils* au Nord-Vietnam. Cela faisait un beau raffut dans l'opinion américaine. Kate travaillait pour le même journal. Ils devaient l'avoir à l'œil.

Greenway attrapa avec ses baguettes une bouchée de crevette à la vapeur. Le restaurant où nous dînions bruissait de conversations. Les mots anglais avaient remplacé le français d'autrefois, mais je reconnaissais la rumeur des tables de l'Orient.

— Vous pensez qu'il ne faut pas aller dans le Delta ? demandai-je.

Greenway attaquait élégamment sa bouchée de crevette.

— Tout le monde est dans le Delta, répondit-il. A mon avis, il y a une région qui va devenir plus chaude.

— Laquelle ?

— La DMZ. Ils essaient de minimiser l'affaire, mais ça sent le roussi, lâcha-t-il lentement.

Depuis 1954, une bande large de quelques kilomètres séparait les deux Vietnams. La zone démilitarisée, ou DMZ, n'était occupée par aucun des deux camps ; un no man's land situé dans la province de Quang Tri.

— Il y a des signes d'infiltration ? interrogeai-je.

Greenway opina du chef.

— Même si le général Walt, qui commande les Marines, prétend que ses hommes verrouillent la ligne, Westmoreland et les types de la CIA sont convaincus du contraire.

— Qui a raison ?

— Westmoreland, dit Greenway. Il semble que des unités nord-vietnamiennes soient en train de se promener du côté américain de la DMZ. Ils passent par le Laos, par la vallée de la Rao Qun, tournent aux abords de la route 9 et font la jonction avec les maquisards. Vous voyez ce que ça signifie ? Le Nord prépare l'invasion du Sud. A terme, mais ça se prépare.

— Vous pensez qu'il faut se promener par là ?

Greenway hocha la tête.

— J'en reviens, mon vieux. Les Marines sont très nerveux là-haut.

— Alors je vais y aller, dis-je. J'attends Kate Mc Auliffe et on y va.

Greenway prit un air étonné.

— Vous êtes acoquiné avec cette princesse ? Joli brin de fille, ça oui... Mais elle n'a jamais fait de terrain, sauf dans les concerts de Van Cliburn au Met.

Le ton était franchement narquois.

— Elle peut apprendre, dis-je.

— Remarquez, reprit Greenway, il est toujours utile d'être en compagnie d'un envoyé spécial du *New York Times*. Ils terrorisent les colonels qui les prennent pour la réincarnation d'Abraham Lincoln. On voudrait tout leur cacher et on finit par tout leur montrer. Pour un journaliste français, c'est plutôt utile, parce que vous n'ignorez pas...

— Que l'on nous prend pour des partisans de Hanoï, c'est ça ?

— C'est ça, approuva Greenway avec un sourire.

J'attendis encore pendant deux jours le retour de Kate. Une pluie de mousson balaya Saïgon durant un après-midi entier. Les hélicos de Tan Son Nhut restant cloués au sol, on n'entendait plus le va-et-vient des *choppers* au-dessus de la ville. De grands paquets de pluie martelaient les toits, vidaient les rues, portant au cœur de la cité un souffle moite. La lumière du jour avait baissé. Je cherchai à capter des stations de radio sur mon petit transistor. L'AFVN diffusait des bulletins météo rassurants. La radio cambodgienne faisait entendre des chants de Cour, hiératiques et gracieux. La Voice of America commentait sévèrement l'attitude de la France face à l'OTAN. Je réussis à capter Radio Hanoï. Des chœurs révolutionnaires cédèrent place à une voix glaçante, à demi couverte par les ondes de brouillage. Une femme s'adressait en anglais aux GI's, à chaque GI. N'était-il pas nostalgique de son pays ? Que faisait son épouse ou sa fiancée à cette heure ? N'était-elle pas en train de rouler sur le lit conjugal avec son meilleur ami ? Et les enfants, que deviendraient les enfants ? C'était Hanoï Hannah, la mystérieuse créature qui s'employait à démoraliser chaque jour un peu plus le corps expéditionnaire américain. En 1944 déjà, les Japonais avaient inondé le Pacifique avec les messages de la traîtresse Tokyo Rose. La leçon n'était pas perdue.

Je sentis remonter le vieux malaise de 1953. Cette ville tournait dans la spirale. Le Vietnam inspirait une trouille insinuante, silencieuse, et pour finir en rendait plus d'un totalement paranoïaque. Il y avait eu, trois ans plus tôt, les premiers attentats au plastic en plein Saïgon. Et ces officiels sud-vietnamiens que l'on retrouvait poignardés à leur domicile. On pouvait bien promener le cardinal Spellman et Ann-Margret devant le corps de troupe, cela ne chasserait pas le fantôme du bataillon F 100, le mythique groupe de guérilleros vietcongs censé opérer au cœur même de Saïgon sous le commandement d'un tueur terrible que l'on appelait alternativement Ba Tan ou Tu Minh. Bobards ? Pas sûr. Il suffisait de voir sortir d'une voiture, comme cela m'arriva l'un de ces premiers soirs, le général Nguyen Ngoc Luan, chef de la police sud-vietnamienne. Deux Pontiac noires encadraient la sienne. Une grappe de gorilles en chemise blanche, mitraillette au poing, protégeait la marche du Vidocq saïgonnais.

On me déconseilla de rôder la nuit à Cholon. Mais je me promenai du côté de la place Lam Son. Les bars et les bordels de l'Empire français avaient cédé la place à des discothèques où des patrouilles de la MP circulaient au milieu des GI's ivres de bière. Sur les murs, les portraits de Thieu côtoyaient des posters de Johnny Cash. Une odeur de cannabis flottait autour des tables. Un lieutenant américain touche 180 000 piastres par mois, m'avait dit Greenway. Cela représentait une petite fortune que Saïgon la vénale se chargeait d'extraire de la poche des *yankis*. Pickpockets, fourgues, maquereaux étaient en place, prêts à sauter sur leur Honda en cas d'alerte. Sous les néons bleutés, des filles attendaient. Non pas les fines étudiantes en tuniques blanches du quartier de l'Université, les lys calmes du songe, mais les nouvelles congaïs *hard-core*, les petites putes vietnamiennes qui aimaient l'Amérique, toutes sur le même modèle, Hollywood 1966, mini-robes imprimées, sacs de skaï, sandales à talons hauts, coiffures bouffantes à la Jane Fonda, à la Elke Sommer, sourcils épilés et paupières bleues, les lèvres passées au bâton glossy rose, et des yeux qui disaient piastres, dollars, des yeux qui n'avaient rien à perdre. Elles roulaient des joints en souriant parce qu'elles savaient que les types paieraient mieux s'ils étaient un peu défoncés. *Want a puff?* Le sergent du Wisconsin, le caporal de l'Iowa n'avaient jamais vu ça. Une déesse orientale qui danse sur « These boots are made for walkin' », une Lady X pour toi tout seul, paravent, panties à la mode de Londres, ces filles vous font des trucs incroyables, et leur peau, leur peau, du satin, tu n'as jamais vu ça à Duluth ou Des Moines. Les filles du dragon t'envoient vers le grand saut, cela valait la peine de venir au Nam, de voir l'autre côté du monde, il n'y a rien de mieux qu'une petite fendue qui ondule sur toi, il n'y a rien comme ça avant la mort.

Ou peut-être si, après tout. Il y a l'herbe magique que l'on fume et qui te laisse sur le flanc avec l'envie de rire, tu sens que ta propre peau est plus douce, une brume légère et violette circule à travers ton corps, tu es cette brume. Quelqu'un a mis sur le pick-up un 45 tours, « Stone free », la guitare t'envoie des décharges à travers la colonne vertébrale, des parpaings de béton s'écrasent dans les flammes, et tu vois cette musique, tu comprends qu'au fond de l'Asie il y a la guitare en feu d'un grand Noir, ce type joue comme un Huey mitraille une rizière, il sent la guerre, tu regardes la pochette, *Jimi Hendrix Experience*, on t'a dit que le Noir aux cheveux gonflés est un ancien du 101e aéroporté, en écoutant sa musique tu sais que c'est vrai. Si tu veux aller plus loin dans la nuit de Saïgon, tu trouveras la cuiller que l'on chauffe à la flamme, les seringues volées par dizaines dans les stocks des hôpitaux militaires, les MASH de la IIIe Région militaire, et le petit Viet qui vend des doses au coin de la rue. La plus grande congaï, c'est l'héroïne. Le *scag* te cloue au mur, il circule dans tes veines, tu exploses en dix mille fusées au-dessus de la forêt, un animal furieux démolit les parois de ton crâne. Ensuite tu ne peux plus t'en passer, il faut que l'animal revienne chaque nuit, tu t'injectes sa puissance furieuse d'animal blessé à mort, tu deviens l'éléphant fou qui charge à travers la jungle.

J'ai marché sans nostalgie à travers ce Saïgon-là. Les GI's éclatés à la dexédrine, la peur qui suintait déjà des murs, la corruption du régime – on disait que le général Ky lui-même ramenait des kilos d'opium de ses missions secrètes en Thaïlande –, tout vous sautait au visage tel un cobra sifflant. Je me demandais ce que cela pouvait signifier pour un général américain comme William Childs Westmoreland, séducteur de *Fraülein* pendant ses études à Heidelberg, ancien de West Point, héros de Utah Beach et du pont de Remagen. Allez expliquer à un as du *body count*, à un maniaque du dénombrement des forces en présence et des pertes hebdomadaires, de surcroît ancien élève de la Harvard Business School, qu'il doit lancer des GI's aux neurones chargés de psychotropes sur des bataillons de Viets invisibles. Dès 1967, vous pouviez le sentir en arrivant à Saïgon : l'oncle Ho avait semé une dent de tigre dans chaque mètre carré de rizière, les dents allaient germer.

On ne couvre pas une guerre pour effacer un chagrin d'amour. Peut-être ai-je compris, à Saïgon, que Tina appartenait à sa génération. Dix ans nous séparaient. Le GI qui titube secoué par son shoot, le petit *dealer* au coin de la rue, je les avais déjà vus à New York. Les jeunes bonzes qui défilaient en demandant la paix, *Hoa Binh*, faisaient écho aux manifestants de Washington. Les uns jouaient avec la mort quand les autres protestaient contre sa violence : elle les prendrait tous un jour. J'avais quitté Tina pour aller vers un monde qui lui ressemblait. Ici, Walter Cronkite n'avait pas besoin d'obéir aux ordres des Martiens. Cette guerre elle-même était martienne. Les vaisseaux de l'Empire survolaient des jungles paléolithiques où des cerveaux sans cesse explosaient.

Je la cherchais encore. Le Vietnam, c'était Tina.

Kate Mc Auliffe réapparut le 17 février. J'étais en train de taper une dépêche dans ma chambre du Continental lorsque l'on frappa à la porte.

— Entrez, dis-je en français.

Je tournai la tête et la vis refermer la porte.

— Hello, Jacques.

Je me levai pour aller vers elle. Elle me tendit la main et je la serrai un peu hâtivement.

— Prenez ce fauteuil, lui dis-je en désignant un méchant siège pivotant.

Elle s'y assit souplement. Kate portait un battle-dress vert olive et des rangers. Privée de ceinture, sa vareuse flottait comme une tunique. Ses cheveux étaient tirés en queue de cheval.

— Alors ? lui dis-je.

Elle haussa les épaules.

— Je reviens du Delta, lâcha-t-elle laconiquement.

— Je sais, dis-je. Et alors ?

Elle ne répondit pas tout de suite. Son expression trahissait quelque chose d'ébloui et de déphasé, comme si on lui avait braqué un projecteur en pleine figure.

— Alors, reprit Kate, c'est difficile à raconter. Ils m'ont fait le grand cirque, survol des bras du Mékong, patrouille en aéroglisseur, les colonels qui expliquent que tout est sous contrôle.

— Vous avez été au contact ?

— Non, dit Kate. J'ai vu des colonnes de fumée, mais l'hélico a bifurqué. Je vais écrire ça... Vous n'avez pas un doigt de whisky ?

Une bouteille trônait près de ma machine à écrire.

— Vous allez écrire quoi ? lui dis-je en cherchant un verre.

— Je vais raconter comment l'état-major s'amuse à ne pas montrer la guerre à une journaliste de New York. Ils veulent me faire gober que tout ça n'est pas très différent d'une chasse aux alligators dans les Everglades. Je vais l'écrire.

— Vous avez tort, lui dis-je.

Kate me regarda, interloquée.

— Pourquoi ?

Sa voix vibrait d'intensité.

— Parce que, lui dis-je, il ne faut vous en prendre qu'à vous-même. Il y a des journalistes françaises sur le terrain et elles obtiennent ce qu'elles veulent. Michèle Ray, comme vous l'avez vu, n'en fait qu'à sa tête. Cathy Leroy prend ses photos là où ça lui chante, de préférence près de la ligne de feu. A part les missions des Forces spéciales, vous pouvez circuler à peu près partout.

— Vous pensez que je ne suis pas à la hauteur, c'est ça ?

J'avais déniché un second verre dans la table de nuit et lui versai une rasade de whisky. Kate paraissait très vexée.

— Je n'ai pas dit ça. Je pense que vous êtes un général de l'opinion, Kate. Le *New York Times* fait la pluie et le beau temps. Je pense aussi que l'état-major est obligé de laisser la presse libre de faire son travail.

C'est une chance que les correspondants français n'avaient pas il y a quinze ans, croyez-moi.

Il y eut un silence. On entendait des moteurs de Honda dans la rue Tu Dô.

— Et qu'est-ce que je dois faire, selon vous ?

Elle avait sorti de sa poche un paquet de Marlboro. La flamme d'un Zippo brilla au bout de sa main droite.

— Vous dites merde à vos anges gardiens du JUSPAO, vous prenez les avions et les hélicos que vous avez envie de prendre, vous agitez le totem du *New York Times* si on vous embête.

Kate tira une bouffée de cigarette. Elle paraissait réfléchir.

— Vous avez probablement raison, Jacques. Vous allez partir ?

— Oui, je vais aller faire un tour, mais pas dans le Delta. Il y a d'autres endroits où ça pourrait bouger.

— La DMZ ? interrogea Kate.

— Vous savez ça ?

— Oui, dit Kate en se rembrunissant. Les types de mon bureau m'ont expliqué le truc ce matin. Ils auraient pu le faire avant, mais enfin ils me l'ont expliqué.

Ses collègues saïgonnais du *New York Times* devaient l'attendre au tournant. Une sorte de bizutage, probablement.

— Quand partez-vous ? lança Kate.

— Le plus tôt possible, dis-je. Il faut transiter par Danang.

Elle hocha la tête.

— Ça me va, Jacques. Ça me va.

La fumée de sa Marlboro montait dans la pièce. Sept ans plus tôt, Kate Mc Auliffe avait allumé une cigarette lors de notre première rencontre. Cela me paraissait dater d'un siècle.

Kate parut hésiter, puis elle reprit :

— Vous... vous ne regrettez pas d'avoir quitté New York ?

On entendit au loin le moteur d'un hélicoptère. L'atmosphère était moite.

— Non, dis-je. Je ne regrette pas New York. Je ne regrette rien, Kate. Vraiment rien.

Lorsque vous arriviez à Danang en provenance de la base aérienne de Tan Son Nhut, un souffle chaud de jungle et d'océan vous sautait au visage, imprégnant l'air ambiant, vous scotchant les semelles au tarmac. Les pistes ouvertes au bulldozer se perdaient vers un horizon de cocotiers. On distinguait au loin, comme des pièces de maquettes, les nids de DCA disposés en défense de la base.

Nous avions quitté Saïgon à l'aube. Le C-130 dans lequel nous embarquions convoyait des soldats de l'ARVN, l'armée régulière du Sud-Vietnam. Durant le vol, ils étaient restés presque silencieux. Les casquettes vissées sur le crâne, les fusils crosse au sol, ils tranquillisaient leurs chiens – des *scout dogs* de reconnaissance – sous l'œil dur de leurs officiers. Plusieurs d'entre eux avaient fini par s'assoupir. C'était les *Dinks*, l'armée de Thieu, que l'on envoyait vers le 17ᵉ parallèle pour traquer le gibier vietcong.

Kate regardait ces hommes qui seraient peut-être des morts la semaine suivante. Leurs visages ne trahissaient guère d'émotion. Des uniformes neufs, des walkies-talkies ultramodernes, ils se rendaient là où les généraux de Saïgon les affectaient. Ils tiendraient un poste, une colline, ils guetteraient avec angoisse ou résignation le cliquetis des AK-47 soviétiques que l'on arme dans la jungle, le seul défaut de cette arme incomparable, un claquement sec deux secondes avant le feu. Dans le langage de Hanoï, ces soldats étaient les mercenaires de la clique Thieu-Ky, les serviteurs de l'impérialisme fantoche, les frères égarés que l'on invitait à rejoindre la guerre de libération. Kate regardait ces hommes qui ressemblaient à d'autres soldats, prêts à tuer, sans doute dénués de pitié, sachant ou ne sachant pas pourquoi on les envoyait à la mort.

Sur la piste de l'aéroport de Danang, je demandai à Kate si tout allait bien.

— OK, dit-elle.

Elle portait la tenue vert olive de la veille, les cheveux attachés en queue de cheval sous la casquette, un sac de l'US Army sur le dos. Depuis la zone de fret des gros-porteurs où le C-130 s'était rangé, on apercevait des Skyhawk roulant vers la piste de décollage, bouches de réacteurs rougeoyantes. Les pilotes lâchaient soudain les gaz, les avions avalaient la distance d'envol dans un vacarme sifflant avant de s'arracher au-dessus des arbres. Derrière nous, du côté de la zone héliportée, des Huey de la Cavalerie étaient en train de décoller. Le vrombissement des moteurs déchaînés se répercutait sur toute l'étendue du camp. L'armée américaine avait refaçonné l'aéroport de Danang comme on installerait une base sur la lune. On sentait l'énergie d'une ville aéronautique, Seattle ou Chicago, concentrée dans un nœud tropical qui promettait aux GI's en permission les juke-boxes et les go-go girls, les bungalows et le sable de China Beach. Serait-on arrivé sur une base comparable aux Etats-Unis, mettons Fort Lauderdale en Floride, on aurait trouvé les mêmes palmiers, les mêmes bannières étoilées en haut des mâts, les mêmes mécaniciens en battle-dress. Mais ici, les F-5 emportaient de vraies bombes sous leur fuselage.

Snack-bar de l'aéroport de Danang, une heure plus tard. J'étais en train d'avaler avec Kate un hamburger et des frites. On buvait de la bière Coors. Des GI's regardaient Kate sans pouvoir dissimuler qu'elle leur plaisait. Tout cela me parut soudain irréel. Quinze jours plus tôt, nous étions face à face dans un bar de la 66e Rue. La folie de Tina, le retour de speed, un violent sentiment de désastre m'avaient fait exploser. Depuis que j'avais retrouvé Kate à Saïgon, nous n'avions pas prononcé une seule fois le nom de sa sœur. Il me brûlait les lèvres. Je voyais bien, à cet instant, la beauté de Kate Mc Auliffe et cette résolution désespérée qui émanait d'elle. Je la sentais intransigeante, désarmée, courageuse, perdue. Elle n'avait pas refusé l'idée de partir en binôme avec moi, elle l'avait même appelée de ses vœux – cela me semblait rétrospectivement être le sens de notre dernière conversation à New York. Peut-être m'aurait-il suffi de la coiffer autrement, de lui faire dire « Jack » d'une certaine façon, d'ajuster sur Kate telle robe pour avoir l'illusion de retrouver Tina. Et puis quoi ? J'aurais réveillé la douleur que je voulais annihiler ? J'aurais poursuivi un double ? Si l'oubli est une trahison, j'étais là pour trahir. Nous avancions hypnotiquement vers la guerre pour ensevelir Tina dans un silence profond. Du moins le croyais-je.

Un garçon se glissa à notre table. Vingt-cinq ans environ, une légère barbe, des cheveux mi-longs. Cousus sur le rabat de poche de son gilet de treillis, son nom et celui de son agence – Ken Travis de l'Associated Press. Il demanda si nous étions nouveaux au Vietnam. Kate l'intéressait manifestement. Il lui dit en riant qu'elle ressemblait à Julie Christie, mais une Julie Christie brune. Kate sourit au compliment. Il avait tiré un Leica de sa sacoche et nous photographia au débotté. Travis me parut être un lutin volubile avec dans le regard la charge d'expérience d'un homme de cinquante ans. Il venait de passer dix mois au Vietnam. Si l'on voulait voir des choses intéressantes, il fallait sauter de camp en camp sur le trajet de la route 9. Les hélicos sont des autobus, ajouta-t-il drôlement. La DMZ est la terre des Marines, ces types-là n'aiment pas les journalistes mais ils ne vous bourrent pas le mou. Ils vous emmènent avec eux, et tant pis si l'on prend une rafale dans les pattes.

Lui-même allait repartir avec une navette pour Khe Sanh. *The hills are crawling with NVA*, répéta-t-il plusieurs fois. Les collines pullulaient de Nord-Vietnamiens. Kate lui demanda abruptement s'il prenait du plaisir à faire des photos ici. Ken Travis la regarda droit dans les yeux et, gouailleur : « Du plaisir, *honey*, on préférerait en prendre avec vous. Mais si vous voulez en prendre avec les hélicos, un Chinook part pour Khe Sanh dans une heure. »

Le Chinook avait suivi le golfe du Tonkin jusqu'à Hué. Depuis les hublots de l'appareil, on découvrait des paysages pour moi inconnus. La longue bande côtière, sinueuse comme une corniche de Riviera, faisait alterner les rubans de sable et des abrupts végétaux plongeant vers la mer de Chine. Les lacis de pistes reliant la route principale à l'arrière-pays dessinaient des méandres au milieu de la forêt vert sombre. On distinguait les minuscules corolles des paillotes prolongées par des traits s'avançant dans l'eau – les pontons où se pressait la flottille lilliputienne des bateaux de pêche. Plus au large, des barres argentées étincelaient sous le soleil : quelques bâtiments de la VIIe Flotte US. L'horizon s'arrondissait légèrement, comme photographié à travers un objectif *fish-eye*. Des courants marins ombraient le flot de teintes plus sourdes ; on aurait dit de vastes fleuves courant sous la mer.

Les rotors du Chinook tournaient à plein régime. Les parois vibraient à chaque changement d'altitude, comme si l'on s'était trouvé à l'intérieur d'un gros frelon de tôle.

Autour de nous, une vingtaine de Marines étaient appuyés contre leurs sacs à dos, les casques posés à côté des M-16. Je remarquai une carte à jouer – l'as de pique – glissée dans l'élastique d'un casque. Un autre portait l'inscription *Born to shoot*. Trois Marines commencèrent à jouer aux osselets, ils riaient à chaque fois qu'un cahot déplaçait les pièces sur le plancher de l'appareil. A un moment, l'un d'entre eux employa l'expression *Gook bone*, os de Viet, et je me demandai s'ils ne jouaient pas avec de vrais ossements, parce qu'à bien y regarder ces petits galets rappelaient quelque chose d'humain.

Ken Travis avait sorti le Leica de sa housse. Il cala son pouce sur le box avant de nettoyer soigneusement l'objectif. Il lançait à Kate des sourires complices, des sourires de gamin. Elle était assise près de moi, seule femme au milieu de ce groupe d'hommes. Les Marines la regardaient et elle les regardait. Puis elle a tiré un petit carnet bleu de sa poche et commencé à prendre des notes.

Le paysage changeait à mesure que l'on s'éloignait de la côte. L'étendue verte de la jungle mangeait peu à peu le quadrillage des terres cultivées. On aurait dit un damier recouvert par des mousses proliférantes. Des bras de rizières brillaient comme des miroirs sous le soleil d'hiver, avant d'être avalés par un moutonnement de frondaisons. On distingua pendant un moment, à droite de l'appareil, des colonnes de fumées montant sur l'horizon. Des hélicos se déplaçaient au-dessus du site, réduits par la distance à la taille de pucerons : trois Huey. Ils disparurent derrière nous. Plus les étendues de jungle se vallonnaient, plus le tapis végétal se détramait. Des rochers saillaient parmi les arbres. Quelques nuages s'effilochaient au loin sur les premiers contreforts de la cordillère annamite. J'aperçus en surplomb une aire de plusieurs hectares striée de hideuses traînées jaunes, comme si une griffe géante avait labouré la jungle défeuillée.

Ken Travis s'était rapproché du hublot.

— Moche, dit-il. La 242e est passée par là. Dioxine.

Kate se rapprocha elle aussi du hublot. Elle scruta sans un mot la forêt ravagée par les défoliants.

Le Chinook virait au-dessus d'une route qui se perdait au loin. C'était la route 9, celle qui au sud de la DMZ allait de Dong Ha jusqu'au Laos. Greenway m'avait dit que le Vietcong y tendait des embuscades de nuit. Des yeux étaient probablement en train de nous suivre à l'abri des arbres.

— Vous voyez le terrain de golf ? lança Travis.

Il désignait un flanc de route transformé en surface lunaire. Le sol était cuit, la colline vitrifiée. Les impacts de bombes dessinaient une trentaine de cratères, cœur noirci, alentours soufflés par les explosions.

On s'agitait dans l'hélicoptère. Des Marines coiffaient leurs casques, d'autres rajustaient les sangles de leur havresac. Derrière le hublot venait d'apparaître la base de Khe Sanh.

C'était un plateau long de plusieurs centaines de mètres s'élevant au centre d'un cirque de collines boisées. Des hélicoptères stationnaient près d'une piste qui devait dater de l'époque française. Plusieurs blocs de bâtiments à demi enterrés s'étageaient entre la piste et le bord du plateau vers lequel plongeait le Chinook. J'eus le temps d'apercevoir autour de l'enceinte un réseau tournant de barbelés que jalonnaient des batteries de mortiers ou de canons, mais déjà l'hélico achevait son approche. Il se plaça en vol stationnaire avant de toucher le sol. La porte arrière du Chinook s'abaissa aussitôt.

Sans hâte, les premiers Marines descendirent. Le soleil brillait encore derrière les arbres. Tout paraissait calme sur la base de Khe Sanh.

Le lieutenant-colonel Caleb Williams, 3e Division du 26e Marines, se tenait derrière un bureau de fer. Une radio de campagne avec casque à oreillette était installée sur une étagère, près d'un fanion de son régiment et d'une photo encadrée – deux enfants dans les bras d'un sosie de Doris Day. L'ampoule tombant du plafond diffusait une lumière crue. Un réfrigérateur ronronnait dans un coin de la casemate. La nuque rase, le treillis constellé de *Silver Stars* et *Purple Hearts*, il affichait cet air viril du beau gosse quadragénaire auquel on a offert sa guerre. Sur le bureau, des feuilles de rapport côtoyaient un numéro du *Reader's Digest*. Une petite dague commando était posée près du magazine.

— Madame, dit-il en répondant à la question de Kate, vous me dites que le secteur est plein de NVA et de VC, mais j'attends d'en voir un dans cette enceinte avant d'appeler la Cavalerie au secours.

Comme tout le monde au Vietnam, il utilisait les abréviations de la nomenclature militaire. Les NVA, c'était l'armée régulière nord-vietnamienne. Les VC, les maquisards vietcongs opérant sur le territoire du Sud. D'entrée de jeu, le lieutenant-colonel venait d'évoquer la rivalité haineuse qui opposait les Marines du général Walt à la Cavalerie aéroportée du général Tolson. Les Marines tenaient les cavaliers pour des danseurs de tango. La Cavalerie considérait les Marines comme des Ostrogoths.

— Que reprochez-vous à la Cavalerie ? demanda Kate.

Elle avait pris une expression impavide, presque fermée.

— C'est une bande de divas, rétorqua le lieutenant-colonel. Alors que les Marines sont le sel de la terre.

Un léger tic tira sa joue. Le lieutenant-colonel Williams considérait Kate avec une certaine curiosité. Les fouille-merde du *New York Times* envoyaient des femmes sur le front, maintenant ? Au demeurant, il avait l'air content de sa réponse. *They're a bunch of prima donnas, whereas the Marines are the cream of the crop.*

— Vous évaluez à combien les NVA dans la zone ? reprit Kate.

Le lieutenant-colonel retourna la dague sur le bureau.

— Nous ne les évaluons pas, madame. Nous les détruisons. Les embusqués de Saïgon vous racontent qu'il y a des divisions fantômes qui rôdent par ici ; ils parlent tout le temps de la 325 C. Je n'ai pas vu la 325 C. J'ai vu des Viets morts.

Il fixait Kate droit dans les yeux. On entendait le moteur d'un hélico à l'approche.

— Donc vous êtes au contact, dit calmement Kate.

— Qu'est-ce que vous croyez, madame ? Les gars patrouillent tous les jours et ils font un bon job. Les NVA s'infiltrent comme des termites, on brûle la termitière. Charlie veut jouer au plus fin, on lui apprend les règles du jeu.

— Les règles ? souffla Kate.

L'officier se tourna vers moi. Il venait d'employer l'autre grand mot pour désigner l'ennemi. Charlie. *The gook*. Le Bridé. Depuis le début de l'entretien, je le sentais méfiant à mon égard. Cette guerre était une affaire privée entre Charlie et lui. Les Frenchies avaient perdu la guerre que les Marines étaient en train de gagner. En plus, ils étaient prêts à faire des risettes à l'oncle Ho.

— Vous devez savoir ça, monsieur, reprit-il en me regardant. Ces types-là n'ont aucune morale. Ils attaquent depuis le Laos. Ils posent des mines partout, et un *booby trap* qui vous pète à la figure ne fait pas grand bien à l'homme, croyez-moi. Quand vous voyez une vipère, vous traitez la vipère. C'est mon métier.

— Est-ce que vous considérez, lança Kate d'une voix blanche, que les B-52 qui lâchent des bombes à 6 000 mètres d'altitude respectent les règles ?

De nouveau, un tic sur le visage du lieutenant-colonel. Derrière lui, une carte de la zone de Khe Sanh était piquetée de petites épingles à tête rouge.

— Madame, asséna-t-il, il existe un Etat indépendant du Sud-Vietnam. Cet Etat demande notre assistance contre les communistes. Les *Commies* violent la frontière. Ils font la guerre avec leurs moyens, nous la faisons avec les nôtres. Est-ce que Eisenhower se posait des questions sur les villes allemandes qu'il faisait bombarder en 1944 ? Est-ce que Truman a hésité à utiliser la bombe atomique contre le Japon ? La réponse est non.

Il nous fusillait du regard. Je jetai un coup d'œil vers Kate. Elle était pâle, tendue.

— Vos conceptions ne sont peut-être pas partagées par tous les hommes qui servent ici, reprit-elle. Ce sont des citoyens américains appelés sous les drapeaux. Ils doivent respecter la Constitution.

Le lieutenant-colonel Williams blêmit.

— Madame, mes gars sont de première catégorie et ce ne sont pas des libéraux de New York qui vont leur apprendre à tenir une baïonnette. Est-ce que vous avez déjà été sous le feu des Viets, avec des sangsues aux pattes et les foutus serpents qui rampent dans l'herbe ? Est-ce que vous connaissez ça ?

— Non, dit Kate.

— Eh bien, triompha l'officier, allez faire un tour demain avec les patrouilles. Carte blanche, les gars ont l'habitude.

Il retourna une nouvelle fois la dague commando sur son bureau. Kate réfréna un sourire. Elle avait obtenu ce qu'elle voulait.

— Colonel, je vous remercie de votre accueil, dit-elle avec une pointe d'ironie que l'officier ne perçut pas.

— Madame, conclut le lieutenant-colonel Caleb Williams, vous êtes ici chez vous.

Ce soir-là, nous avons dîné avec Ken Travis dans la casemate des journalistes. Un bungalow à demi enterré où des lits de campagne étaient à disposition des envoyés spéciaux. Une lampe Coleman éclairait ce festin : rations C, haricots et saucisses, canette de Budweiser. *Rat Hole*, avait écrit une main anonyme sur l'un des murs. Trou à rats.

Ken Travis racontait des histoires de l'année précédente, 1966. Le général qui avait fait aménager à Vinh Long un anneau de vitesse pour ses courses de karting. La batterie d'artillerie de Ban Me Thuot qui dessinait des croix d'obus traçants dans le ciel pendant la nuit de Noël. Les *Playboy Bunnies* en tournée que des GI's avaient fait sortir de leurs chambres à coups de grenades fumigènes. Travis disait que les Marines finissaient par ressembler à des mouches à force de latéraliser leur champ de vision. Il évoquait leur orgueil à se battre en infériorité numérique, pour le panache.

Ken Travis a roulé un joint et l'a allumé. Il regardait Kate en aspirant la première bouffée, puis lui a tendu le petit cône de papier incandescent. Elle a tiré sur le joint sans un mot et m'a passé la cigarette. L'odeur de marijuana s'insinuait dans la casemate. La cigarette tournait. Au bout d'un moment, Kate s'est levée et a dit :

— Vous venez faire un tour dehors, Jacques ?

Ken Travis nous a regardés sortir, un peu dépité.

La lune jetait une lueur blanche sur les bâtiments de la base. L'atmosphère humide et moite de la journée avait cédé la place à une fraîcheur d'hiver indochinois. On entendait des éclats de voix, des silhouettes circulaient d'un baraquement à l'autre. Aux limites du plateau, des projecteurs éclairaient les glacis du camp : les crêtes des collines se découpaient sur le ciel bleu sombre. Des hommes devaient rôder quelque part dans les montagnes. Ken Travis nous avait dit que les Nord-Vietnamiens installaient des pièces d'artillerie à longue portée dans les rochers inexpugnables de Co Roc, de l'autre côté de la frontière laotienne. Les chasseurs de l'US Air force venaient de bombarder des camions sur la route 9 ; les véhicules étaient des Tatra tchèques et des Giaphong chinois. Quelque chose se préparait.

Kate marchait près de moi. Dans la semi-obscurité qui nous entourait, je distinguais imparfaitement son visage. La pénombre en contrastait les lignes, jusqu'à exagérer le dessin des pommettes. Je crus voir le double d'une femme vivante que j'avais laissée derrière moi.

— Tout cela doit vous paraître bizarre, lâcha Kate.

Elle avait parlé sans me regarder, les yeux tournés vers les collines.

— Je suis content d'être revenu, dis-je. Quelqu'un m'avait dit que je reviendrais.

— Quelqu'un ?

— Oh, peu importe.

Je sentais que la fatigue de la journée se transformait en douce torpeur. Le joint de Ken Travis faisait son effet.

— Moi aussi je suis contente d'être avec vous, reprit Kate. Vous êtes le type que Tina a aimé, enfin, un des types. Ça fait partie de mon histoire...

Son regard était reparti vers les collines.

— Vous me voyez comme un figurant, Kate ? C'est ça ?

La réponse fusa :

— Vous êtes gonflé de dire un truc pareil. J'ai plutôt l'impression que dans votre tête, c'est moi qui joue ce rôle-là. Vous me prenez pour un ersatz.

Un cri s'éleva des arbres. Il me traversa la tête d'une oreille à l'autre. Ce n'était qu'un oiseau nocturne. A cent mètres de l'endroit où nous étions parvenus, un projecteur balaya les lisières de la jungle. Le halo éclairait des arbres qui regagnaient aussitôt les ténèbres. Kate s'assit sur un bidon de kérosène roulé contre le mur d'un baraquement. Elle ramassa une longue brindille sur le sol. Je vins m'asseoir près d'elle.

— Vous savez, reprit-elle lentement, j'ai parlé un jour à Tina d'un roman de science-fiction que j'étais en train de lire. Un livre de Theodore Sturgeon qui évoquait des mutations chimiques ou biologiques, je ne sais plus. Tina avait quinze ans et elle m'a arrêtée. Elle a dit : « Ce n'est pas la peine de placer ça dans le futur. Je suis déjà comme ça. »

— Elle se voyait en mutante ?

Kate se pencha pour esquisser dans la poussière, du bout de la brindille, quelques figures incohérentes.

— Oui, reprit-elle après un temps d'arrêt. Il y a quelque chose chez Tina qui n'appartient qu'à elle, personne d'autre ne peut l'atteindre. Elle est séparée. Faire le mannequin, coucher avec un homme, se shooter, c'est la même chose. Elle fait ça pour vérifier la séparation. Enfin je crois...

On entendit soudain le tonnerre rouler au loin. Le grondement cessa, puis revint. Il me fallut trente secondes pour identifier l'origine de ce roulement venu du nord. Les bombardiers des missions Rolling Thunder étaient en train d'arroser les confins de la DMZ.

— Ils bombardent, n'est-ce pas ? questionna Kate.

— Oui.

Elle se tourna vers moi. Un côté de son visage restait dans l'ombre. Un orage de shrapnels se déchaînait à quelques kilomètres de là, mais je ne sentais en moi qu'une sérénité étale. Une rame ouvrait silencieusement l'eau d'un étang en dessinant un sillage calme au milieu des fleurs. Tina était devant moi, une Tina brune sortie de la nuit. L'herbe de Ken Travis nous envoyait au ciel. J'ai voulu me pencher vers Tina.

Elle a répondu avec la voix de Kate :

— Vous cherchez un fantôme, Jacques. Vous cherchez Tina et je ne suis pas Tina.

Le CH-34 plongea soudain vers une trouée de jungle. Les mitrailleurs de porte tenaient leurs tubes de 50 mm pointés vers la cime des arbres.

— *Landing zone*, cria le copilote.

Je tirai machinalement sur la sangle de mon casque. Les Marines se tenaient en flexion dans la carlingue, prêts à sauter hors de l'appareil. Je regardai Kate. Avec son gilet pare-balles et ses cheveux remontés sous le casque, elle avait l'air d'une adolescente qui va effectuer son premier saut en parachute. Le claquement des pales devint assourdissant, le sol renvoyait vers nous l'écho des moteurs. Une légère secousse fit vibrer l'hélico : ses roues venaient de toucher terre.

— *Go, Go !*

Le lieutenant de Marines sauta le premier, puis deux hommes, puis deux autres. Ken Travis les suivit. Je me projetai à mon tour. Des touffes d'herbe se courbaient sous le souffle des pales. Je me retournai. Kate venait de quitter l'hélico, encadrée par deux Marines. Plié en deux, je commençai à courir, les yeux fixés sur les soldats qui prenaient position à trente mètres. Le CH-34 redécollait déjà derrière nous.

Dans l'herbe haute, les Marines s'étaient agenouillés. Ils promenaient le canon de leur fusil sur les lisières de la clairière où l'hélico venait de nous déposer. Même si la zone était sous contrôle, ils appliquaient une procédure dont le dernier article restait implicite : au Vietnam, aucune zone n'est jamais sous contrôle.

Le moteur de l'hélicoptère résonna encore, puis s'éteignit lentement dans la distance. Le silence revint sur la forêt.

Accroupi parmi les herbes, je sentais mes rangers s'enfoncer dans la terre spongieuse. Le rideau des arbres dessinait autour de la clairière une barrière vivace, striée par les linéaments des branches. Evoluant au milieu de cette prairie, les rondes-bosses des casques indiquaient le mouvement rapide des soldats vers le point de rassemblement situé à l'orée des arbres. Kate se tenait à ma droite, veillée par un jeune Marine d'une vingtaine d'années. Il avait le regard fixé sur l'éclaireur sud-vietnamien qui venait d'atteindre la limite de la clairière. Le *hoc-bao* disparut quelques instants sous la couverture végétale, puis réapparut et fit signe d'avancer.

Le reste du groupe progressa rapidement, toujours courbé, jusqu'à l'abri des premiers troncs. Le lieutenant indiqua brièvement :

— Village à dix minutes. Contrôle ARVN.

Il s'agissait donc de rejoindre un village tenu par les alliés sud-vietnamiens. Ensuite, patrouille dans les parages.

La marche commença. Les Marines s'étaient formés en colonne. Je comptai douze personnes : huit soldats américains, un éclaireur sud-vietnamien, trois journalistes. En avançant, je ne voyais que le dos des Marines qui marchaient devant moi. L'un portait un poste radio sanglé sur les épaules. Un autre, entortillé de bandes de cartouches tel un partisan de Pancho Villa, tenait à la main un lourd pistolet-mitrailleur.

Sur la face arrière de son casque, on lisait : *Death hurts*.

La fraîcheur qui régnait en l'air avait laissé la place à une touffeur humide dès les premiers mètres en forêt. On pénétrait, le cœur battant, au sein d'un univers de germinations sauvages où aurait pu glisser la silhouette d'un grand saurien de la préhistoire. Les fûts des bananiers s'enlevaient au-dessus du sentier. Des bouquets de flamboyants posaient leurs taches orange au pied des aréquiers à la tête touffue. On entendait des chants d'oiseaux se répondre du fond de l'immensité végétale. La haute voûte des ramures masquait graduellement le ciel sous un enchevêtrement de branchages, de lianes, de plantes grimpantes. L'humidité s'insinuait sous l'étoffe du treillis.

La patrouille avançait sans autre bruit qu'un glissement de semelles sur la terre adhérente, et ces frottement sourds que produisent les havresacs, les sangles, les dragonnes d'une troupe bâtée pour le combat. Des moucherons vinrent tourbillonner autour de la colonne : c'était comme si la forêt avait dépêché ses émissaires minuscules auprès des intrus qu'elle menaçait d'avaler. Les crotales verts, les bongares noir et jaune, les fourmis rouges finiraient le travail si l'on tardait trop. Je me retournai plusieurs fois. Kate suivait. Cette section de piste était en principe sanctuarisée, mais l'éclaireur de tête ralentissait parfois, l'œil vissé au sol. Un fil tendu entre deux arbres, la tige affleurante d'une mine et tout pouvait sauter.

La piste descendit au long d'une courbe. Des coupes de bois apparaissaient sur les bas-côtés, signalant les écarts d'un lieu habité. Le lieutenant stoppa la progression et fit un signe au radio. Ce dernier se mit en contact avec le poste ARVN vers lequel nous avancions. A Saïgon, Greenway m'avait raconté des histoires sur les Marines ouvrant le feu sur d'autres Marines; et ces Sud-Vietnamiens nerveux qui tiraient dès qu'une feuille bougeait. Je me retournai vers Kate. Elle leva le pouce pour dire : OK. Mais sa joue était maculée d'un sillon de sueur.

Trois cents mètres plus loin, nous vîmes des soldats sud-vietnamiens s'avancer à découvert, la main levée. La jonction se fit avec un air de routine. Un capitaine de l'armée de Thieu, casquette en toile, Colt 45 à la ceinture, échangea quelques mots en anglais avec le lieutenant de Marines. Il avait tout de suite repéré les trois journalistes. Quand des reporters suivaient une patrouille américaine, il y avait deux options : soit les Yankees les promenaient en touristes, et le risque était faible; soit les maudits envoyés spéciaux avaient flairé le sang, et il était grand. Le capitaine sud-vietnamien se fit prudemment aimable avec la presse du monde libre : tout en marchant, il nous exposa la situation. Ses hommes, appartenant au 37e Chasseurs, étaient arrivés trois jours auparavant aux abords du village qu'ils soupçonnaient d'abriter des caches vietcongs. Ils avaient essuyé des tirs nourris. Le village était tombé après quatre heures de combat; il abritait des infrastructures VC. Les hommes du capitaine sud-vietnamien occupaient temporairement le site.

Le capitaine parlait un assez bon anglais. Kate l'avait écouté d'un air dubitatif.

— Il y avait des civils dans le village? demanda-t-elle.

Le capitaine sud-vietnamien parut hésiter.

— Non, dit-il, tout le village était VC.

Kate reformula sa question :

— Il y avait des femmes et des enfants VC?

Le capitaine jeta un regard vers le lieutenant de Marines.

— Oui, répondit-il.
— Que sont-ils devenus ? dit-elle sèchement.
— Partis dans la vallée. Ils ont fui. Partis.

Le village avait dû être, quelques années auparavant, un paisible regroupement de paillotes ombrées par de grands banyans. Des plants cultivés s'étageaient encore à flanc de colline. On distinguait au loin les contreforts des montagnes laotiennes noyées par des écharpes de brume. Mais en s'approchant de l'esplanade de terre battue qui constituait le centre du hameau, l'œil découvrait les stigmates d'une opération exécutée sans états d'âme. Des soldats sud-vietnamiens, M-16 au poing, casques à filet et gilets pare-balles, se tenaient postés en sentinelle aux accès. Une odeur de chaumes brûlés et de chair grillée flottait encore sur les parages. De la quinzaine de paillotes bâties autour du terre-plein central, la moitié avait flambé. Les autres portaient toutes des traces d'impacts. Des fibres de torchis restaient dérisoirement intactes sur le treillage des murs rafalés. L'enclos aux poules était étoilé par le cratère d'un obus de mortier qui avait déchiqueté les feuilles des papayers environnants. Des objets gisaient épars dans la poussière : quelques chapeaux coniques de paysans, un hamac, des boudins de riz, des pipes à eau.

Le capitaine sud-vietnamien nous conduisit jusqu'à un abri de terre battue, entouré de sacs de sable et couvert d'un toit de tôle ondulée. Percées de balles, des feuilles de bananiers et de filaos masquaient encore cette petite redoute. Un fusil-mitrailleur restait posé sur son affût. A cinq mètres de distance, un buisson retourné commandait la bouche d'une sape. Les projections de terre noircie autour de l'entrée de galerie indiquaient que les ARVN n'avaient pas fait de détail :

grenades et lance-flammes, probablement. Au débouché du tunnel, des objets avaient été alignés. Pyjamas noirs tachés de sang, paquets de tracts, mines désamorcées, étendard bicolore du Front de Libération, émetteur-radio, petit générateur d'électricité, mortier avec sa caisse d'obus. Le capitaine exhiba la prise de guerre qu'il avait passée à son poignet : une montre soviétique Poljot. Puis il désigna deux bicyclettes qui avaient été extraites du tunnel. C'était des Phénix de fabrication chinoise. Il fit encore quelques pas et se pencha vers le sol en pointant du doigt un menu cercle, puis un autre : des bambous intubés dans la terre pour l'aération des galeries souterraines.

Ken Travis prit quelques photos. Mais il ne paraissait pas prêter à ce spectacle une attention particulière. Kate semblait plus affectée : le climat de dévastation qui régnait là laissait deviner la sauvagerie de l'assaut. Autour de nous, les silhouettes des soldats de Thieu, visages impénétrables, crosse de fusil calée sur la hanche, suggéraient une guerre sans pitié ni pardon.

Le capitaine sud-vietnamien nous abandonna là pour aller conférer avec le lieutenant de Marines. Ils se penchèrent sur une carte d'état-major que l'Américain avait tirée de sa poche. Avec Kate et Ken Travis, nous nous dirigeâmes vers un léger contrebas. Le ciel du matin était d'un bleu-gris brumeux. Une trouée dans les arbres laissait découvrir mieux encore le paysage vallonné, couvert d'une jungle épaisse, qui ondulait jusqu'aux montagnes laotiennes. Nous devions être à six ou sept kilomètres de Khe Sanh. Des sections entières de NVA pouvaient se cacher dans ces collines.

Nous descendîmes encore jusqu'à un groupe de soldats sud-vietnamiens occupés à faire rôtir un cochon noir sur un lit de braises. Ils levèrent la tête puis reprirent leur conversation. L'un d'eux, un scout h'mong, portait un chapeau de brousse à bord relevé et, autour du cou, un curieux collier de figues séchées. La forme des fruits enfilés sur un lacet de cuir était bizarrement oblongue, ourlée, creusée d'alvéoles. Je crus soudain distinguer autre chose. Cette idée me glaça. Afin d'en avoir le cœur net, je tirai de ma poche un paquet de cigarettes Dinkydao et m'approchai pour en proposer aux soldats. Ils acceptèrent tous avec empressement. Comme je me penchais vers le scout h'Mong en lui offrant la flamme de mon Zippo – il y avait plusieurs dents argentées dans son sourire – je vis à bout touchant ce que j'avais cru voir.

Ce n'étaient pas des figues séchées. Le scout h'mong arborait un collier d'oreilles humaines.

La patrouille de reconnaissance laissa derrière elle le village occupé par les soldats sud-vietnamiens. Le lieutenant des Marines, qui répondait au nom de Tom Fernandez, nous avait proposé de rester sous la protection des Sud-Vietnamiens. Si l'on prenait la piste, c'était à nos risques et périls. Il s'adressait surtout à Kate : qu'un photographe hippie de l'AP ou un fouineur français se fassent descendre ne lui faisait apparemment ni chaud ni froid. Mais mêler à l'affaire une ravissante du *New York Times* devait lui paraître d'un autre poids. Kate lui dit qu'elle voulait continuer.

Il est probable que les Marines de la patrouille nous considéraient comme des fous. On les obligeait à manœuvrer dans ce bourbier et les cinglés de la presse rappliquaient *volontairement*. Et pour quoi ? Quelques images, quelques phrases. Trois ans plus tard, ils ont dû regarder Gloria Emerson, qui travaillait elle aussi pour le *New York Times*, avec les mêmes yeux. Quelles histoires d'amour et de culpabilité, quels rêves de justice chevaleresque ces filles traînaient-elles derrière elles pour venir jusqu'ici ?

Ce matin-là, le regard d'un Marine noir résumait tout. Il rajustait son équipement, c'était lui qui portait l'un des deux lance-grenades de la patrouille, un M 79 à crosse sculptée. Son casque arborait l'inscription *Kentucky fried chicken*, mais l'on ne savait si ce poulet grillé désignait le porteur de l'arme ou le Charlie Cong qui en ferait les frais. Il regardait Kate. Qu'est-ce que cette poule cherchait là ? Il aurait croisé Mrs Gloria Vanderbilt dans le ghetto de Louisville, son étonnement n'aurait pas été moindre. Au bout d'un moment, il a souri à Kate, presque timidement. Cette fille avait du cran. Il est vrai qu'en voyant les Marines reboucler leurs gilets pare-balles, glisser dans leurs poches pectorales des chargeurs de M-16 et resserrer la jugulaire de leurs casques, on pouvait penser – ainsi que me l'avait dit Greenway – à ce prédicateur qui dans *Moby Dick* escalade sa chaire avec une échelle, puis repousse l'échelle derrière lui. Au Vietnam, l'échelle était toujours au pied de la chaire.

La piste s'enfonçait sous un couvert d'hibiscus et de jacquiers. On retrouvait l'ombre verte, suintante d'humidité, où le floc-floc des gouttes évoquait l'obscurité d'une cave moussue. La patrouille maintenait sa formation de marche en espaçant les distances. Profitant de l'arrêt au village, le *hoc-bao* de tête avait fixé sur son casque des branchettes en faisceau qui lui faisaient un curieux cimier d'esprit des bois. Devant moi, toujours la même vision d'hommes armés, la vision de leurs dos – sacs, sangles, kit de survie, pelle, bandes de cartouches. On devinait à l'écart de la piste un ténébreux frémissement de lisière. Derrière l'océan de lianes et de feuilles, une vie dérobée grouillait. Nids d'oiseaux, termitières, trous de serpents ? Il y avait quelque chose de trompeur dans cette forêt de songe. C'était un décor pour ces paravents où la flèche d'or d'un prince annamite frappe l'oiseau-lyre en plein vol. Au lieu de quoi, des boys de l'Union, la main crispée sur la crosse des M-16, glissaient sous l'arceau des branches en guettant le moindre craquement de brindille. Il fallait parfois enjamber une énorme racine courant sur le sol. Des bouquets de cactées se détachaient sur le vert plus tendre des palmes. On aurait pu se croire en maraude dans un bayou, avec ses masses de graminées, la succion tiède des marais, la montée d'un orage qui assombrit l'eau stagnante.

Nous marchions depuis dix minutes lorsque l'éclaireur leva soudain la main. Des index se rapprochèrent de la détente : les fusils s'étaient tournés vers les deux flancs de piste. Le lieutenant se posta prestement à la hauteur de l'éclaireur. Ce dernier lui montra quelque chose sur le sol. Le lieutenant se retourna vers ses hommes en formant un V avec deux doigts de la main droite. Cela ne voulait pas dire victoire, mais Vietcong. Il y avait des empreintes de sandales sur la piste. Elles se perdaient vers la droite dans le sous-bois. Le lieutenant fit un autre geste et les Marines se répartirent aussitôt sur le segment de piste en cherchant l'abri d'un arbre. Kate fut poussée derrière un tronc par le Marine qui la suivait. Je rejoignis en vitesse Ken Travis au pied d'un caroubier. Le Marine noir se tenait près de nous, le lance-grenades calé sur le bras gauche. Il pointait vers la forêt. Je vis Ken Travis ouvrir l'étui de toile où il serrait son Leica.

Deux Marines se détachèrent et prirent la trace des partisans vietcongs. Vingt mètres. Trente mètres. Ils disparurent derrière les branches. On n'entendit plus que des chants d'oiseaux. Mon cœur battait. A un moment, un papillon orange vint se poser sur le tube du lance-grenades. Le Marine noir ne cilla pas. Soudain des feuilles bougèrent à l'endroit où les deux Marines avaient disparu. Les canons des fusils étaient pointés sur la silhouette qui allait apparaître. C'étaient les deux soldats. De la main, ils indiquèrent qu'ils n'avaient rien trouvé.

La progression reprit, mais l'inquiétude était là. Kate était repassée derrière moi. La montée de la peur rend les choses irréelles. Dans ces moments-là, on regarde les soldats qui avancent en pensant que l'on est ailleurs, hors de son corps, on les regarde comme un film auquel on ne participe pas, une bonne histoire de guerre du samedi soir, du noir et blanc Warner d'autrefois. Vous avez vu *Aventures en Birmanie* avec Errol Flynn et William Prince, des Japonais perfides sur l'écran et un paquet de cacahuètes dans la main du spectateur, mais au fond vous n'avez aucune envie de vous retrouver en face de samouraïs déchaînés qui mitraillent tout ce qui bouge. Seulement c'est vous qui êtes maintenant dans le long métrage, et les Marines de Khe Sanh sont modernes, ils tournent leur film en couleurs.

Dix minutes plus tard, la patrouille stoppa de nouveau sur un geste du *hoc-bao*. La piste montait vers un talus où la végétation s'éclaircissait. Une rumeur d'eau roulant sur des pierres se précisait à l'oreille. Le lieutenant se porta vers l'éclaireur qui venait de s'allonger en bord de talus. Puis l'officier se retourna en ordonnant d'un geste le regroupement. Les Marines avancèrent courbés vers la crête où ils prenaient position l'un après l'autre. Ils veillèrent à ce que les journalistes restent légèrement en retrait, tête baissée.

Allongé en léger surplomb, on découvrait le paysage. La piste descendait vers le lit d'un petit cours d'eau coulant entre deux épaisseurs de jungle. Les cailloux affleurant au fil de l'onde indiquaient une profondeur médiocre. Sur l'autre rive, une barrière verte dissimulait la reprise de piste. Il y avait bien trois cents mètres de découvert.

Le lieutenant observait le site avec une paire de jumelles, mais aucun mouvement n'était perceptible. Un silence s'était installé. Je sentis la chaleur me monter au visage : derrière les taillis de l'autre rive, quelque chose attendait peut-être. A deux mètres de moi, un Marine mâchait du chewing-gum. Cet endroit n'était pas sûr, et d'une certaine façon les Marines adoraient ça.

Deux éclaireurs passèrent la crête et commencèrent leur descente vers l'eau. Courbés en deux, ils cheminaient rapidement vers le bord de l'arroyo. Les Marines calés sur le talus avaient mis en joue les frondaisons de l'autre rive. Je retenais mon souffle. On vit les éclaireurs bondir dans l'eau qui leur arrivait à la cheville. Je tournai la tête vers Kate. Elle me sourit.

Tout se déclencha très vite.

Un crépitement, une ligne d'impacts fouetta l'eau à droite du premier éclaireur. Il se jeta dans l'eau et lâcha une rafale au jugé. Aussitôt le feu se déclencha autour de nous. Les Marines arrosaient la lisière, des douilles giclaient en plein vacarme. Instinctivement, j'avais baissé la tête.

— *Back ! Back !* hurlait le lieutenant.

Je relevai la tête. Des éclairs orange partaient de l'autre côté de la rivière. Les deux éclaireurs couraient vers le talus. Il y eut à six pas de moi un bruit d'explosion molle, *swob*, le Marine noir venait de tirer une grenade. Une déflagration en face, des hurlements.

Une giclée de balles sortait du fusil-mitrailleur qu'un autre Marine venait de mettre en batterie. Deux masses déboulèrent soudain de la crête et se laissèrent tomber en roulé-boulé : les éclaireurs revenaient indemnes. Un sifflement traversa l'air. Une pluie de terre et de cailloux gifla aussitôt la position, les Viet-congs venaient d'envoyer un obus de mortier qui avait explosé en contrebas du talus. J'eus le temps de voir Ken Travis, allongé sur le flanc, en train de photographier. Où était Kate ? Il y eut cinq secondes de répit, les chargeurs se verrouillaient sur les M-16 avec un bruit sec. Un nouveau sifflement, l'obus de mortier explosa derrière nous en faisant trembler le sol. Je me retournai. Des serpentins de fumée montaient du point d'impact. Les VC ajustaient mal, mais le prochain obus pouvait faire un carnage. *Swob*, le lance-grenades tira de nouveau. Des cris de l'autre côté de la rive, les rafales continuaient. Je relevai légèrement la tête. En face, un arbre flambait.

— *Extraction !* hurla le lieutenant.

C'était l'ordre de repli. Aussitôt un Marine se laissa glisser en contrebas du talus. Kate le suivait.

— *Run ! Run !* cria le Marine à l'adresse des journalistes.

Je glissai à mon tour en bas du talus. Kate s'était redressée et courait avec le Marine vers la piste par laquelle nous étions arrivés.

— *Run !*

Les tirs redoublaient derrière nous. Une nouvelle explosion, obus de mortier. Le Marine courait, Kate courait, je courais. Quand l'abri des arbres se rapprocha, je me retournai. Les Marines décrochaient l'un après l'autre, couverts par deux tireurs restés en position sur la crête. Ils arrivaient sur nous. Maintenant ce n'était plus qu'un piétinement sourd au long de la piste, les VC tiraient toujours mais ne tarderaient pas à découvrir l'absence de riposte. Allaient-ils nous donner la chasse ? Il me sembla que tous les Marines étaient sains et saufs. Ils n'auraient jamais laissé un blessé derrière eux et tout le monde galopait, on entendait le souffle de ces jeunes types, j'avais les poumons en feu, ils couraient avec leur barda sur les épaules. Derrière nous, les rafales s'espaçaient. Nous avions dû parcourir quatre cents mètres à l'abri des arbres lorsque le *hoc-bao* sud-vietnamien désigna avec un grand geste un layon qui partait de la piste principale.

— *There ! Left, left !* cria-t-il.

— *LZ to the left*, hurla le lieutenant en écho.

Aussitôt les hommes bifurquèrent dans le sentier.

— *Claymores !* ordonna le lieutenant.

Un Marine s'immobilisa, un autre passa derrière lui et ouvrit le sac à dos du premier Marine pour en extraire deux petits cylindres qu'ils posèrent sur le sol en les recouvrant hâtivement de feuilles. Le minage de l'entrée du sentier avait dû prendre quarante secondes. Dans le même temps, l'opérateur radio avait posé son poste à terre. On l'entendit dialoguer avec la base en indiquant une position. *LZ to the left*, avait dit le lieutenant. La *Landing Zone*, la zone d'atterrissage accessible aux hélicos de Khe Sanh, devait se trouver dans les parages. La colonne s'enfonça alors à travers la jungle.

Les yeux des Marines balayaient les fourrés. Kate m'avait rejoint, je lui tendais parfois la main pour enjamber une des racines noueuses qui obstruaient le sentier. Les tirs avaient définitivement cessé. Si les VC prenaient la trace de la patrouille, l'un d'eux sauterait selon toute probabilité sur l'une des mines Claymore dissimulées à la bifurcation. Mais aucune détonation ne nous parvint. Le sentier baignait toujours dans une lumière verte. Il fallait parfois écarter de la main des branchettes. Au bout de ce boyau végétal, la végétation commença à s'éclaircir. La tête de colonne ralentit : le sentier débouchait sur une clairière d'herbe à éléphant découpée comme un îlot au milieu des arbres. Je vis Kate s'essuyer le visage avec la manche de son treillis. La radio grésilla : hélicos annoncés à trois minutes. Deux Marines s'étaient postés à l'arrière, les M-16 pointés sur le sentier que nous avions suivi. Des bruits de moteurs étaient perceptibles, encore éloignés, mais se précisant de seconde en seconde. Ils me paraissaient venir de l'est.

Une légère brise courbait l'étendue herbeuse où les hélicoptères étaient attendus. Le lieutenant consulta sa montre, puis se tourna vers l'un de ses hommes en hochant le menton. Le Marine quitta l'abri des feuilles et s'avança d'une vingtaine de mètres dans la clairière. Il lança alors une grenade fumigène, puis une autre. Les volutes de fumée violette bouillonnèrent aussitôt vers le ciel.

Des têtes s'étaient tournées vers la cime des arbres. Le bruit des moteurs se rapprochait. Mon regard tomba sur une feuille d'arbousier : une coccinelle progressait lentement, petite tache rouge et noir indifférente à la présence des hommes. L'opérateur radio parlait dans son combiné. Deux Marines se tenaient toujours en faction sur le sentier. Soudain le vacarme des rotors fut proche. Deux Huey avaient surgi au-dessus de la ligne d'arbres et descendaient vers l'aire balisée par les fumigènes. On distinguait les pilotes dans leur habitacle et les mitrailleurs de porte carrés derrière leurs machines. Ken Travis photographiait leur approche. Le souffle des pales coucha l'herbe. A peine les patins du premier Huey avaient-ils touché le sol que deux Marines partirent en courant vers les appareils.

— *You two with the journalists,* cria le lieutenant en désignant deux autres Marines. *Go !*

Il y avait une centaine de mètres à parcourir. Nous commençâmes à cavaler dans l'herbe haute, Travis le premier, Kate devant moi, avec dans notre ligne l'hélico vrombissant. Je courais lorsque j'entendis une détonation, une autre. Tout me parut soudain se figer au ralenti. On tirait. Des éclats orange constellaient la lisière, ils s'allumaient puis s'éteignaient. Le Marine qui précédait Kate fit une rotation et lâcha une rafale vers la forêt. Je courais toujours. Des pastilles de boue jaillirent du sol à cinq mètres sur ma gauche, j'aurais pu compter les billes de glaise qui s'élevaient à l'impact et retombaient dans l'herbe. Je ne pouvais le croire mais on nous visait depuis les arbres, je courais, mes jambes étaient lourdes, elles s'arrachaient difficilement du sol aqueux et des herbes qui les entravaient, Kate courait devant moi, les détonations retentissaient maintenant de tous côtés, je voyais les flammèches partir du flanc des hélicoptères, les mitrailleuses des Huey crachaient. Chaque pas durait des heures.

A quinze mètres de l'hélico, Kate trébucha et s'étala de tout son long dans l'herbe. Je l'attrapai par le bras, elle se releva, il fallait se propulser, le Huey était à portée. Travis sauta dans la carlingue et tendit la main à Kate, elle monta et je la suivis.

Autour de nous, c'était le chaos.

— *Down, down !* cria un Marine en nous poussant sur le plancher.

De l'angle où j'étais allongé, j'apercevais la silhouette du mitrailleur de porte qui tirait sans discontinuer, et derrière lui, découpée par l'ouverture latérale de l'hélico, la ligne des arbres où s'allumaient toujours des éclairs orangés. La mitrailleuse de l'autre Huey tirait aussi. Un bruit de grêlons frappa soudain l'habitacle de l'hélico. Travis avait rampé sur le plancher et photographiait à un mètre derrière le mitrailleur de porte. Je me tournai vers la seconde portière du Huey, pour voir deux Marines qui en soutenaient un troisième progresser vers l'autre hélicoptère, dérobé à ma vue. Une odeur de poudre et de graisse brûlée avait envahi la carlingue. De nouveau, un bruit de grêle sur la coque. L'hélico s'arracha soudain, comme happé vers le haut. Un vrombissement d'enfer résonnait au-dessus de nos têtes. Je ne voyais plus que le servant de la mitrailleuse, retenu par des sangles, qui faisait pivoter sa machine vers le sol en lâchant des rafales brûlantes. Les douilles giclaient hors du gros calibre. Entre les tirs, on percevait le grésillement des communications radio. Le pilote et le copilote, de dos, serraient leurs mains gantées sur les commandes. Un impact étoilait la vitre du cockpit. L'appareil montait toujours. Il vira et prit de la vitesse.

Le mitrailleur avait cessé de tirer. Kate était assise contre la paroi, le casque enfoncé sur les yeux, l'air hébété. Elle leva la tête et me fit un petit signe de la main. Je comptai quatre Marines de la patrouille, plus les trois journalistes. Les cinq autres Marines, dont le lieutenant, avaient dû embarquer à bord du second Huey.

L'un des Marines tira le paquet de Lucky Strike coincé dans l'élastique de son casque.

— Puff va nous balayer tout ça, grommela-t-il.

J'avais entendu parler de ce monstre. Puff le Dragon Magique, alias le Spectre, était un C-47 à hélices embarquant trois batteries de mitrailleuses tirant six mille coups à la minute. Une balle dans chaque feuille d'un carré de forêt. Ils allaient envoyer le monstre pour nous venger.

Le Marine tapota le paquet et m'offrit une cigarette.

— *Fucking gooks*, marmonna-t-il en cherchant le Zippo dans sa poche.

Retour à Khe Sanh. Deux Marines de la patrouille étaient traités au *Charlie Med* de la base. Une balle dans la jambe pour l'un, une grave blessure à l'aine pour l'autre. On était en train de l'opérer.

En fin d'après-midi, Ken Travis monta dans un Chinook qui partait pour Camp Carroll. Je rédigeai une longue dépêche puis en téléphonai le contenu à Saïgon. Depuis le bunker où plusieurs lignes étaient à disposition, j'entendais la voix du *stringer* qui prenait le texte sous ma dictée. J'imaginais la nuit revenant sur Cholon, la pétarade des motocyclettes, les miss GI's au coin des rues. Un réseau de fils, d'ondes, d'échos satellites reliait les profondeurs du pays aux antennes de la capitale. Chaque journaliste captait les vibrations de la jungle pour les répercuter vers Saïgon où tout décantait, circulait, repartait vers les rédactions de Washington, Londres ou Paris. Il n'y avait aucune nécessité à être là plutôt qu'ailleurs. Un soldat pouvait remplacer un soldat, un envoyé spécial faire le travail d'un autre envoyé spécial. C'était absurde, mais c'était comme ça. Les villes d'Occident prenaient le message, Saïgon gardait la peur.

En février 1967, malgré les rumeurs alarmantes qui désignaient la DMZ comme le prochain foyer, d'opérations, les grands combats n'avaient pas encore commencé. Les infiltrations nord-vietnamiennes étaient en cours. Des accrochages comme celui auquel nous avions participé avaient lieu tous les jours. Mais pas encore ces engagements frontaux qui se déroulèrent deux mois plus tard dans la zone, les opérations autour des collines 861 et 881 qui coûtèrent la vie à 580 Marines, ce que l'on a appelé la première bataille de Khe Sanh. Tout irait ensuite de mal en pis. L'enfer de Con Thien à l'automne. La boucherie de Dak To autour de la cote 875. L'offensive du Têt en janvier 1968. Au même moment, des obus se mettraient à pleuvoir sur le plateau de Khe Sanh. Toutes les bases US, les B-52 d'Okinawa et de Guam, les troupes fraîches arrivées de Saïgon, les camps de la DMZ, les Marines et la Cavalerie se mobiliseraient alors pour éviter un nouveau Diên Biên Phu. Le siège dura soixante-seize jours. A la fin, les Nord-Vietnamiens battirent en retraite.

Si je songe au Khe Sanh que j'ai vu, quelques mois avant la grande bataille, c'est plutôt pour retrouver un climat de nuit tombante. Des projecteurs sont en batterie autour du plateau. On entend les voix des Marines dans les casemates. Au-delà du réseau de barbelés, les arbres mêlent leur vert sombre à l'obscurité montante. Les tubes des canons de 105, recouverts de filets de camouflage, dessinent de curieuses étraves au milieu des bastions. Une brume tiède envahit la vallée.

Je revois Kate.

Cette nuit-là, nous avons de nouveau rôdé à travers le camp. Kate venait de me montrer l'article qu'elle envoyait au bureau saïgonnais du *New York Times*. Il ne contenait aucun prêche, seulement la narration des faits ; le collier d'oreilles humaines aussi bien que les embuscades meurtrières des Vietcongs. Le récit de ce que nous avions vu, un fragment de guerre qui ressemblait à la guerre. C'était d'une honnêteté totale, probablement douloureuse pour tout Américain qui lirait l'article.

Kate avait laissé flotter ses cheveux encore mouillés de la douche. Elle portait son gilet de treillis à même le T-shirt, avec des *slacks* propres et des rangers. Son visage était marqué. Avait-elle eu peur autant que moi ? La peur qui jette dans l'action autant qu'elle en détache, l'idée que l'on pourrait tomber comme si votre vie était celle d'un autre, alliée au sentiment que tout menace de finir bêtement, une balle et puis le noir total. Kate m'apparut soudain fragile. Elle marchait à mes côtés, les yeux remplis d'une nuit inquiète. Je lui posai la question qui me brûlait les lèvres.

— Qu'allez-vous faire maintenant ?

Elle se tourna vers moi, intriguée.

— Comment, que vais-je faire maintenant ?

— Vous avez vu Saïgon, le Delta, vous avez patrouillé avec les Marines, ça peut faire quelques bons papiers et même un long article de fond.

— Et alors ?

— Et alors, dis-je, vous pouvez rentrer. Il y a des tas de gens qui parlent du Vietnam sans avoir vu le dixième de ça.

Kate me regardait, interdite.

— Et vous, Jacques, vous allez rentrer ? Vous vous imaginez à Paris dans une semaine ?

— Non.

— Eh bien pour moi, c'est pareil.

L'air était moite, collant. Je pensais au Marine blessé que nous avions vu sortir de l'hélicoptère. L'aiguille de sérum plantée dans le bras, la civière portée par ses camarades. On va parfois au-devant de la guerre pour oublier un visage. Dans la nuit de Khe Sanh, je voyais peut-être Kate pour la première fois. Je l'avais tenue à distance comme l'on recule devant un inceste, ce bizarre inceste qui consiste à prendre dans ses bras la sœur d'une femme que l'on a aimée. Kate m'apparaissait soudain détachée du monde, libre, dessinée par ses seuls actes. Son visage rétif aux fards, cette allure où la force mortelle de Tina s'assouplissait en gestes humains.

Kate me considéra d'un air interrogateur.

— Vous pensez à quelque chose ?

Un hélicoptère était à l'approche. On entendait l'écho des rotors au-dessus de la jungle.

— Vous auriez pu prendre une balle cet après-midi, lui dis-je.

Kate sourit.

— Sauf que je ne l'ai pas prise. Ça vous aurait embêté, non ?

— Embêté ?

— Vous n'auriez pas aimé ça. Dites-le-moi, Jacques, que vous n'auriez pas aimé ça.

— Je n'aurais pas aimé ça.

Elle répondit quelque chose, mais le vacarme de l'hélico passant au-dessus de nos têtes couvrit sa voix. J'attendis quelques secondes avant de reprendre :

— Qu'est-ce que vous disiez ?

— Je disais que je suis là avec vous, habillée comme on l'est ici, travaillant dans les conditions d'ici, et que ça vous arrange parce que ça vous évite de me regarder comme une femme.

Je m'arrêtai sur place. Kate se tenait droite devant moi. Il y avait dans ses yeux quelque chose de grave et de résolu.

— Je n'évite rien du tout, Kate.

— Vous me trouvez tellement moins bien que ma sœur ?

— Non, je...

— Dites-le, Jacques, coupa-t-elle. Vous avez peur de ce qui rappelle Tina et vous ne voulez pas guérir de ça.

Elle baissa lentement la tête, et quand je la pris dans mes bras sa bouche s'ouvrit doucement.

Nous étions là au fond de l'ombre, je la serrais contre moi, ma main dans ses cheveux. Je l'embrassais et derrière mes yeux passait une lumière noire, dans mon corps un plaisir amer et irradiant. Toute la fatigue, les néons de New York et la corruption âcre de Saïgon, les forêts brûlées et les lueurs orange de la DMZ, tout se mélangeait, le désespoir d'avoir vu et l'attente d'une autre vie, j'avais oublié depuis des semaines la douceur et l'abandon, demain peut-être un hélicoptère tomberait et j'aurais connu le corps de Kate contre le mien. Cette certitude me suffisait.

Kate se détacha de moi. Ses yeux brillaient.

— J'en avais envie depuis longtemps, dit-elle doucement. Embrassez-moi encore.

Nous sommes revenus vers la casemate des journalistes. L'endroit était à nous. Quand elle a pénétré dans cette carrée de campagne, avec ses lits de fer, les graffiti sur les murs, la lueur tremblotante de l'ampoule nue, Kate m'est apparue simple et souveraine, d'une beauté de reine mexicaine. Je la désirais comme on veut oublier, mais c'est le présent qui chantait en moi, l'instant pour l'instant, le retour vers le pays brûlé des femmes. Je crois que nous n'avons pas échangé un seul mot. Pour une nuit, la malédiction était suspendue. Kate perdrait son nom et je perdrais le mien. Puisque tout avait déjà été écrit par la douleur et par l'attente, nous passions la frontière du passé.

Cela a duré plusieurs semaines. En mars et avril 1967, tandis que la World Boxing Association retirait son titre mondial à Mohammed Ali, tandis qu'Otis Redding s'apprêtait à jouer au festival de Monterey, je traînais avec Kate Mc Auliffe au long de la zone démilitarisée, frontière septentrionale du Sud-Vietnam. Traîner n'est pas le mot juste. Il faudrait pouvoir dire cette vie d'oiseaux migrateurs, coucous de la presse se posant dans les nids de l'armée, auto-stoppeurs des airs toujours entre deux hélicos. On sautait d'une base à l'autre, de Quang Tri à Dong Ha, de Con Thien à Cam Lo, de Camp Carroll à Ca Lu, du Rockpile à Khe Sanh. Le souffle des pales était la musique de nos journées, ponctuée par le gong sourd des explosions lointaines lorsque l'artillerie campée sur des pitons rocheux arrosait les abords de la DMZ. Nuits dans les casemates de Con Thien, odeur des nuages de phosphore rabattus par le vent, patrouilles de routine sur les berges des arroyos. C'était la terre des Marines, mais c'était d'abord la terre du Cong. Des escarmouches se multipliaient comme autant d'étincelles au long d'une ligne à haute tension. Quelque chose allait claquer, et cela claqua en effet à la fin du mois d'avril du côté de la colline 881.

Mes nuits avec Kate étaient des nuits volées. Des bungalows à demi enterrés, des casemates réservées à la presse qu'il fallait partager deux fois sur trois avec des opérateurs de la CBS ou des envoyés spéciaux du *Wichita Clarion*. Tantôt les châlits grinçaient, tantôt les zips des sacs de couchage se coinçaient. J'entends encore les bruits de la nuit indochinoise, les crapauds-buffles dans leurs trous d'eau, les rats qui toute une nuit rongèrent des sandows à Ca Lu. Drôle de romance... Mais lorsque Kate était enfin nue dans mes bras, j'étreignais le réel. Elle avait cette douceur abandonnée que donnent les joints, une peau soyeuse si profonde sous mes doigts. Je pourrais décrire l'intransigeance avec laquelle Kate faisait son métier. Son regard qui voulait dire « reste avec moi » quand jamais ses lèvres ne laissèrent passer ces mots. La façon surtout dont elle était indemne de tout esprit de plainte, parce qu'elle savait que la plainte est une insulte à la mort des autres. J'étais arrivé au Vietnam malade de dégoût et assoiffé du pire. Kate était là pour le traverser avec moi. Je l'ai d'abord aimée comme une femme dévêtue des vieilles comédies. Que cesse au moins une fois le mensonge des hommes et des femmes, qu'il y ait enfin de l'indulgence humaine, un peu de vérité. J'avais gâché ma vie pour des chimères, et puis un jour j'avais eu le vertige.

En quelques jours, Kate s'était ensauvagée. Dans les hélicos, je scrutais sa silhouette intrépide, le teint hâlé, les cheveux serrés par un bandeau de toile de parachute. Elle se tenait souvent derrière le mitrailleur de porte, le vent dans la figure, les yeux fixés sur la jungle. A sept cents mètres sous le ventre de l'appareil, la forêt défilait comme un ruban vert. Parfois, lorsqu'une bourrasque d'air parcourait la carlingue de l'hélico, mes yeux piquaient et je devais chausser mes Ray-Ban.

Derrière l'écran des verres, je crus plusieurs fois reconnaître ce visage exposé à la vitesse. Je l'avais déjà vu en 1960 lorsqu'une jeune fille s'accoudait à la portière d'une Corvair roulant vers Ostie. N'étais-je venu au Vietnam que pour m'abandonner à ces hallucinations ?

Mais elle était là aussi, la grande shooteuse, la mort cachée sous les couverts de la forêt, montant en rafales vers les hélicos. Parfois vous sentiez à l'approche de la zone dangereuse – les derniers cinq cents mètres avant le sol – l'odeur de chlorophylle vivace qu'exhalait la jungle, mêlée à des relents d'humus et de putréfaction. La mort avait cette odeur-là, organique, germinale, décomposée. C'était l'haleine d'un grand lézard vert qui se cachait sous les cocotiers, vous la sentiez vous envelopper en même temps que les patins du Huey s'approchaient du sol en soulevant un nuage de latérite boueuse. Un VC vous tenait peut-être déjà au bout de sa ligne de mire : dans ces moments-là, j'avais le ventre noué par le vide, un boxeur sans pitié me martelait l'estomac comme un punching-ball. Kate me lançait un sourire crispé. Je savais pourtant que notre place, que notre vie était là. Il fallait voir la guerre jusqu'à s'y perdre. C'était le seul salut.

Dix fois, vingt fois la même scène sur le tarmac des camps de base : les Huey qui reviennent avec des Marines tirés de la jungle, les infirmiers postés en bord de piste, prêts à transporter les blessés. Le visage des soldats, ombres vieillies par quelques heures de patrouille, les uniformes souillés de glaise, et dans leur regard un désir farouche de vengeance, l'envie de vider leur colère à la prochaine sortie. *We lost this ball game*, disaient-ils quand ils avaient pris trop de plomb. Ils avaient perdu une manche, mais la prochaine serait sans pitié.

Je voyais bien que la DMZ les fascinait. DMZ, cela signifiait zone démilitarisée. On aurait pu dire aussi : hinterland. Mais le vrai mot qui s'abritait derrière ce sigle, c'était « frontière ». Les micros, les senseurs posés au long de la ligne McNamara étaient tournés vers le nord. Il y avait là une lisière, une interzone ; et au-delà, la terre à conquérir, l'ennemi, l'inconnu, l'Autre. L'état-major avait découpé le Vietnam en quatre zones comme l'on traçait autrefois les contours des nouveaux Etats du Far West. Dans chacun des secteurs, il fallait casser les reins des Sioux du général Giap. A chaque fois qu'un fortin en lisière de DMZ était menacé, on pensait Fort Alamo et l'on envoyait les hélicos de la Cavalerie. Les hommes du général Tolson portaient encore la patte d'épaule jaune et noir des vieux escadrons de l'Ouest. John Ford avait écrit le scénario, les généraux du Pentagone tournaient le film. En 1945, le premier *remake* des guerres indiennes s'était victorieusement terminé dans les îles du Pacifique, on avait noyé les Sitting Bull nippons sous des tonnes de bombes. En 1967, Westmoreland se voyait en nouveau MacArthur et oubliait la tragédie du général Custer. Quand il disait « Dong-Ha » ou « Phu Bai », c'était dans le souvenir d'Okinawa ou Guadalcanal, jamais dans celui de Little Big Horn. Les ordinateurs de la Rand Corporation tournaient pour le salut de l'Amérique. A Washington, les as de la prévision annonçaient derrière leurs lunettes cerclées d'acier la fin de la guerre pour 1968 : simple rapport entre le volume des bombes déversées au sol et la capacité de résistance d'une armée de guérilla. Le Nyaq n'aurait jamais raison contre les méninges de Dean Rusk et Mc George Bundy.

Kate m'expliqua que des *insiders* de la Maison-Blanche faisaient pourtant état du pessimisme secret du président Johnson. C'était un Texan. Il savait qu'un guerrier navajo vend chèrement sa peau. Or il y avait quelque chose de navajo dans cette armée invisible aux semelles caoutchoutées. Les satellites d'observation pouvaient bien envoyer des images précises au mètre près, cela n'empêchait pas les combats de s'achever parfois à l'arme blanche. C'était la première guerre technologique. C'était la dernière guerre lyrique. Probablement la seule où des hommes furent tués par des frappes au napalm et d'autres par des pointes de flèches.

Au nord de Cam Lo, nous nous sommes retrouvés un jour en patrouille avec un groupe de Marines. Il ne se passa rien. Sinon qu'au détour du ruisseau dont nous suivions le lit est apparue la carcasse d'un petit hélico Loach encastrée dans les branches d'un arbre géant : vision frappante, muette, presque chosiste. Le photographe de Reuter qui accompagnait la patrouille a commencé à prendre des clichés. L'enduit de la carlingue était fendillé, la carcasse déjà mangée par la végétation et le bec des oiseaux nocturnes. Des circuits électroniques rouillaient au fond de la jungle. Verrait-on bientôt les lianes souples et étrangleuses, les racines de banyans s'animer comme la forêt de *Blanche-Neige* pour retenir dans leurs griffes les candides *boys* du Delaware, les angéliques tueurs de l'innocente et implacable Amérique ? Des Marines du Sud ont dit à Kate, et elle l'a écrit dans l'un de ses articles du *New York Times*, qu'ils retrouvaient du côté de Nha Trang les étangs moites et mortels remplis d'alligators, cette flore méphitique où les sorcières du vaudou font bouillir leur chaudron. En Floride, c'était déjà un mauvais présage. Mais ici, à des milliers de kilomètres de Tampa ou de Jacksonville, le rendez-vous avec le Diable que chantent les vieux bluesmen était quotidiennement programmé. L'armée américaine a toujours quelque chose d'une ligue salutiste : si elle sent qu'on l'engage dans un combat douteux, il ne reste bientôt plus que la technologie ivre de ses rouages, la conscience malade de son vide.

Les Marines de la Ire Région ne faisaient pas une guerre légitime. Ils faisaient la guerre. Puisqu'elle était déjà perdue dans l'ordre de la justice, qu'au moins elle soit gagnée dans celui de la violence. Le Pentagone ne se décidait pas à déclencher l'offensive ultime, *The Big One*, celle qui mettrait Charlie à genoux ? Fort bien : au soldat privé de dessein supérieur, il restait la guerre individuelle que chacun menait jour après jour contre l'ombre du VC qui se profilait derrière la haie d'arbres, la guerre furieuse où l'on n'est animé que par l'ivresse du meurtre, le tressautement des mitrailleuses lâchant des giclées de balles brûlantes, les cadavres de Viets coupés en deux par la rafale, leurs ossements incrustés dans le sol par de babyloniennes frappes au napalm. A Danang, j'ai rencontré un pilote de F-4 qui servait sur le porte-avions *Coral Sea*. Ces types-là n'étaient pas bavards. Il m'a seulement dit que lorsqu'il lâchait des bombes en mission coordonnée, les champignons qui explosaient par dizaines dans les arbres lui faisaient penser à un flipper électrique géant, avec des lampes rouges et jaunes. Les pilotes de F-4 prenaient le Vietnam pour l'ultime Disneyland. Ils avaient droit à leur *bonus ball*. Ils faisaient tilter la jungle.

Kate était devenue un visage familier des bases de la DMZ. Les Marines se fichaient de ce qu'elle pouvait raconter dans ses articles : cette fille sautait d'hélico en hélico, elle prenait la piste avec les patrouilles, il y avait de la boue sur ses rangers. Chaque matin était pour elle un retour au monde, le monde où il fallait vivre, regarder, écrire.

Parler de Kate est pour moi une affaire très intérieure. J'ai repris ces jours-ci mes carnets de l'époque. Entre deux notations de campagne réutilisées dans mes dépêches, je glissais parfois des impressions, un détail saisi au passage. Je raboute ici quelques fragments. Ils donnent une couleur. Les notes vont du 15 mars au 20 avril 1967 :

*Kate. Sa conscience professionnelle. Le petit carnet, le crayon. Elle vérifie toujours les noms de lieux, les identités, la place de tel officier dans la hiérarchie militaire. Le journalisme est un parasitisme, dit-on parfois. Et si c'était une façon de se porter au-delà de sa propre vie, là où on n'aurait normalement rien à faire, pour se mêler à l'intensité du monde ?*

*Kate veut éteindre quelque chose en elle, mais par le feu. L'espèce de satisfaction lorsqu'elle se peint le visage avec des enduits de camouflage (patchwork olive, marron, couleurs de terre et de feuilles). Elle cherche une guérison : des spectacles de mort lui révèlent à la fois le prix de la vie et le caractère commensurable (relatif) de sa propre souffrance.*

*Elle est de plus en plus détachée de son apparence première. Les insignes des unités de Marines qu'elle clippe sur sa casquette. Les bracelets moïs achetés à des soldats sud-vietnamiens. La douille qu'elle porte avec un lacet autour du cou pour y glisser son Zippo. Le bandeau en toile de parachute qu'elle noue parfois autour de sa tête.*

*Kate fait son trip. Ce ne sont pas les quelques joints qu'elle fume qui l'aident à partir. C'est le Vietnam qui est hallucinogène. Il y a une dimension de recherche édénique dans son voyage. Mais elle cherche l'Eden au milieu des ténèbres.*

*Elle aime la compagnie de l'homme qui a aimé Tina. Telle est probablement ma place. Elle se désintoxique du malheur avec celui qui en connaît l'origine.*

*Kate : le courage, la fêlure, la perspective sur elle-même, l'effort pour comprendre.*

*Imaginer qu'en avril 1960 je rencontre Kate à la place de Tina. Que se passe-t-il ? A mon avis, rien. Tina avait une fatalité d'avance. C'est la fille qui brûle tout à dix-neuf ans. D'ailleurs j'ai vu Kate un après-midi de septembre 1960 où elle était odieuse. Tina : le temps n'existe pas. Kate : le temps existe. Je me libère de l'idée que tout pourrait recommencer. Le temps existe. Rien ne recommencera. J'apprends le réel.*

*Nous n'évoquons presque jamais Tina. Je lui dis :*

*— Tina m'a parlé de son enfance. Elle a détesté ce moment de sa vie. Du moins c'est ce que j'ai compris.*

*Réponse de Kate :*

*— Nous détestons tellement notre enfance que l'on cherche tous à la recommencer. Si bizarre que cela soit, je pense que des tas de gens viennent au Vietnam pour s'en refaire une. L'enfance, c'est comme un fix d'héroïne.*

*Kate me dit (nuit à Camp Carroll) : « Ma position il y a six mois, c'était de considérer que les jeunes gens que l'on enrôle pour mener une guerre injuste doivent être défendus contre l'administration de leur pays. Je le pense toujours. Mais il existe une autre question : pourquoi le jeune appelé qui a connu les coups durs dans le Delta ou sur la Drang veut-il remonter en ligne et se porte volontaire alors qu'on ne lui demande rien ? C'est ce GI-là qui m'intéresse. »*

*Réflexe de grande journaliste.*

*Elle aime faire l'amour. J'adore le faire avec elle, malgré ces empêchements burlesques, les nuits condamnées à cause des abrutis de la NBC qui jouent aux cartes à trois mètres de nous. Kate se sert des joints pour* ouvrir *sa peau. Un autre a dû lui apprendre à sortir d'elle-même. Les corps assez marqués par l'interdit pour que la liberté soit exultante. Elle se connaît très bien.*

*Tina, à New York (j'essaie de trier, de hiérarchiser), me disait en substance que la malédiction est venue du sexe. Ses délires de viol. La folie romaine. L'idée que j'aurais réveillé des démons en couchant avec elle. Elle utilisait la came pour asphyxier le désir, le noyer dans l'amnésie.*

*La puritaine, c'est Tina.*

*Kate, endormie sur un galetas à Ca Lu. Elle porte un T-shirt vert du Marine Corps et une culotte blanche. Les cheveux retombent en masque sur ses paupières. Ses yeux fermés deviennent des yeux indochinois : un visage d'Annamite sculpté par le sommeil. Peut-être suis-je en train d'entrer dans ses rêves.*

*A Camp Carroll, elle tombe sur un capitaine des Marines qui la considère un moment. Puis il s'approche et dit :*

*— Vous êtes Katherine Mc Auliffe ?*

*— Oui.*

*— Je m'appelle John Mc Cord. Vous ne vous souvenez pas de moi, mais je vous ai vue à plusieurs bals vers 1958. Qu'est-ce que vous faites ici ?*

*— Reportages pour le* New York Times.

*— Vous ?*

*— Oui, moi.*

*Il la regarde, manifestement ébahi. Puis :*
*— Vous vous souvenez de Candice Priestley ?*
*— Candy, oui, très bien. Qu'est-ce qu'elle devient ?*
*— Vous ne savez pas ? dit le capitaine des Marines.*
*— Non.*
*— Elle s'est balancée d'une falaise l'année dernière.*

*Cam Lo. Au milieu d'une conversation, elle lâche tout à trac :*
*— Je te vole à Tina, mais je m'en fiche.*
*— Tu ne voles rien.*
*Elle fait un signe de dénégation.*
*— Laisse-moi penser ça, Jacques. Je te vole à Tina et je m'en fiche. Je ne suis coupable de rien.*

*L'idée odieuse que les guerres sont les termes d'une équation sentimentale. Mais qu'est-ce que l'amour quand on voit au bord de la piste un jeune soldat qui retient ses entrailles, avec les mouches qui volent déjà autour de ses viscères ? Les Américains roses, élevés au bubble-gum, soudain placés en face de la mort rouge. Même chez Kate, il y a quelque chose de ça.*

*L'instinct sexuel est figé par les bombes. Lorsque le coup de feu est passé, il revient comme une vague. Elle se dope à la peur. Je me dope à la peur.*

*Elle a les mêmes seins que sa sœur.*

*Kate est venue au Vietnam pour dénoncer la guerre, puis elle a compris qu'il suffit de la décrire. Les femmes montent rarement sur une ligne de front. Celles que j'y ai vues ne voulaient plus partir, aspirées par le vertige du sang et de la compassion. Est-ce parce qu'elles portent les enfants qu'elles sont au plus près des lisières du néant et de la vie ? Donc de la guerre ?*

Mars 1967 au long de la DMZ, que faisions-nous là, volant au-dessus des arbres dans des hélicos fous, protégés plus d'une fois de la chute par les boucles de sangle accrochées au plafonnier ? Il y avait des crépuscules de printemps et des regards perdus sur l'étendue verte. Des hommes et des femmes qui longeaient la falaise avant le dernier saut. On dit que le grand reportage sert à témoigner. Les envoyés spéciaux s'exposent souvent en première ligne ; aucune défaite ne compromet pourtant ces cibles sans armes. On trouvait au Vietnam de vieux briscards qui avaient connu Iwo-Jima et des pieds-tendres voulant démontrer à leur père qu'ils vivaient eux aussi, *en pleines années 60*, leur Bastogne ou leur bataille de Midway. Il y avait des solitaires intègres et des têtes brûlées, des ahuris et de vrais désespérés. Les guerres sans honneur obligent plutôt à l'honnêteté. Peut-être étais-je venu là pour renouer avec un sale rêve, celui du Saïgon de 1953. Ma jeunesse avait commencé ici. Elle s'y achevait. Puisque mon retour au Vietnam réalisait la prédiction d'une cartomancienne de bazar, j'étais libre désormais de vivre dans un temps sans oracles. Qu'avais-je fait depuis quatorze ans ? Rien qui puisse vraiment me justifier. C'est pourquoi j'ai regardé fraternellement les jeunes GI's de 1967. Tous les chaos leur étaient infligés quand ils auraient eu droit à un peu de grâce. Sur la carte du Vietnam du Sud, on lisait la forme projetée des guerres psychédéliques qui traversaient les cités américaines. A Hué comme à Chicago, on fumait des joints et l'on trafiquait des amphés. Certains des meilleurs limiers des patrouilles de reconnaissance avaient été dans leurs ghettos de Watts ou de Brooklyn de parfaits chefs de gangs adolescents. Ils liquidaient les *gooks* à la roquette comme ils avaient terrorisé leur quartier : sans trop d'états d'âme, apparemment. Mais qu'en savait-on ? Leurs frères recherchaient à San Francisco l'Asie lumineuse dont les GI's du Delta exploraient les jungles mortelles. Ils écoutaient de la musique californienne, les Mothers of Invention et le Grateful Dead, ils écoutaient « Hey Joe » avec son solo dardé comme une langue de dragon.

Un disque était arrivé des USA en mars, et d'un seul coup des exemplaires circulaient dans tous les camps de la DMZ, souvent des enregistrements repiqués sur cassettes. Le disque s'appelait *Surrealistic Pillow*, on l'entendait au fond des casemates, dans les mess, une furie. Les Marines adoraient ce groupe, notamment parce qu'il y avait *Airplane* dans son nom et que ces Californiens faisaient du rock comme on attaque un bunker. On voyait leur photo sur des magazines achetés à Danang ou Saïgon, une bande de hippies sans doute, mais avec une façon de s'attifer qui parlait aux soldats fêlés de la Ire Région, des lunettes rondes, des bottes western, des badges épinglés sur des vareuses sorties des surplus de l'US Army, des gilets de motards. Leurs chansons évoquaient la paix mais ils faisaient la guerre avec leurs guitares. La voix héroïque de Grace Slick, le bassiste Jack Casady tirant des séismes de sa Gretsch, les arpèges vicieux de Jorma Kaukonen, il fallait entendre ça dans un bastion du Rockpile quand le soleil se couchait sur la jungle. C'était l'endroit.

Un Marine a brandi une cassette du Jefferson Airplane sous mon nez, comme illuminé de l'intérieur par une ampoule électrique :

— Ces types-là savent remuer leur cul. Leurs trucs me cassent, on dirait un foutu cobra qui danse sur sa foutue queue. Ces mecs-là sont dans leur machine volante et ils te lâchent un sacré feu d'artifice dans les ailes.

Lui et ses copains écoutaient en boucle une chanson qui s'appelait « White Rabbit » ; elle parlait d'Alice au pays des Merveilles, du lièvre de Mars dans son terrier et, en fait, de LSD. Au long de la DMZ, il y avait des milliers de lapins blancs en train de passer de l'autre côté du miroir. Il y avait aussi du LSD.

D'autres écoutaient Bob Dylan. *Desolation Row*. J'entends toujours la voix de Bob Dylan sortir d'un petit lecteur de cassettes un soir à Quang Tri. Elle résonnait comme celle d'un prophète annonçant l'arrivée de la Bête, le clochard des voûtes étoilées qui a vu des signes dans le ciel et sait que la grande nuit nous engloutira bientôt. *They are selling postcards of the hanging, they are painting the passports brown.* La voix de Bob Dylan s'accordait à cette guerre comme celle de Sinatra avait survolé l'Europe de 1944. Victoire ou défaite, elles disaient l'errance de l'homme aveugle qui pleure son Dieu perdu.

Dans les premiers jours d'avril, nous avons pris un Chinook pour la base de Danang. Kate avait soudain envie de profiter des installations de *Rest and Relaxation* de China Beach, ce centre de loisirs qu'avec un aplomb ahurissant l'armée américaine avait aménagé au bord de l'océan comme on aurait colonisé un rivage balnéaire proche de Miami. Là-bas, on trouvait des bungalows propres et climatisés, des magasins avec toutes les denrées acheminées depuis les aéroports de Californie, des spectacles de l'United Services Organization. C'était le Venice, le Malibu, le Santa Barbara des Marines de la Ire Région. J'ai cru que Kate songeait à rentrer à New York, que China Beach serait un sas de retour à la vie américaine, et cette perspective me déplaisait souverainement – je ne voulais tout simplement pas l'envisager.

Nous avons pu occuper un bungalow de presse à deux lits : un vrai luxe. Toute la première journée, ce fut la plage, des kilomètres de sable où l'on pouvait marcher, se baigner, rôtir sous le soleil de printemps. Des nuages pommelés dérivaient dans le ciel. On croisait des dizaines de Marines en maillot de bain, quelques-uns avec leurs femmes ou leurs petites amies, mais c'étaient surtout des voix mâles qui sortaient des rouleaux d'écume, une sorte de colonie de vacances pour grands scouts retardés. N'importe quel regard de Marine vous rendait fier de déambuler avec Kate. Des drapeaux américains flottaient par intervalles sur la grève : on aurait voulu croire à une Amérique fraîche et pure, avec ses garde-côtes et ses môles, un souvenir de Nantucket pour les enfants du capitaine Achab. Je sentais que j'étais en train de tomber amoureux et j'étais simplement heureux.

Le soir, j'ai attendu Kate dans l'une des boîtes de nuit du camp. Elle était partie faire des achats au magasin PX où l'on trouvait à peu près tout, et particulièrement ces colifichets vietnamiens que les Marines envoyaient à leurs familles comme s'ils avaient été en vacances au bord du lac de Garde.

La boîte avait l'apparence d'une grande baraque de contreplaqué aménagée à la façon d'un *lounge* pour lecteurs de *Playboy*. Hugh Hefner était l'un des rois secrets du Vietnam. Il y avait des banquettes avec coussins en mousse synthétique, des enceintes hi-fi suspendues au mur, des spots à filtres qui diffusaient une lumière violette. Le bar offrait toutes sortes de bières, de jus de fruits, de laits maltés. Là aussi, guère de femmes, sinon des auxiliaires féminines des bureaux de l'US Army qui passaient l'année en lévitation au milieu de cette incroyable horde masculine, et quelques petites amies sud-vietnamiennes hyper-badgées, dix fois contrôlées depuis leur entrée dans le camp. Curieusement, il régnait dans l'endroit une sorte de gentillesse détendue. Les Marines étaient là pour boire, se défoncer, passer du bon temps. Ils jouaient aux vacances. Ils n'en revenaient pas d'être vivants.

J'étais en train de boire une Coors lorsque Kate est entrée dans la boîte. Elle avait déniché au PX de

Danang des vêtements pareils à ceux que les jeunes Sud-Vietnamiennes achetaient pour ressembler à des Américaines : une mini-jupe verte, un T-shirt blanc, des sandales à talons hauts. En piastres, cela ne coûtait rien, on aurait pu équiper à Danang un bataillon de go-go girls pour les clubs du Sunset Strip. Donc Kate est entrée dans le *lounge* habillée comme ça, les Marines la regardaient avec une méchante envie, elle s'est glissée près de moi sur la banquette. Je comprenais son jeu, l'attitude disait : je suis une WASP qui travaille pour le *New York Times*, tu me prends comme je suis, au plus cru, au plus aride de cette vie en treillis, mais je peux aussi faire tourner le manège Beverly Wilshire, les brunettes à mini-skirts qui se tortillent sur les disques de Johnny Rivers, je connais la gamme et les accords, le Nevada c'est maintenant. Quelqu'un avait mis sur la hi-fi un vieux slow qui disait *See the pyramids along the Nile* et je l'ai entraînée sur la piste éclairée par les spots violets, une lumière glauque d'aquarium à Las Vegas, elle a passé adorablement ses bras autour de mon cou. Et nous tournions, comme pour rire et très amoureusement au fond, et quand je l'ai embrassée une table entière de Marines a applaudi. On leur jouait leur comédie de collège préférée, le baiser français sur fond de romance. *Y por la noche, señora, mucho amor.*

Le lendemain, nous sommes retournés sur cette plage immense. J'avais presque oublié New York et New York est revenu. Une paillote impeccablement tenue offrait un étalage de conserves et de canettes, barres de chocolat Hershey et bière Budweiser, packs de Coca-Cola et cartons de crackers, conserves de haricots et boîtes de soupe au poisson. J'avais fumé avec Kate une herbe qui défonçait lentement, somptueusement. On sentait le ciel vous caresser la peau. Les piles de victuailles se géométrisaient sous le regard, elles étaient si réelles, si brillantes, le fer-blanc des boîtes de conserve luisait comme les chromes d'une Cadillac. Peu à peu mon œil se focalisait sur une boîte, les couleurs de l'étiquette, rouge, blanc et jaune, le liséré noir autour du mot *soup*. Le petit cylindre de fer-blanc perdait de son relief pour s'inscrire en à-plat, je ne distinguais plus qu'une seule boîte qui résumait les autres, l'idéale boîte de soupe Campbell prise dans la pâte de la peinture, fixée en deux dimensions sur la toile, là, au bord de la plage de Danang, un tableau de Drella.

Je me souvenais d'avoir regardé ce tableau dans un atelier de la 47e Rue Est. Je fermais les yeux et je voyais Tina.

Nous avons passé quatre jours à China Beach, et puis des rumeurs sont arrivées, il y avait eu un accrochage sérieux du côté de Cam Lo, une embuscade où dix Marines s'étaient fait descendre dans un périmètre que l'on croyait sous contrôle. Sur la base aéroportée de Danang, le soleil faisait étinceler les plaques d'acier des hélicos. En montant dans le Chinook, j'ai pensé qu'il n'était plus question de retourner vers les villes d'Occident, d'imaginer un gratte-ciel sur l'Hudson ou un taxi remontant le boulevard Haussmann. Nous étions hors du monde. L'avenir serait ce qu'il devait être, j'aurais au moins connu la grande saison, ces nuits où l'on existait loin de tout, de l'argent, de la jalousie, de la possession avide. Le Vietnam effaçait des visages, c'était la plus atroce des guerres, vous étiez réduit à l'os des choses. Mais parce que chaque journée pouvait être celle du dernier regard, toute votre adrénaline se déchargeait comme une vague de fond à l'extrême pointe de la vie. La psychologie, les repères communs étaient arasés. A un moment, le monde s'étoilait comme une vitre fendillée par l'impact, et il fallait se débrouiller avec la vision, il fallait se débrouiller avec les fragments. Des musiques pouvaient dire cela. Ce qui reste en moi du Vietnam, le plus durablement, le plus profondément, c'est la musique de Jimi Hendrix. Pas seulement parce qu'elle installe la fournaise et offre l'équivalent sonique d'un bombardement au napalm. Mais parce qu'elle évoque l'infini. Quelque chose s'est passé dans le corps de ce Cherokee entre 1966 et 1970, Hendrix sortait du monde humain pour aller vers une beauté inconnue. Le Vietnam est une terre de mousson humide et moite, mais vous pouvez en revenir tel l'homme qui a traversé un désert. La soif, l'amertume, la connaissance des étoiles.

Dans le Chinook qui allait de Danang à Cam Lo, un Marine noir avait posé son casque entre ses jambes, un casque qui portait l'inscription *Killing Joe is back*. Malgré les secousses de l'hélico, il a sorti sa brossette et commencé à nettoyer le mécanisme de son M-16. Ses doigts étaient assez forts mais il manipulait les pièces avec une telle précision, une telle douceur qu'il en devenait fascinant. Il a fait jouer le percuteur plusieurs fois, puis rajusté la dragonne du fusil comme s'il avait métré un ruban de soie.

Sur la piste de Cam Lo, la confusion régnait. Le Chinook s'est posé à côté d'un hélico du Medevac, le service d'évacuation médical. En descendant de l'appareil, nous sommes tombés sur des infirmiers qui s'empressaient autour d'une civière, à même le tarmac – un Marine salement touché dont ils changeaient la bouteille de sérum. Il y avait un autre blessé sur une civière, c'était probablement moins grave, il attendait que l'on veuille bien le transporter jusqu'à l'antenne médicale. Il devait avoir vingt ans, guère plus, et sur son visage l'expression dénuée de rancune d'un enfant qui ne comprend pas. Quand il a vu Kate, il a tendu la main vers elle avec un faible sourire. Elle s'est agenouillée près de lui, a pris sa main. Kate lui parlait, je n'entendais pas ce qu'elle disait, seulement la voix du jeune Marine qui à deux reprises a articulé :

— *You're nice, M'am.*

Ensuite, le cirque a repris. L'électricité ordinaire d'un camp de la DMZ. Le monde en charpie. Plus vous étiez près des choses, plus elles éclataient telles les billes d'une bombe à fragmentation. Si vous tentiez d'écrire, le réel criblait le papier comme la grenaille d'un shrapnel.

Kate, à Cam Lo : « Je déteste cette guerre, mais je comprends un peu mieux pourquoi certains ne peuvent s'en détacher. Pas seulement le côté Jim Bowie et Davy Crockett. Tous ces soldats ont eu une enfance. Ils sont allés au temple, à l'église, à la synagogue. Ils ont écouté les prédicateurs. Tous les Américains ont dans l'oreille un certain type de phrase biblique, du genre " nous avons quitté l'Egypte pour marcher au désert, traverser les fleuves, combattre Pharaon et entrer dans les vallées glorieuses ". Cette histoire est plus forte qu'eux, c'est une méprise mais ils se la récitent, ils la vivent ici. »

On parlait des agents de la CIA, les hommes du Phénix, sans les voir jamais. Personne ne savait même s'ils étaient là, dans la province de Quang Tri, au milieu des Marines et des cow-boys de la Cav. Comment allaient-ils chercher leurs informations au-delà de la DMZ ? Qui payaient-ils ? Etait-il vrai que certains d'entre eux rôdaient dans des endroits où nul ne s'aventurait, sous la protection de montagnards laotiens qui les vénéraient ? Je me demandais s'il existait vraiment de telles licornes. J'aurais aimé voir leur visage.

« French, are you French ? » me dit un jeune Marine. Oui, j'étais français. Il m'expliqua qu'il avait flirté en 1963 avec une Parisienne, elle s'appelait Marianne. Je ne sus que lui répondre. Moi aussi j'avais connu une Marianne. Il n'y avait aucune raison pour que ce fût la même.

De sales rumeurs se répandaient. Quand un village VC était investi, il fallait des volontaires pour les opérations d'inhumation. On évoquait sous cape des cas de nécrophilie. Les corps de jeunes maquisardes vietcongs servant au plaisir de leurs ennemis mortels.

Une nuit, j'ai rêvé de Tina. Elle marchait seule au milieu d'un paysage de neige. Je tentais de lui parler, mais aucun son ne sortait de ma bouche. Ses lèvres bougeaient, mais je n'entendais pas sa voix. Tina s'est éloignée en se retournant une dernière fois : j'ai vu alors que son visage avait mué. C'était celui de Kate.

Nous ne franchirons jamais la rivière Ben Haï. Nous n'irons pas de l'autre côté de la Frontière. La DMZ, c'est en nous qu'elle passait. Ces voyages étaient ceux de l'âme obscure. Il fallait croiser la vraie ligne, celle qui sépare le regret du présent et un homme de lui-même. Kate était la seconde Eurydice et je la sortirais de cet enfer. Ma vie avait pris un cours étrange depuis quelques années. Sept semaines de Vietnam en changeaient le dessin. En janvier 1967, je n'étais pas sûr que la vie fût préférable à la mort. Il m'a fallu du temps pour comprendre que mon cœur ne battrait pas toujours.

Un jour d'avril où nous allions atterrir sur la piste de Cam Lo, les nerfs vrillés par l'escarmouche à laquelle nous venions d'échapper – des tirs de mortier à cinq minutes de la zone de récupération – j'ai regardé Kate assise contre la coque de l'hélico, les yeux perdus vers les nuages. Le ciel était rouge. Le Huey qui nous suivait transportait deux blessés, l'un très amoché. Peut-être serait-il dix heures plus tard l'un de ces gisants que l'on amenait à la morgue comme des Christs casqués. Une main fouillerait son uniforme pour en extraire la plaque pectorale et les papiers d'identité. On zipperait un linceul de plastique et le cercueil plombé partirait pour San Francisco. J'avais vu le visage de ce Marine au début de la patrouille, un jeune type sec, en alerte, il vivait encore la même minute que nous. Et soudain le monde allait peut-être s'éteindre.

En regardant Kate, j'ai senti que nous étions en train de passer la ligne. Nous cherchions à vivre beaucoup plus de choses qu'il n'est nécessaire pour écrire quelques articles. Le Vietnam devenait un long tunnel où des explosions illuminaient l'obscurité, on avançait sans raison en cherchant à savoir, mais quoi ? Une embuscade là, des corps de combattants vietcongs exposés à la presse, un engagement près de Camp Carroll ? Non, c'est en vous que le Vietnam brûlait, il vous mettait en lambeaux, il tuait le vieil homme, vous étiez dépouillé de vous-même comme un pauvre, le corps réduit à votre enveloppe de chair, au cœur qui bat sous les côtes. Parfois c'était *The Waste Land*, la terre gaste où errent lugubrement des chevaliers défaits. Et parfois, le plus souvent, la peur à tête de mygale. Nous avions rencontré les Marines de Khe Sanh et les Sud-Vietnamiens de l'ARVN, croisé les tueurs des Forces Spéciales et les surfers de China Beach, les *recondos* de la DMZ et les pisteurs de Congs, les anges et les maudits brûlant leurs chairs comme des possédés au milieu des enfers rouges de la jungle, leur innocence précipitée dans les grands brasiers du mal.

J'ai vu deux fois des F-5 lâcher leurs bombes au napalm sur la forêt. Dès que les avions sont passés, une nuée charbonneuse et pourpre bouillonne au point d'impact comme une bulle de kérosène ardente, elle s'élève en paraissant se dévorer elle-même, les molécules happent les molécules, puis le nuage s'ouvre en corolle et des fusées de fumée blanche montent avant de retomber lentement. Une fois l'impact passé, c'est un spectacle muet. Cinq ou six fleurs géantes viennent de s'épanouir dans la jungle, mais à leur base toute vie est brûlée, instantanément soufflée. Vous comprenez alors que, d'une certaine façon, c'est à l'intérieur de vous-même que ces fleurs lentes ont explosé.

Ce soir-là, dans le mess des officiers de Cam Lo, un lieutenant de la Cav a mis sur le pick-up un disque – pas du tout le genre de musique que l'on entendait au Vietnam, car c'était la bande originale d'un vieux film de Preminger, *Laura*. On avait l'impression qu'il s'était trompé de guerre, à moins qu'il n'ait voulu faire écouter un disque qui lui rappelait quelqu'un, peut-être sa mère. Kate a demandé à voir la pochette. Il y avait Gene Tierney en robe décolletée rouge et Dana Andrews en imperméable mastic. On lisait : *music conducted by Alfred Newman*. J'ai écouté cette mélodie qui évoque les rues d'un New York noir et banc où rôdent des femmes fatales. Kate était assise devant moi, en treillis, pas très bien peignée, simple et superbe. Elle avait une canette de Coca-Cola à la main, et quand elle m'a souri j'ai su que j'étais guéri des femmes fatales.

Nous étions le 23 avril 1967. La première bataille de Khe Sanh allait s'engager dans les jours suivants. Les Nord-Vietnamiens venaient de lancer ce qui apparut ensuite comme une opération de diversion du côté de Con Thien. Les envoyés spéciaux n'avaient pas les moyens de faire le tri : réagissant au leurre, c'est vers Con Thien qu'ils se dirigèrent d'abord. Comme une pluie diluvienne balayait la région, les hélicoptères restaient cloués au sol. Il fallut donc se joindre au convoi terrestre qui reliait chaque jour Cam Lo, sur la route 9, au camp avancé de Con Thien situé en bordure de DMZ.

Le convoi comprenait une douzaine de véhicules. Plusieurs camions fermés transportaient des munitions, des vivres, du courrier. Les Marines et quelques journalistes avaient pris place dans les *open trucks* frappés de l'étoile blanche, camions dont la benne était équipée de sièges et surmontée d'une tourelle de mitrailleuse. Les bâches de couverture tendues sur des tiges amovibles devaient nous protéger de la pluie, mais la toile était roulée sur les flancs comme un store relevé, car il fallait préserver la vision latérale. En tête et queue de colonne, un ONTO assurait la dissuasion. Les ONTO étaient des plates-formes à chenillettes armées de six calibres 106, six calibres 50 et une mitrailleuse coaxiale : un arsenal automobile, un hérisson de tubes. Deux jeeps complétaient le dispositif.

Nous avons quitté Cam Lo à sept heures du matin. Kate s'était assise avec moi dans l'un des camions bâchés. Il avait fallu enfiler les gilets pare-balles, attacher les casques. Des ponchos de toile cirée tirés des containers de bord étaient à disposition des envoyés spéciaux. Les Marines en avaient sorti d'identiques de leurs paquetages. Cela faisait une quinzaine de silhouettes tassées dans la benne comme des sentinelles immobiles, des *peones* mexicains sous leur couverture. Tim Cray, de *Life*, était avec nous. Une équipe de la télévision japonaise voyageait dans un autre camion.

J'étais mal réveillé. Des thermos de café et des gobelets de carton circulaient dans la benne. Les Marines partageaient des carrés de *pecan pie* tirés de leurs rations. L'un d'eux avait extrait de son sac une bande dessinée *Marvel* et lisait les aventures de Captain America. Les antennes des jeeps fouettaient l'air comme des scions. On entendait les turbines des moteurs, des volutes de fumée sortaient des pots d'échappement. Sur le bord de la route, des paillotes apparaissaient de loin en loin. Une odeur de camphre et de poulailler passait sur le convoi ; on distinguait l'espace de quelques secondes la silhouette d'un paysan en chapeau conique, rendue grise et irréelle par le rideau de pluie.

Je me penchai vers Kate. La visière du casque lui barrait le front en ne laissant voir que l'ovale du visage. Elle tenait le poncho ramené sur elle.

— Tu as froid ?

— Non, dit-elle en forçant la voix. Mais on devrait envoyer un peu de pluie avec nos dépêches. Nos lecteurs mériteraient d'avoir des grenouilles dans leur salon.

Je lui tendis une cigarette allumée. Elle tira sur la Marlboro et me la rendit.

On avançait à petite vitesse. Le regard se perdait sur les abords de la route, élargie et damée sur ce premier tronçon par les terrassiers du Génie. Des boqueteaux d'arbres avaient été arasés, des passages sur ruisseaux étayés. La pluie ne cessait pas. Elle posait sur toute chose un écran mouvant qui adoucissait les formes. D'un carré de bananiers entrevu au passage, il ne restait que quelques lignes striées au fusain. Les chenilles et les roues des véhicules de tête creusaient des sillons dans la poussière rouge agglomérée par la pluie. Des jets argileux maculaient les garde-boue d'une teinte de sang séché. La pluie, en tambourinant sans discontinuer sur les toiles de bâche, enveloppait le convoi d'une rumeur d'enfance.

J'aurais pu m'endormir, bercé par les cahots de la chaussée, sous cette lumière blafarde de ciel mouillé. Mais je ne dormais pas. Des bourrasques d'eau balayaient la route comme un chemin des Ardennes. Cette colonne motorisée réveillait l'image immémoriale d'une grande compagnie montant au combat : des silhouettes de guetteurs sous les ponchos, les fusils pointant comme des lances. D'autres soldats avaient pris autrefois les sentiers qui mènent au champ de bataille. Ce Marine assis devant moi aurait pu être un cavalier de Tamerlan ou un archer de Crécy, un lansquenet souabe ou un samouraï en armure. Des nuages couvriraient longtemps encore la folie des hommes. Je la connaissais : c'était la mienne. Les dernières semaines pourtant m'avaient changé. La pluie, la pudeur des femmes, une certaine lumière d'automne me paraissaient désormais accordées à la douceur que mérite toute vie.

En avançant vers Con Thien, les versets qui m'avaient tant frappé quand j'avais douze ans me revenaient en mémoire. « Alors la Mort et l'Hadès furent jetés dans l'étang de feu – c'est la seconde mort, cet étang de feu – et celui qui ne se trouve pas inscrit dans le livre de la vie, on le jeta dans l'étang de feu. De mort, il n'y en aura plus ; de pleur, de cri et de peine, il n'y en aura plus, car l'ancien monde s'en est allé. » C'est vers la fin de l'Apocalypse de Jean. Je m'aperçus soudain que je psalmodiais ces phrases, là, assis dans un *open truck* couvert de boue. Nous étions venus au pays de la seconde mort et j'étais envahi par un désir de paix. J'avais tenu Kate contre moi pendant quelques nuits, elle chuchotait mon prénom d'une voix changée, elle consentait à me regarder au milieu d'un monde qui s'en allait. J'avais attendu en vain la certitude, j'avais cherché la lumière que donne un autre qui vous connaît et que l'on connaît. Parfois les moules se brisent, les rivières remontent vers leur source, l'heure sonne et ne sonne plus, mais l'amour advient parce qu'il est, il peut mourir mais jusqu'à la fin il est. Je sentais Kate près de moi, mon bras touchait le sien. Les lueurs lugubres de cette route du matin n'éteindraient jamais la joie qui chantait dans mon cœur – je l'avais enfin trouvée.

Kate inclina sa tête contre mon épaule. Elle avait dû oublier qu'elle portait un casque, car cela fit un petit choc et elle s'écarta aussitôt en riant.

Des vapeurs montaient de l'herbe poussant sur les bas-côtés de la route. Une casemate abandonnée se refléta dans une flaque d'eau noire. Une impression de stagnation aquatique vous envahissait devant ces gouttières ruisselantes, ces étais de digues qui à travers les rizières se disloquaient. Où étions-nous ? Enfant, j'étais entré un jour dans une champignonnière à l'abandon. Le parfum des fibres se mêlait aux effluves de terreau mouillé. Les cèpes livrés à eux-mêmes avaient germé dans un désordre croupissant. Cette odeur me revenait aux narines.

La colonne avait ralenti. Le relief se vallonnait en même temps que le rideau des arbres de bordure se densifiait. Autour de nous, les Marines encastraient les chargeurs dans leurs M-16. Les servants des mitrailleuses s'étaient portés en attente. Des radios grésillaient.

— *Reachin' Charlie Junction*, dit un Marine à côté de moi.

Le point Charlie était manifestement une section sensible de la route. Les ponchos s'étaient soulevés, le canon des fusils se tournait vers les arbres. La route montait entre deux haies de frondaisons. De grandes digitales mordaient le bord de la chaussée. Emergeant du fossé, une tache olive était visible à deux cents mètres. Elle se précisa à l'approche : un char léger. Le véhicule gisait sur le flanc tel un gros animal qui a boulé au sol. Deux impacts trouaient le blindage. Le métal fondu se recourbait en languettes acérées, révélant une couleur mortelle où se mêlaient des restes de peinture, des noircissures d'incendie, des éclats gris de fer retourné à nu. L'écoutille de tourelle était béante. L'odeur émanant de cette épave restait encore perceptible. Elle me fouetta au passage. Un mélange de cordite et d'huile de moteur, de plastique et de chair brûlée, comme si les humeurs de ce monstre de fer s'étaient calcinées en un éclair, fondant ensemble les manettes, les fils, les antennes, le sang et les os des êtres casqués qui avaient habité ses entrailles.

Les Marines scrutaient les couverts de la forêt. Pouvait-on imaginer que le Cong attende là, transi d'humidité, caché depuis des heures sous les feuilles ruisselantes de pluie ? Tout était possible. Nous restâmes ainsi en suspens pendant deux ou trois minutes tandis que le convoi progressait. Il ne se passa rien. Je me penchai vers Kate pour échanger quelques mots. Que ferions-nous à Con Thien ? Si la pluie persistait, il ne fallait pas compter sur les hélicos. Et les patrouilles de crête aux abords du camp ne présentaient guère d'intérêt.

Les arbres s'espacèrent. Le convoi sortait du couloir de végétation de Charlie Junction. Le ronronnement des moteurs s'accorda de nouveau à la rumeur endormante de la pluie. Soudain, deux bruits presque liquides jaillissent de la forêt : *swob, swob.*

Aussitôt les explosions.

Des cris autour de nous. Je pousse Kate en avant et me retrouve à plat ventre près d'elle sur le plancher de la benne. Des tirs nourris partent déjà du convoi. La mitrailleuse de tourelle crache. Les Marines se sont écrasés contre le rebord gauche de la benne et lèvent la tête pour lâcher des rafales. Un vacarme énorme enveloppe le convoi, toutes les bouches à feu se sont mises à tirer. Des douilles brûlantes cascadent autour de nous, je roule sur Kate pour la protéger. Elle ne bouge pas. Une volée de balles grêle sur la benne, puis une autre. Je vois le Marine qui est positionné près de moi tendre convulsivement le bras vers sa cheville. Il est touché. Au même instant, je sens une brûlure au bas du cou, à l'endroit que la *flak jacket* ne protège pas. Une de ces fichues douilles a dû sauter d'une culasse de M-16 et me fouetter la couenne. Je porte machinalement la main à mon cou comme pour chasser un moustique. Quand je la ramène à moi, je vois qu'elle est tachée de sang. J'essaie de lever la tête, mais un élancement terrible la traverse. Kate s'est dégagée. Je ne peux plus bouger.

— Jacques ! Jacques !

La voix de Kate résonne près de moi, mais je l'entends mal. Les bruits de fusillade s'estompent. Il me semble éprouver un relâchement de tout mon être. Une spirale ouatée, des vagues de brouillard blanc. Kate a raison, les hélicos ne voleront pas à Con Thien. Des voix m'entourent, des mains me touchent, mais je ne sens plus rien. La spirale tourne.

Je sais enfin ce qu'il arrive quand on meurt une première fois.

*Let's do some living after we die.*

# Après

Ma convalescence s'est achevée à Paris. On m'avait d'abord soigné à Danang – blessure à la base du cou causée par une balle en ricochet. Aucun organe vital n'était touché, mais j'en ai gardé une certaine raideur de port qui me fait parfois ressembler à un vieil officier prussien.

J'avais été rapatrié à la fin du mois d'avril 1967. Kate est restée au Vietnam jusqu'au début du printemps 1968. Elle a écrit des articles retentissants sur la bataille de Dak To et les combats de Hué. Toute cette matière a sédimenté puis s'est rassemblée plus tard dans le livre qui lui a valu un prix Pulitzer de 1976, *Purple Haze & Raging Boys* (traduit en 1982 chez Flammarion sous le titre *Les dragons noirs de Hué*).

Pendant toute ma convalescence, j'ai correspondu avec Kate, et je lui ai quelquefois parlé au téléphone. Au mois de mars 1968, elle est rentrée aux Etats-Unis. Tina allait de plus en plus mal. J'ai alors voulu me rendre à New York, mais Kate m'a conjuré de n'en rien faire. Kate était de nouveau accaparée par sa sœur et ma présence était indésirable, selon l'adjectif qu'elle emploie dans plusieurs de ses lettres d'alors. Kate a néanmoins pu passer une semaine à Paris en décembre 1968. Elle m'a dit qu'elle souhaitait vivre avec moi.

Tina est morte d'une overdose en avril 1969. Je ne peux que l'écrire. C'est mon impuissance. On l'a trouvée seule dans un appartement de Mott Street où logeait habituellement le *roadie* d'un groupe de rock new-yorkais, The Fugs.

Elle est enterrée dans le petit cimetière de Montauk.

A la fin de l'année 1969, j'ai démissionné de l'AFP pour m'installer à New York. Un ancien du Vietnam, Dick Cantwell, m'avait proposé de travailler avec lui sur des documentaires historiques produits pour la NBC. Je vivais désormais avec Kate. Notre fille Karenna est née en janvier 1972. Nous nous sommes mariés trois mois plus tard. Kate préparait alors son premier essai, *Question Mark for Mr Jones*, une satire de l'Amérique bien-pensante face à l'enlisement au Vietnam et au Cambodge. C'est à mon avis un livre très drôle, d'une dialectique implacable : Kate montre comment l'esprit des Pères Fondateurs, dont se réclament toujours les traditionalistes américains, est renié par ces derniers lorsqu'ils se rangent derrière Thieu ou Lon Nol. La polémique autour de l'ouvrage, sur le thème des « nouveaux pharisiens », a fait connaître Kate. Elle y a trouvé un surcroît d'énergie pour écrire *Purple Haze & Raging Boys*, l'un des beaux livres sur l'expérience de sa génération au Vietnam.

A partir du printemps 1978, nous avons vécu pendant deux ans à Paris. Notre fils Jeremy était né l'année précédente. J'étais lancé dans une série télévisée d'une vingtaine d'heures sur les opérations de libération de l'Europe en 1944-1945, ce qui m'a permis d'explorer pendant des mois les archives allemandes, françaises, italiennes et autrichiennes. Pendant ce temps-là, Kate travaillait sur un gros livre, *Why ?*, peut-être celui d'elle que j'ai préféré. Le texte se présente comme une méditation sur ce que Kate appelle « la fin de l'ère lyrique ». Elle montre comment l'époque de la conscience rebellée contre le monde va s'effacer devant sa représentation sous forme d'images et de marchandises. Le vrai sujet du livre est la mort de l'épique, et le reflet que son souvenir laisse sur des héritiers sans histoire.

En 1980, nous nous sommes réinstallés à New York. J'ai alors fondé ma propre société de production, Catfish Blues Prod, qui se consacre pour l'essentiel à des documentaires sur l'histoire du XXe siècle. Kate écrit toujours. Karenna finit ses études à Stanford. Jeremy va bientôt entrer à l'université.

Il aime Vladimir Nabokov et vénère Kurt Cobain.

Mes années avec Kate, je ne peux pas vraiment les raconter. Elle a elle-même écrit un petit essai, *Mirrors*, où elle s'interroge sur les illusions du proche et du lointain, les mirages de la biographie et de la mémoire. Kate est si liée à la musique de ma vie qu'elle se distingue mal de l'air que je respire, du monde où j'ai vécu. Elle a été le temps et l'amour. Je ne pourrais jamais la fixer comme une image.

C'est presque devenu un lieu commun aux Etats-Unis que de vanter son intelligence. On considère souvent chez elle ce don comme un privilège quand je l'ai vue pendant des années l'affronter comme une fatalité. Dire cela n'est pas une clause de style. La grande intelligence accélère si fort le cours des choses que ceux qui en sont affligés atteignent vers trente ou trente-cinq ans l'état de connaissance, la disposition d'esprit qui est habituellement celle d'un être humain dans les derniers mois de sa vie : le relativisme, le détachement des vanités, la compassion, la lucidité sans mensonge, la conscience de l'essentiel, le chagrin d'avoir à le perdre. Les intelligences encore mélangées à la cruauté sont imparfaites mais protégées; celles qui s'en libèrent deviennent vulnérables. Il ne faut souhaiter à personne ce don si jalousé : il rend trop curieux du monde pour ne pas en souffrir.

J'ai vu le chemin de Kate. Si l'on ne peut faire autrement, si l'on est assailli par ce mélange douloureux d'évidence et de bonté auquel est lié l'exercice de l'intelligence souveraine, alors il reste un recours qui touche à l'ordre de l'ascèse autant qu'à celui de la grâce : c'est la joie, accueillie comme une épiphanie, vécue comme un mouvement. Il faut devenir un chant. C'est le seul salut.

J'ai vécu à l'ombre de ce chant.

Je sais aussi qu'il y a souvent un meurtre de jeunesse derrière l'âge où l'on se souvient. Les lettres que nous avons brûlées, les vies que nous n'avons pas choisies, l'amour qui fut dédaigné. Si je porte en moi les cendres de ce qui n'a pas été, alors les photographies restent comme des *keepsakes* du remords. Elles figent le temps quand votre miroir ne cesse de trahir son passage. Quant aux mots, aux noms, je ne sais trop. Certains traversent ces pages. J'ai toujours aimé les noms propres, ils disent comme les pierres tombales que les êtres étaient uniques. Pourtant les silhouettes se dissipent. Je n'entends plus très bien leur voix. Mon regard a croisé plus d'une fois celui de Kate quand nos enfants, encore jeunes, demandaient à quoi ressemblait leur tante Tina. Six mois après la disparition de sa sœur, Kate a reçu une lettre du docteur Grunberg. Il avait été son psychanalyste vers 1962. J'ai dû la relire, cette lettre, des dizaines de fois. Elle est écrite dans un anglais un peu orné, un anglais de vieille Europe. Elle rend pourtant justice à ce qui fut. J'en donne ici le texte traduit.

*New York, le 18 octobre 1969.*

*Chère Kate Mc Auliffe,*

*J'ai songé à notre conversation du mois dernier. Elle m'a paru justifier cette lettre. Même si je n'ai guère de doutes sur la répétition de quelques schèmes consubstantiels à toute existence humaine, je peux être sensible à la poésie qui émane d'une vie. En m'autorisant à suspendre un instant ma pratique, je m'arrêterais volontiers, si je songe à votre sœur, sur le mystère de la beauté. Je n'ai croisé Christina qu'une seule fois, lors d'une soirée chez Goddard Lieberson pendant l'automne 1965. Elle était si émouvante et lointaine que j'ai senti comme rarement le pouvoir apollinien du visage humain.*

*La beauté humaine naît d'un amour et se reconnaît selon les critères d'une époque. Mais ni la biologie ni l'esthétique n'épuisent l'énigme d'un visage. La femme que j'ai croisée un soir de 1965 manifestait cette énigme. C'est pourquoi je songe à elle avec compassion. Vous avez dû connaître le temps où le verdict heureux du miroir la distinguait de ses amies. Le regard adolescent des autres donne forme à ce que l'on ignore de soi. Cela explique que la grande beauté soit riche d'euphorie, d'inquiétude et de déclin. Il est facile de penser que les êtres favorisés par la beauté sont ceux qui peuvent choisir. Or ils sont plutôt choisis par les autres, fût-ce en rêve. La jeune fille que distingue une vénusté muette épouse ce silence. Elle sent qu'on la recherche à proportion de son apparence. Son miroir ne l'aime pas. Cette surface, si on la brise, devient coupante. Elle menace de lacérer un visage qui a déjà fait trop de dupes.*

*Votre sœur est une beauté américaine. Elle choisit donc de partir pour l'Europe. A Rome, elle trouve toutes les occasions de s'oublier et a raison de les saisir : cela s'appelle la jeunesse. J'observe que Christina éprouve l'envie, alors qu'aucune nécessité ne l'y contraint, de gagner de l'argent comme mannequin. Elle engage son corps dans le commerce des corps. Les photographes pensaient l'utiliser comme un objet, mais c'est elle qui les manipule pour épuiser son reflet à force de reproductions. Ainsi que vous l'avez suggéré l'autre jour, on peut tout à fait surexposer une image de soi afin de s'en délivrer.*

*A Rome, au milieu du désir latin, le pouvoir de sa beauté a dû pourtant lui apparaître encore plus fatal. Vous m'avez signalé son goût des hommes beaux. Elle a eu raison de les rechercher. Les couples superbes sont une joie de la jeunesse qu'il faut savoir chérir. Votre sœur est éclairée par ces moments.*

*Lorsque l'ardeur solaire s'est consumée, on entre dans la nuit des regrets. Puisque les déesses de la jeunesse redoutent le temps, les miroirs sont leur Némésis. Dans les grands sanctuaires grecs, les marbres gisent depuis longtemps abandonnés : c'est le destin de l'Occident que de scruter un ciel vide à travers les yeux des statues foudroyées. Il faut faire le deuil d'Apollon. Je l'ai fait moi-même; peut-être ce jour de 1940 où un paquebot quittait Lisbonne.*

*J'ai songé à vous dimanche dernier en me promenant dans les salles du Metropolitan Museum. Je m'étais arrêté devant un tableau de Pannini,* Modern Rome, *qui est daté de 1757. On y voit l'intérieur d'un palais romain dont les murs sont eux-mêmes couverts de vues de Rome. Mon ami Jakobson appellerait cela une mise en abyme. J'ai reconnu les colonnes brisées du Forum, les chevaux de la fontaine de Trevi. Ce tableau attendait*

*Christina à deux pas de sa maison d'enfance. La beauté doit aller à la beauté. Un jour, votre sœur est entrée dans le tableau.*

*Recevez, chère Kate, l'expression de mon attentive estime.*

*Karl Grunberg.*

J'ai moi-même longtemps tourné autour de cette affaire de psychanalyse sans jamais pousser la porte d'un *shrink*. En 1978, lorsque nous vivions à Paris, Kate m'a entraîné au séminaire de Jacques Lacan. C'étaient les consignes secrètes, le flux et le reflux, un certain tourisme social. La curiosité nous portait chaque mardi autour de midi vers la faculté de Droit, place du Panthéon, où le vieux maître disait la messe.

Trois cents personnes se serraient dans l'amphithéâtre. Les micros des magnétophones étaient suspendus près des enceintes acoustiques : de loin, on aurait dit des chauves-souris accrochées en fuseau à la voûte d'un temps malais. Rassemblés aux premiers rangs, les prélats de l'Ordre attendaient l'arrivée du pontife. Un côté templiers, un côté sermon sur la montagne. Mais chacun restait libre de venir ou de ne pas venir. Lacan n'était pas là pour envoûter, mais pour dire la vérité.

Il arrivait par le fond de la salle, l'épaule accablée, dinosaure migrateur couvert d'un manteau en poil de chameau, et traversait les rangées de fidèles comme un spectre irradiant de présence réelle. On le regardait fendre les eaux, les palmes se levaient, il était là.

Une fois installé sur l'estrade, Lacan restait quelques instants debout, silencieux, les mains dans les poches. Des raglans de vieux Lord, les lunettes d'un astronome de Rembrandt, une silhouette de magicien muet à la

Thomas Mann. Il soupirait d'abord tel un dragon harassé, et ce soupir impressionnait les bandes magnétiques qui avaient commencé à tourner : le Verbe, stocké sur cassettes. Il haussait les épaules. Le geste signifiait qu'il allait parler.

Ce que Lacan disait là, l'espace d'une heure, parfois plus et parfois moins, n'était probablement décryptable que par les grands prêtres du culte. Cette sibylle de Cumes s'enveloppait de vapeurs très savantes. On aurait dit un vieil enfant jouant aux autos tamponneuses, l'antenne grésillant sur le treillage, avec des voiturettes où avaient pris place Heidegger et Clérambault, Platon et Joyce, Freud et Spinoza. Cela tenait de la cérémonie caodaïste et du baptême à la lance à incendie.

Pourtant l'on écoutait cette langue inouïe comme on aurait suivi un sermon de Bossuet, parce que Lacan lançait des formules qui frappaient chacun. La femme n'existe pas... Il n'y a pas de rapport sexuel... La femme n'est pas-toute... Je suis psychotique pour la seule raison que j'ai toujours essayé d'être rigoureux... Lacan jouait avec ses mathèmes, ses ficelles, ses nœuds borroméens, étrange et comique pape désarmé régnant dans la seule pourpre des mots. On entendait la voix d'un vieux pharaon qui allait bientôt rentrer dans la chambre des morts, hiéroglyphes sur la voûte, faucons rouges, lévriers d'or. Ce que l'ancien ami de Malraux proférait là, c'était la cantilène des années qui s'achevaient, les histoires d'amour parties en lambeaux, la vieille révolution assassinée, les jungles psychiques où l'on avait erré depuis quinze ans. Lacan tournait comme un aurochs mordoré dans les labyrinthes du langage, obstiné, lessivé, et je n'aurais su dire pourquoi sa tapisserie ressemblait à quelque chose de ma vie, pourquoi j'entendais passer dans ses contrepoints baroques les arbres de Khe Sanh et les pierres de Rome, les films fuligineux de Warhol et l'extase de quelques femmes, bouche ouverte dans la nuit. La vie avait placé une ultime voyante sur mon chemin. Lacan était la cartomancienne de l'inconscient, la dernière tireuse de cartes de Cholon. Peut-être en suis-je ressorti moins coupable. Ce qui devait être avait été.

Kate a eu le temps de dessiner sa vie, ses livres parlent pour elle. Moi mon remords ce fut longtemps celle qui ne reviendrait pas. Je suis encore hanté par les paroles refusées à une morte : on ne parle plus beaucoup de Tina White aujourd'hui. Parfois j'écoute une chanson écrite en 1966 par un musicien aux cheveux bouclés, un angélique troubadour de New York. On dit qu'il l'a composée pour Tina. Elle l'aura rendu fou, lui aussi... Mais est-ce vraiment Tina qu'il a voulu évoquer avec ces images de reine automnale, ces allusions aux tarots, l'histoire d'un homme qui se perd pour la reine des énigmes, *the queen of enigmas* ? J'y entends les échos bizarres de cette innocence des premières années 60, lorsque les jeunes poètes de Greenwich Village branchèrent leurs guitares et avalèrent des poudres de rêves. Ils étaient les fils du roi marchant en haut du donjon, inondés d'une pluie de fleurs tombées du ciel. Ils auront vu Tina en idole piétinant les prairies de l'aurore. Qu'importe, cette chanson me serre le cœur comme l'aube d'une vie sacrifiée. La guitare sonne cristalline. Les volutes de l'orgue Hammond ressemblent à la complainte d'un limonaire devenu fou. Cela me redonne une certaine couleur du ciel de New York en décembre 1966, quand j'ai vu la nuit tomber sur la rivière indienne. Où est-elle, la reine des énigmes ? Elle marche dans la 47e Rue, hautes pommettes, cheveux dans les yeux, respirant l'air de liberté immense que promettait l'Amérique de ce temps-là.

J'entends toujours la voix d'une vieille cartomancienne. Reine de Xian veut mourir et veut vivre. Il y a grand combat en elle. Elle apporte le lait et verse le poison. Ou bien : une jeune femme est assise à la terrasse du Strega-Zeppa. Le soleil éclaire les façades de la via Veneto. Elle égrène des propos anodins et légers. « Peut-être qu'un jour, Jack, on dira que l'été 60 à Rome était l'un des plus beaux. » *One of the great summers*. Je n'ai pas retrouvé le soleil de l'été 1960. Il brûle mes souvenirs jusqu'à la blancheur. Pourquoi irais-je chercher des raisons quand chacun est libre de son silence ? Pourquoi un amour devrait-il toujours épouser les formes auxquelles on dit le reconnaître ? Si chacun vit avec son secret, on peut aimer ce qui se dérobe et ce qui se tait. Vous pourrez bien me cracher à la figure toutes les objections, tous les reproches et même les pires, je ne les entendrai pas.

La main qui écrit porte la mémoire des caresses. Elle se referme sur le stylo comme elle s'est ouverte autrefois sur le corps de Tina. Des fleurs naissent au fond de mes rêves, de grands lys blancs, de somptueuses richardies immaculées. Des mains étrangères ont écrit la mélodie qui fit chanter ma vie. Je ne retournerai pas à Rome. Je ne reverrai pas Tina.

Mais s'il faut qu'un homme marche vers toi, détaché de l'ombre des vivants pour dire à la fin ce qu'ils ne t'ont jamais dit, si tu vois de là où tu vois un fantôme venir à toi, je serai ce pauvre fantôme-là. Jamais je n'ai voulu t'abandonner. Ma vie n'est pas devenue ce qu'elle est pour t'en chasser. Kate t'attend devant le miroir. Ma vie, elle est ouverte comme la saison où je t'ai rencontrée, comme le hasard où je te rejoindrai. Si de toutes ces années me reste celle où je t'ai rencontrée, de tous ces moments perdus celui où je t'ai vue, cela me suffit. Je ne voulais pas connaître le temps de la résignation, mais seulement les nuits où des amis parlent doucement sous les lumières du jardin. Je sais que tu m'emmèneras un jour dans le jardin des grands vents, nous irons là, nous y sommes depuis longtemps. Tu ne m'abandonneras pas. Je t'ai toujours aimée.

En 1979, j'ai rencontré le cinéaste Paul Morrissey à Paris. Il avait été l'un des collaborateurs préférés de Warhol. Je brûlais de lui parler de Tina. Et je l'ai fait. Morrissey a paru chercher dans sa mémoire, au milieu de tant de naufrages, de souvenirs, d'indifférence.

— Vous l'avez connue ? a-t-il demandé en levant le sourcil.

— Un peu, ai-je dit laconiquement.

Il a enchaîné comme s'il s'était parlé à lui-même :

— Les derniers temps, elle a tout brûlé. Tina était devenue accro à l'héroïne, vous savez. Il y avait une bande de junkies du côté de Jane Street qui la vénérait. J'ai vu un film tourné pendant l'une de leurs cérémonies. Tina se déshabillait lentement sur un lit, avec autour d'elle ces types et ces filles piqués jusqu'à l'os. Les vêtements tombaient sur le plancher et les junkies les ramassaient comme des fétiches. Quand elle s'est retrouvée totalement nue, les épaves qui l'entouraient ont commencé à la toucher, des mains couraient sur elle, on aurait dit une divinité offerte à ses esclaves. Bizarrement, quelqu'un a fait éclater au-dessus d'elle un sac de plastique rempli d'un liquide rouge. Elle savait très bien qu'on la filmait, son œil fixait l'objectif comme si elle avait cherché quelqu'un au-delà de la pellicule.

— Quelqu'un ?

Morrissey fit un geste évasif.

— C'est le plus grand mystère. On ne sait jamais à quoi pensent les gens quand tourne une caméra.

Ce livre est un ouvrage de fiction. Il n'établit pas d'autre vérité que celle de l'imagination. Les attitudes, les propos prêtés à des personnages historiques obéissent à la seule loi du roman. Je souhaite citer ici quelques ouvrages dont la lecture m'a accompagné pendant la rédaction d' « Etrangers dans la nuit » :

• *La guerre d'Indochine* de Lucien Bodard (Grasset).

• *Journal nocturne* d'Ennio Flaiano (Le Promeneur).

• *Les Sixties* de Richard Avedon (Plume).

• *The Life and Death of Andy Warhol* de Victor Bockris (Fourth Estate).

• *Reporting Vietnam* (collectif, Librairie du Congrès).

• *Never without heroes* de Lawrence C. Vetter Jr (Ivy Book).

Ainsi que le service des archives de *Paris-Match*.

*Cet ouvrage a été réalisé par*

FIRMIN DIDOT
GROUPE CPI

*Mesnil-sur-l'Estrée*

*pour le compte des Éditions Grasset*
*en juin 2001*

*Imprimé en France*
Dépôt légal : août 2001
N° d'édition : 12015 – N° d'impression : 55534
ISBN : 2-246-61961-0